历练·破茧·成长

小梁留学日记

梁宸睿 著

商務印書館 国际有限公司

图书在版编目（CIP）数据

历练·破茧·成长：小梁留学日记 / 梁宸睿著 . --
北京：商务印书馆国际有限公司，2022.8
ISBN 978-7-5176-0932-2

Ⅰ. ①历… Ⅱ. ①梁… Ⅲ. ①日记—作品集—中国—当代 Ⅳ. ① I267.5

中国版本图书馆 CIP 数据核字 (2022) 第 126305 号

历练·破茧·成长：小梁留学日记

著　　者　梁宸睿
出版发行　商务印书馆国际有限公司
地　　址　北京市朝阳区吉庆里 14 号楼
　　　　　佳汇国际中心 A 座 12 层
邮　　编　100020
电　　话　010-65592876（编校部）
　　　　　010-65598498（市场营销部）
网　　址　www.cpi1993.com
经　　销　全国新华书店
印　　刷　三河市紫恒印装有限公司
开　　本　880mm × 1230mm　1/32
字　　数　281 千字
印　　张　14
版　　次　2022 年 8 月第 1 版第 1 次印刷
书　　号　ISBN 978-7-5176-0932-2
定　　价　45.00 元

序

时光荏苒，转眼间，小梁同学就要考大学了。我应小梁爸爸的邀请，翻阅了小梁留学加拿大前后一年中写的300多篇日记。

小梁在加拿大留学的那一年是15岁，这本日记记录了他刚到加拿大时与妈妈分别的伤心与不舍，记录了他一个人在异国他乡的孤独和无奈，记录了他因生病误了校车却被爸爸误会的委屈与难过，记录了他篮球比赛胜利后的兴奋与开心，记录了清明节他回忆和姥爷在一起生活的点滴温暖，记录了他创作的一首歌曲得到专业歌手认可时他内心的激动和满足，记录了他买到回国机票时的激动心情，以及飞机落到成都他脚踩祖国大地时的兴奋和自豪……

种种经历，小梁在这本日记中一一展现，比如他的无助，他的无聊，他的欣喜，他的成绩以及他对自己这段生活的思考……读着读着，就读到了最后一篇，真是有一种意犹未尽的感觉。透过一篇篇短小的文字，我看到了一个奋发向上而且富有责任感的少年。他在一篇日记中这样写道：

做视频日记的初衷，只是为了记录生活。但是如果有更多的粉丝支持我的话，我想我会更加有动力。我现在已经有11万粉丝了，通过不停的更新，我相信我的粉丝会突破100万，并且能通过抖音来传播一些正能量，让更多的人了解国际教育，感受异国文化，体会中外不同的教育特色。

这段话让我看到了一个15岁少年的想法和正能量。

小梁能完成这本日记，和他爸爸妈妈的支持与鼓励是分不开的。小梁的爸爸妈妈都是教育工作者，对孩子写日记这件事特别重视。作为一名教育工作者，我对日记也始终有一种特殊的感情，尤其觉得对青少年来说，日记的作用太多了。写日记既可以锻炼孩子们的写作能力，又可以培养良好的行为习惯，更能够培养孩子们自我反省、自我教育的能力。

如果你能认认真真从头到尾读完这本日记，就会发现上述写日记的作用在小梁身上体现得淋漓尽致：从一开始为了完成爸爸妈妈交代写日记的任务而敷衍，到后面有很多话想说；从一开始苍白稚嫩的语言，到后面的文通字顺，甚至写得越来越流畅、越来越有感情；从一开始的简单记录，到后面对一些问题进行深入思考……正如他在最后一篇日记中所说的：

如果我将来成功考入我想去的大学，那么这本日记一定有很大的功劳，因为它教会了我很多；但如果我没有，我愿意再翻一翻我的日记，看看自己在成长的过程中缺失了什么并加以改正。

日记记载着小梁同学的过去，记载着他在成长过程中的心路历程，当然，从中我们也能窥见他的理想与抱负。作为教育工作者，我一直期待孩子无论在中学抑或大学都能努力培养一些良好的品质，成为敢于质疑、勇于探索的创新型人才，成为善于迁移、敏于跨界的复合型人才，成为忠于祖国、勤于济世的全球化人才，既要对祖国忠诚，又要有人类命运共同体的理念。

小梁无疑是幸运的。在幸运的背后其实也意味着：在未来，他应该也一定会承担起一份沉甸甸的社会责任。

祝愿小梁能考入自己理想的大学。15 岁这一年的留学经历，这一年坚持写日记的日子，一定会成为他人生中的特殊记忆。因为“坚持”本身就是一件很有意义的事情，因为“坚持”才是他实现自己理想与抱负最可靠的保障！

华东师范大学首批终身教授

教育部中学校长培训中心原主任

于华东师范大学丽娃河畔

目　录

（2019.09.26—2019.09.30）

（2019.10.01—2019.10.31）

（2019.11.01—2019.11.30）

（2019.12.01—2019.12.31）

（2020.01.01—2020.01.31）

（2020.02.01—2020.02.29）

（2020.03.01—2020.03.31）

（2020.04.01—2020.04.30）

（2020.07.01—2020.07.31）

（2020.08.01—2020.08.31）

（2020.09.01—2020.09.13）

2019年9月26日

走向自觉

"分别总是在九月",《成都》这首歌很应景。九月，我与父母分别，与同学分别，与舒适圈分别，踏上去加拿大多伦多的旅程。在飞机上，我写下了这篇飞行随笔。

从今天开始，我的人生开启新的篇章，步入新主场，我的人生将由我做主。

临行前，爸爸写了一封信给我。

小梁：

祝愿你能如愿出国留学。昨天晚上，带你去人民大会堂看了《奋斗吧　中华儿女》的音乐史诗。这是一堂生动的历史课，也是一堂生动的爱国教育课，希望你无论走到哪里，永远热爱自己的祖国，学成归来，报效国家。科学无国界，科学家有国家；经济无国界，经济学家有国家。中国永远是我们共同的家园。

你说你要出国，即使心中有百般不舍，只要是你喜欢的、热爱的，爸爸都会拼尽全力地支持你，给予你最好的教育条件。

出国留学之路不易，因为你不仅代表你自己，你还代表家庭，代表我们的国家。希望你在加拿大照顾好自己的一切，好好学习，快乐成长，做一个真正的男子汉，不辜负自己，不辜负家人的期望。你要谨记以下几点：

第一，严于律己，守时守信。

不要沉迷于电子游戏和社交聊天，按时完成作业，日事日毕，答应别人的事情一定要完成，与别人约见一定要守时，诚实守信，不说假话。

第二，学会坚持，学会管理自己，学会帮助别人。

坚持每天6:30起床，坚持晨读经典，坚持每天写日记，坚持锻炼身体，形成坚持的习惯与品质。在管理好自己的同时，要有利他精神，要按照新学道的十个关键词严格要求自己。

第三，多多阅读中外经典名著。

阅读可以润泽你的生命，在年轻的时候多读、多背一些中外经典与名著名句，会让你一生受益。

爸爸脾气不好，性格暴躁，在你的成长道路上对你造成许多伤害，希望你能理解爸爸，包容爸爸。爸爸在这里向你说声“对不起”！

小时候爸爸背着你，长大后你背着爸爸的照片，爸爸永远收藏；你去年送给爸爸的生日视频，爸爸永远珍藏。

爸爸为你加油呐喊！爸爸相信未来的人生赢家，属于你。

爸爸：梁勇

于2019年9月26日星期四出国临行前匆匆

其实，今天这篇日记，算是给爸爸的回信。

许多人都说我最大的缺点是不自觉，这次出国，我想证明给所有人看，我梁宸睿，也可以自觉地学习。

下午两点半，即将进入国际候机厅的我，内心五味杂陈，看到远处爸爸在挥手，不禁想起朱自清的《背影》。爸爸嘴里一直在念叨着一句话："有空就读书，多读书。"把我说得好难受！爸爸是教育工作者，一生都在为教育事业而奔波。随着事业的不断壮大，爸爸陪伴我的时间少之又少，但是他尽力满足我的要求，让我做我喜欢的事情，同时也教育我要多读书，要有家国情怀。

本来，前几天一直想着马上就要走了，真开心，可真的出发了，感觉却很复杂，难以言说。

中午的时候，同学南昊延和我视频聊天，带我看了看校园，郝校长、纳什校长和很多老师都对我说了祝福的话。唯一的遗憾就是没有见到刘老师。他曾经发过一个朋友圈："星光不问赶路者，岁月不负有心人。"我便回了一句："纵使离别很不舍，西出疆土无故人。"他继续回我："我寄愁心与明月，随风直到大洋西。”王裕博便对了一句：“仰天大笑出门去，我辈岂是蓬蒿人。”

此次一别，求学生涯当真就不问归期了。

妈妈说：“世界很精彩，但你一定要记住，做独一无二的自己，用你的热情去创造属于自己的美好未来。不要害怕孤独，不要畏惧失败！做有价值的人，把每一天都过得精彩而有意义！”

带着爸爸妈妈的期待，我一定努力奋斗，待我学成以后再归来，报效祖国！

2019年9月27日

初入校园

今天初入校园，是紧张的一天，也是新鲜而充实的一天。

一大早起来，匆匆收拾过，我和妈妈就打车来到多伦多的中国银行，计划办理银行卡激活业务。但到了那儿才知道来得太早了，多伦多的上班时间是上午十点。于是，我们索性在附近转了转，顺便欣赏一下秋天的景色。湛蓝的天空，红红的叶子，五颜六色的花儿，周围却不见一个人，安静极了。天很冷，我便跑起来活动活动。妈妈问我:“你喜欢冷还是喜欢热?”我毫不犹豫地说:“我喜欢温暖。”人人都喜欢温暖，但是如果永远处在温暖舒适区不走出来，也就不会有奋斗的人生。看来今年冬天在多伦多我要摆脱温暖了!

银行卡激活后我们马上赶到维拉诺瓦学校报到。维拉诺瓦学校建于1999年，是一所天主教私立学校，坐落在距多伦多市北边25分钟车程的美丽城镇——国王城。学校面积非常大，周围被森林和湖泊环绕着。我们往学校走的时候，路旁就有湖，湖里有喷泉，周围则是丛生的芦苇，让我想起一句歌词:“走过这片芦苇坡，你可曾听说，有一位女孩，她留下一首歌……”

学校正在进行马拉松比赛，老师和同学们都热情洋溢。我向一位老师问路，他热情地把我领到了招生办。招生办的老师打了个电话，校长马上过来接待我。校长很热情，很和蔼，领着我参观了学校的篮球馆、冰球馆，然后来到国际学生部，告诉我每个学生到来后都要在世界地图上找到自己家乡所在地，然后用红色的按钮做一个标识。我做标识的时候，看到“中国北京”已经有了一个红色按钮，内心很开心。

之后教务主任又陪我参观了很多地方，最后就是去领校服。我试了一下还很合适，特意拍了一张照片作为留念。

我问了很多问题，他们都热情地为我解答，还夸我英语口语流利，一定是个好学生。受到鼓舞后，我顿时信心大增，交谈越来越热烈，感觉越来越兴奋！

妈妈看到我的表现后，也对我赞赏有加，还说她很为我骄傲。

晚上回到房间，看到哥哥给我的留言：“祝贺老弟开始新的生活！希望天天开心向上，早日实现理想。”是的，今天是我实现理想的起跑线，也是里程碑。

我已经准备好迎接明天的到来啦！

2019年9月28日

寄 宿 家 庭

多伦多的天气真可谓是“阴晴不定”，前一秒炙热的太阳照得我眼睛疼，下一秒就开始下雨了。

今天约好去登门拜访我未来一年要寄宿的家庭，一大早，我和妈妈就迎着雨丝出门了。寄宿家庭的女主人名叫 Silvana（赛尔维纳），意大利籍，出生在加拿大。她老公也是意大利籍，二十岁时来到了加拿大。赛尔维纳有两个孩子，一个女儿和一个儿子。儿子在银行上班，女儿是著名公司的会计。在聊天中，每当他们提到孩子时，我都能看到他们眼神中流露出的幸福。

我们聊了很多，赛尔维纳很热情，一直在不停地说话，时不时会露出慈祥的笑容。

聊完天后，我和妈妈去我的房间里整理东西。房间不大，有一张床、一套桌椅和一个柜子。可能是因为天气的缘故，光线有点暗，但对我来说，已经足矣。明天我们母子就要分别了，正应了那句老话“儿行千里母担忧”，妈妈一边收拾，一边叮嘱我：

> 你小小年纪，离开了妈妈，离开了熟悉的同学，离开了祖国，离开了舒适圈，首先要接受孤独向你发来的挑战。
>
> 在这里，暂时告别了热闹，告别了繁华，告别了喧嚣，正好可以让你的心安静下来。你不妨在放学之时，或在双休日，手捧一本书，好好读一读。星期一你就打听一下学校的阅览室在哪里，如何借书，一定要一周读一本英文书。书会向你打开一扇神奇的大门。
>
> 读一本好书，就相当于跟一个高尚的人在谈话。当你交到这些高尚的朋友，你就会觉得世界是多么精彩，多么深刻。科学发展日新月异，有许多新事物在等着你。当你转向它们，关注它们，就会发现这个世界的奇妙美好，那是其他任何东西都无法比拟的。
>
> 除了交阅读这个好朋友，还有一个好朋友等你去拥抱

它，那就是运动。坚持每天运动一小时，把身体锻炼得棒棒的，体力、耐力都跟上，你才能全身心地迎接精彩生活的挑战。当然，坚持很关键，不论是跑步，还是打篮球，或者其他运动，只要能坚持下去，你就会变得快乐而且充实。

我们那天去学校，看到了许多孩子，无论相貌还是举止都不错。小孩儿容易熟，你的交往融入能力那么强，妈妈相信你过不了几天就会有一些新的朋友。多跟他们交往，多参加学校的活动，比如说演讲、辩论，或者文艺节目，这都能让你的生活变得精彩而有意义！

最后，你出门在外，最重要的就是一定要注意安全。要学会防范，尽量不要一个人单独行动，保护好自己。

…………

虽然平日里嫌妈妈唠叨，不怎么喜欢和她在一起，但一想到明天的分别，我就很伤心，忍不住有些想哭，甚至有点不知所措。我知道妈妈对我的爱，此时她心里肯定也有千般依恋，万般不舍，但放手也是爱的一种。希望妈妈不要担心我，我已经长大了，会照顾好自己的。

2019年9月29日

送别母亲

今天一早，我就去机场送妈妈去美国。妈妈走后我就彻底变成一个人了，回到房间后，看到妈妈给我整理得干干净净的房间，想到妈妈平日里对我无微不至的关怀，心里很难受，躺到床上大声痛哭……

妈妈下飞机后给我打了个电话，她说她一进安检口就不敢回头了，怕忍不住哭出来。并说看着我帮她打印登机牌、托运行李，帮她找安检口，吩咐她要小心，还说等她进了登机口收到短信才离开机场，等等，便想到了我成长的经历，一串串生动的往事、温馨的细节……一直触动着她内心深处最柔软的地方。等她到了熟悉的美国俄亥俄州哥伦布机场，熟悉的路途、熟悉的电梯、熟悉的转盘取行李处、熟悉的哥哥的身影……只是，这一次，哥哥接走的只有妈妈，没有我。妈妈说她非常想我，但暂时的分别是为了将来更好的团聚。

本来离开北京和我的朋友后，我的内心就五味杂陈，与妈妈的分别直接打破了我心里的最后一道防线，我控制不住自己的情绪，只能通过“哭”这种方式来排解悲痛。

幸好，我的朋友、我的亲人、我的老师不停地鼓励我。妈妈说：“打小以来，你就是一个阳光、乐观，善于融入新环境的好孩子。妈妈相信，明天会更好！”赛尔维纳也和我聊了很久，她说她很理解我，还说：“别担心，一旦你开始上学，你就会适应这里的生活。”

下午，我跟一个留学生聊了一些有关学校的问题，然后看了会儿书，心情慢慢好了很多。晚饭是鸡肉和土豆，挺好吃的，可能与心情也有关系吧。

我想妈妈，我想同学，我想临川，我想北京……

不管怎样，我相信明天一定是个艳阳天，一切都会好起来的！

2019年9月30日

上学首日

今天是我第一天上学！

昨晚睡得很早，睡前就定好闹钟，所以今天早上我六点就起床了。吃过早饭，便坐上了校车。坐校车的时间很长，大概有一个多小时，我竟然在车上睡着了。

到学校后，看到偌大而又陌生的学校，我不禁打了个寒战！这时，我心里又想起了临川，怀念那里的其乐融融，然而，过去的都已经过去。

我走进国际教室里面，看到了几位老师，他们给了我课程表和柜子锁。这个学校跟平时我们看到的美国青春电影里面的学校一样，长长的走廊挤满学生。伴随着上课的铃声，嘈杂的学生们安静了下来。

第一节课是艺术课，发生了一件让我感触很深的事情。有两个学生靠近一个他们不该去的教室，美术老师看到后就大声吆喝，把那两个学生吓得话都说不出来。这里的规则意识果然是很强的。

英语课老师采用了开放式教学，她先提出一个观点让全班讨论，最后再把整个课堂中涉及的知识整合成一个概念。我觉得这种方法很有效。

这里的老师语速都很快，这也是为什么我想来这里的原因，上每一节课都好像是在上英语课一样，仿佛在做托福听力。

中午的时候，我见到了大部分的中国学生，一聊天儿才发现我的英语是那么好，心里暗自得意。而下午上数学课的时候，竟然学的是初一代数的入门知识，完全难不倒我。我发现在这所学校我真的是如鱼得水。

总的来说，第一天上学感觉还是很不错的。老师很专业，课程很合理，同学很友好。

2019年10月1日

国庆有感

今天是国庆节，身处异国他乡的我，爱国热血更加沸腾。多年之后，待我学成归去，我已不再是那个懵懂无知的少年，我将会为祖国做一些贡献。

来到这里后，我学到了一些新东西。

比如，在这里体育课玩儿的是美式橄榄球。本来我很忐忑，因为我没接触过，什么规则都不知道。但后来我一试，所有人都说："天啊，Randy，你真的好有天赋，你应该参加校队！"我笑而不语。不过，美式橄榄球确实比我预期得要好玩儿。之后的日子里我会多尝试新的东西，有些东西，你反感它，并不是因为你真的不喜欢它，而是因为你没有尝试过它。

比如，在国内我没学过地理，虽然老师在课上讲的概念都很简单，只要懂英文就能学会，但地理对我而言，还是有点陌生，也是目前我最不擅长的科目。不过我会努力学习地理，因为地理还是很神奇的，今天就学到了一个小知识，珠穆朗玛峰不停地成长就是因为板块运动……总的来说，地理蛮有趣的。

这儿的科学课，其实就是我在中国学过的化学和物理，今天学的是物理变化和化学变化，我学到了很多新的英文单词。

然而，在这里我也遇到了一些在学习上不努力的同胞。妈妈说：“你是独一无二的自己，不要看其他人！自己好好努力，争取在学校脱颖而出。”人生的每一步都没有所谓的弯路，重要的是自己怎么把握。我还是很期待未来的。

2019年10月2日

特殊活动

今天我参加了一个很特殊的活动。因为这个学校是天主教学校，所以有一个全校祈祷活动，活动内容有时唱歌，有时读诗。

在中国，一般活动会占用某一节课的全部课堂时间，这儿则是为了公平起见，把每节课的平均时间都缩短来弥补这一个小时。这样的做法有好有坏，好的是我们学到的知识更平均，不会因为活动落下某一堂课；坏的是时间表会迷惑人，我上完体育课后赶去上数学课的时候，发现应该吃午饭了。

还有一件事让我受宠若惊。昨天我上了一节体育课后，所有学生一致认为我是一个打橄榄球的好苗子，一直跟校长推荐我。今天放学的时候我被叫到校长办公室，校长给我看了各种橄榄球的照片和视频，劝我加入校队，搞得我哭笑不得。事情有点突然，最终，我和校长说我再想一想，没有当场做决定。妈妈知道这个消息后，向我表示了祝贺，还说："在中国时，妈妈总是批评你。现在想起来你优点真多，小小年龄漂洋过海，那么勇敢，那么出色。妈妈真为你自豪，期待你越来越好……"

总之，来到这里后的每一天都很充实，时间很紧，人也很累。但有家人的鼓励，我会加倍努力学习的。

2019年10月3日

结交朋友

今天是我在维拉诺瓦的第四天。渐渐地，我已经熟悉这个地方了。生活节奏，学习课程，老师同学，我都慢慢地开始熟悉了。

我也开始交了一些朋友，比如说Steven。刚见到Steven的时候，我就发现他也喜欢勇士、喜欢库里，所以我们就一直聊篮球，到后来我们经常走在一起。我发现打篮球真的是一个交朋友的好方式。今天下午放学后我和中国留学生打了一会儿球，认识了很多新的朋友。

这里本地的学生特别热情，尤其是对我，每次看见我都和我击掌。因为他们认为我的功课学得好，在体育课上也表现得很好。

这个学校实行的是走班制，没有班主任，不过每个老师都可以是很好的朋友，他们上课也讲得特别好。

妈妈说，在陌生的国度，新鲜的环境，你一定会成长更快！确实是这样，离开了大人的庇护，孩子总是成长得很快。

2019年10月4日

规则意识

在国外，规则意识很重要。一旦触犯规则，就没有被原谅的机会，直接受惩罚。比如，只要你晚交作业，学校就会在你的总成绩里面扣分；只要你上课迟到，学校就会在你总成绩里面扣分。扣分毫不手软，毫不留情，所以，在这所学校，我几乎每天都是提心吊胆。不过，这样的制度让我懂得了必须遵守规则。

我最近认识了一个姐姐，偶然得知，她以前竟然也是新英才的。在异国他乡遇到中国的校友，那种兴奋感不言而喻。最重要的，她竟然是贾海洋老师班的学生。贾老师是我的语文老师，我们以前关系特别好，感觉我和这个姐姐还挺有缘分的。

慢慢地，我已经开始习惯这里的生活，并且熟悉这里的人了。我开始不再想念北京的生活，这对我来说无疑是一个好的开始，这代表着我可以专心致志地把心放在这里认真地学习了。

期待今后的每一天。

2019年10月5日

不再孤独

今天休息，正好遇上多伦多难得一见的好天气，我准备和Hugh出去玩。

Hugh是和我一起寄宿的一位哥哥，比我大两岁。刚开始见到他时，我觉得他比较冷漠、内向。相处后才发现，Hugh这个人很贴心，而且还很自立。他会做各种各样的饭，并且对我们家附近的情形了如指掌。

今天中午，Hugh煮了面，还贴心地往我碗里面放了两根香肠。他平时很安静，但会在不经意间温暖到你，比如他总是提醒我多吃点蔬菜。

下午，我们打车去了 Richmond Hill（列治文山市。按：书中翻译均为编者所加。）并吃到了我这几天梦寐以求的火锅。Hugh 是南方人，吃油碟；我是北方人，吃麻酱。他点了很多南方人喜欢吃的菜，我点了很多北方人喜欢吃的菜，我们互相分享，我很喜欢这种感觉。

吃饭期间，我顺便向 Hugh 了解了一些学校的评分情况。我们学校成绩分四个等级，A 是最低级，50 分以下；D 是最高级，80 分到 100 分，并且平常的作业也会被算到分数里面。

吃完饭后，我们顶着寒风去喝了杯奶茶，还在附近的一个超市买了点吃的。

今天我感觉到了前所未有的开心，这也许就是朋友所起的作用吧。听说一个人吃火锅或一个人逛超市是一级孤独，欣慰的是，我有 Hugh 的陪伴。

2019 年 10 月 6 日

棘手作业

很多朋友知道我下午三点放学后，很羡慕我。但他们不知道的是，放学后还有很多作业，有些作业还很棘手，而且这个学校有一个专门布置作业的网站，一些重要事件和成绩都可以从这里查看。

在中国，我的作业有一个特点就是很难，有时要做各种奥数题。而这边作业的特点之一则是多，比如数学作业，内容很简单，就是个位数乘法和分数加法，但得写三页多。在中国，美术、体育等课程常常被忽略，但在这里，美术、体育也会布置作业。科学老师则比较看重实验，作业并没有布置多少。

这周的英语作业我觉得比较简单，花了半个多小时就做完了。不过，我还做了一次阅读，用了一个多小时。

地理作业相比来说有点难度，主要难在英语上，因为涉及很多专业词汇。如果英语没问题的话，就相当于读完一个故事再从里面找细节。

这个周末，我过得很充实，不仅玩儿了一圈，而且花了很多时间做作业，包括复习一些知识点，读了很多书。

明天又是周一，我已经在这里过了一周了，无论是日常规则，还是学习知识，我都做足了准备，期待新的一周。晚安！

2019年10月7日

莫雷事件

前几天，休斯顿火箭俱乐部总经理莫雷在社交媒体上发布了涉港不当言论，我国球迷对该言论表达了极度不满。之后，莫雷删掉了此前发布的内容并且发文为此前言论狡辩。更让人生气的是，NBA总裁肖华竟然支持莫雷的不当言论。

这一系列操作让包括中国篮协在内的虎扑等主流媒体宣布“封杀”火箭队，腾讯直播列表上面已经把所有关于火箭队的比赛直播取消了。中国在休斯敦的大使馆也发表了强烈的反对意见，CCTV5在播田径比赛的时候还专门抽时间谴责了莫雷的行为，这事还惊动了人民日报社……

唉，可惜啊，NBA在中国攒了三十年的人品，却被莫雷三十秒给耗光了。说实话，火箭队和中国渊源最深，可惜现在却落了个这样的下场。

莫雷，你严重犯错了！

2019年10月8日

运动健将

维拉诺瓦学校的体育课既能学到知识又好玩，同时还能锻炼身体。

我们的体育老师是一个特别幽默又特别和善的老师，每次我们做得很好时，他总会表扬我们；我们表现得不好时，他也总会鼓励我们。

上课的时候，老师会先讲一些运动概念，抑或是一些其他东西，然后让我们开始实战模拟。我们玩过橄榄球、篮球，还有手球。在之后的体育课上应该还会训练更多的运动项目，我都有点期待了。

在体育课上，所有人都用那种在数学课上遇到奥数天才的眼神看我。确实，我的块头很大，很适合打篮球；我的手很大、力气也很大，很适合打橄榄球；我速度也不慢，也很适合打手球。所以，每次他们见到我都是很激动地和我打招呼。

当然也不乏个别不友好的学生，有一个学生在课上不停地挑衅我，实战时他甚至故意推了我几次，不过我也回击了他，使劲推了他一下，差点把他推倒了。

人不犯我，我不犯人，他要是没有那般挑衅我，我也不会这么不友好。我在这儿代表的是中国，我绝对不会去挑事，但如果有人主动惹我，我决不会躲。

爸爸知道这件事后，从他的角度给我提出几点建议：如有人在打球的时候挑衅你，第一，你要理直气壮地表达自己的态度；第二，你要远离垃圾人与负能量的人；第三，不要因为这些事情影响你的学习和生活；第四，一定要注意安全，保护好自己，小心校园欺凌。

爸爸的建议很实用，我会牢记在心的。

2019年10月9日

所谓“和平”

本来我已经不打算再为莫雷事件写日记了，但今天传出来的消息依旧令我生气且失望，可以说对 NBA 失望透顶。

当年大卫·斯特恩——NBA 前任总裁万里迢迢来到中国，在央视耐心等了很久才换来的合作即将要毁于一旦。中国球迷原本对 NBA 有着极高的热情，但因为莫雷事件，现在却都是失望透顶。

这次的事件让我觉得这个世界难有所谓的和平，实力强大与否太关键了。我们的祖国越来越强大，自然有很多西方人不舒服，所以我们一定要好好学习，去保护我们的祖国。

2019年10月10日

领带风波

早上起床，迷迷糊糊地去了学校后，我才发现没系领带。我想，不就是个领带吗，没人会看出来的。结果，上第一节课时美术老师就说，没有领带是不能上学的。于是我只好去租赁商店租了一条领带。

在上另一节课的时候，有一个中国来的学生因为在衬衫外套里穿了一件保暖服被老师说了一顿。老师说："只能穿学校的校服，就算你很冷，也不能穿其他衣服。"

这两件事让我再一次领教了这里的规则意识有多强，以后一定要遵守规则。

我们学校是一所天主教学校，学校旁边就有一个很大的教堂，教堂里面有个神父。今天，我们大家走着去了教堂，做了各种祷告，唱了各种歌。我觉得这种活动真的挺有意义。神父不仅给我们讲了很多宗教知识，还讲了很多历史知识。

神父讲到一位圣人，我们学校的名字就是来源于这位圣人的名字。这位圣人每次做好事都不希望别人知道，他本来可以享受荣华富贵，却过着最简朴的生活；他同时还是个教育家，教穷人知识。神父告诉我们，这位圣人刚开始也只不过是个有血有肉的普通人，只不过他每做一件事，都要想如果是神会怎么做，久而久之，他就成了一个圣人。

这也让我想到一句中国的名言“勿以善小而不为”。在日常生活中，我们要多做善事，尽自己的能力去帮助别人，这样的人生肯定是有价值的人生。

2019年10月11日

快乐周五

我一直觉得时间是世界上最神奇的东西。明明它一直是那样一秒一秒不停地转动，我们却总觉得一会儿过得快，一会儿过得慢。就比如我出国的这段时间，说过得快吧，却发生了那么多事情；说过得慢吧，感觉眨眼间就过去了。出国前，我就和家人约定好，要坚持每天写日记。坚持一件事情在开始的时候的确很难，但这几天我发现写日记已经成为我生活的一部分了。每天只有写了日记，我才能睡个安稳觉。

今天很开心，因为我要去哥哥那里了。虽然我已经去过哥哥那里好几次了，但这次还是很兴奋。

我现在准备登机了，这个飞机刷新了我的认知，原来飞机还有这么小的，整个飞机还没我高，我进飞机还得弯着腰。

马上要起飞了，暂别加拿大!

2019年10月12日

又见哥哥

哥哥在美国俄亥俄州，距离加拿大很近，飞机只飞了一个多小时便到达。

又是那熟悉的取行李处，我又见到了哥哥和妈妈。这个场景勾起了我的回忆。以前，每次在这里见到哥哥，哥哥都会假装看不见我，而我总会捧腹大笑。而每次见到哥哥，我的成熟和稳重就全都消失了，化身为幼稚的贪玩鬼。

回到哥哥租的房子，吃到了妈妈做的菜，觉得太幸福了。小时候的我总觉得妈妈做的菜是世界上最不好吃的，老是想吃西餐。现在出了国，远离了妈妈，才发觉妈妈做的菜是那么香。

吃完午饭，我去了俄亥俄大学的健身房。我在篮球馆打了一会儿球后，哥哥来找我了，要和我单挑。还记得第一次和哥哥打球的时候，我老是耍赖，最后还输了，没想到这次竟然赢了哥哥，这也是我第一次真正意义上赢哥哥，包括三分球大赛。打完篮球，我们又打了会儿台球。我记得以前有一次，我和哥哥打台球打输了就哭。这次虽然输了，但我也很开心，因为我现在知道输赢没那么重要，只要和哥哥玩儿，我就会很开心。

晚上，妈妈一直和我聊天，给我分享了她前几天去《肖申克的救赎》拍摄地“肖申克监狱”后的一些感想。

妈妈说五年前，她第一次看电影《肖申克的救赎》后的感受就是，监狱太阴森恐怖了，生在世上千万要循规蹈矩，不要犯事，以免万劫不复。

这次参观拍摄地，远远望去，它外观巍峨壮观，是典型的哥特式建筑，很洋气，楼顶尖尖，直插云霄。进去参观时，电影中的情节一一重现，印象最深刻的是犯人的居所：不仅阴森恐怖，而且面积只有不到5平方米，上下铺，进去真的有一种挪不开身的感觉。在那儿，会对“自由”的感触特别深，自由就像空气，等你失去它，才觉得它是多么的宝贵！正因为如此，瑞德一次又一次请求释放；正因为如此，安迪能够坚持二十年如一日，用锤子凿洞，历经千辛万苦，最终获得自由。

妈妈还说，通过电影我们要学会心存希望，学会等待。安迪正因为心存希望，并且在等待中不断地努力，最终获得自由，还把朋友瑞德也带向自由的彼岸。所以，人生在世，要有希望，还得学会等待！

《肖申克的救赎》这部经典电影确实能带给我们一代又一代人深深的思考：关于自由，关于希望……这或许就是经典影片的魅力所在。

2019年10月13日

两个故事

今天晚上我和哥哥、妈妈一起在异国他乡看了一部献给中华人民共和国成立七十周年的礼物:《我和我的祖国》。

这部电影的导演和演员阵容堪称完美，不仅有老一辈的实力派演员，还有新一代的演技担当。这个电影的新颖之处是由七个故事组成，分别是《前夜》《相遇》《夺冠》《回归》《北京你好》《白昼流星》《护航》。每个故事都很好看，我就选两个我最喜欢的故事来讲讲。

第一个是《前夜》，这个故事发生在中华人民共和国成立庆典举行的前一天。那天，因为害怕有特务搞破坏，所以天安门全面封锁，就连电子升旗都不能在现场试验。电动旗杆的设计安装者林治远便只能按照比例复刻了小型旗杆，一整天都窝在小院里做试验。经过工作人员和人民群众的帮助，他们攻克了一个又一个的难关，林治远甚至还克服了自己的恐高症。最终，1949年10月1日，在林治远的陪同下，毛主席升起了中华人民共和国的第一面五星红旗。

这个故事最让我感动的是，他们做一个很重要的部件时，需要三种稀有金属。就在他们以为绝对搞不到这三种金属的时候，满大街的邻居把家中所有“废铜烂铁”都捐出来让他们选。其中最让我感动的是清华大学的一位教授，他把实验室唯一一块稀有金属捐赠了出来。这就是人民群众的力量。

第二个故事是《相遇》。中华人民共和国成立初期，研发原子弹工作是秘密进行的，所有工作人员都是三年没和家人、朋友联系。其中有一个工作人员叫高远，在一次试验中灵感闪现，找到了一直出现故障的原因。只不过，排除这个故障导致他身患癌症。正当他绝望之时，他遇到了初恋女友，而此时的她对高远充满埋怨，因为整整三年她都没有收到他的讯息。后来街上开始游行欢庆，为什么呢？原来是中国第一颗原子弹爆炸成功了，高远激动地参加了游行。或许他在想，我为祖国付出了我自己的一切力量。其实，为了祖国变得强大，有不少人都是隐姓埋名，默默地奉献，他们值得我们学习。

身处异国他乡，这个电影把我看得热血沸腾。我真的很希望以后也可以为祖国献出我自己的一份力量！

2019年10月14日

离美返加

两天的时间如此短暂，转眼间分别的时刻就到了。我的心情从第一天到时的欣喜若狂转变为走时的异常低落。尤其是在安检的时候，明知道妈妈和哥哥就在后面，可是依旧不敢回头，因为我害怕一回头就控制不住我的泪水。

为了迎接我的到来，哥哥一个星期前就研究了我的出行方案：飞机还是大巴，或者是他和妈妈开车去水牛城和我会合。

为了迎接我的到来，妈妈和哥哥早就兴奋地做好这两天玩耍的攻略。

为了迎接我的到来，哥哥放弃了宝贵的科研时间，周五开车分别到三个超市买肉、买菜、买零食……

两天一瞬！太短的时间，却留下太多的回忆！

一起运动，一起漫步在湖旁边，一起看电影《我和我的祖国》，一起逛街，一起吃自助餐，一起怀旧，一起闹……

我曾经说过，在哥哥面前，我永远是那么幼稚；在妈妈面前，我永远会是那么依赖。如果我不自己出去闯荡一下，恐怕还真不知道世界有多大，有多么精彩。

哥哥，妈妈，再会。

晚上，妈妈给我发了一段话。她说，她理解我心中的依恋和不舍，其实她和我一样，但她还是希望我永远朝气蓬勃、意气风发。

我会尽快调整自己的情绪，明天又是新的一天。

2019年10月15日

完美学生

玩儿了三天，也该收收心了。

今天上完第一节课的时候，招生办主任把我叫到他的办公室，让我和另外一个九年级的学生做一次测试。我们两个是学校的重点培养对象，通过这次测试，学校就会把我们两个放进STEM project（STEM项目。STEM是科学、技术、工程、数学四门学科英文首字母的缩写，STEM教育是一种跨学科的教育理念），简单来说，就相当于国内的理科实验班。

测试包含英语和数学，英语其实挺难的，里面有很多很难的单词和很刁钻的题型。相反，数学没那么难，只是我们七八年级学的一些基础知识。考完试以后，我们就马上换课了，我将会成为第一个在九年级学习宗教课程的国际学生，想想就很激动，这不仅能让我学到更多的知识，还会为我未来申请大学时增光添彩，锦上添花。因为别的学校九年级都是启蒙课程，而我加上宗教是八门课程，再加上 STEM project，而且我也在积极参加一些课外活动和体育活动。如果我好好努力，一直保持优异的成绩，那么肯定会申请到一所好的大学。

这么一想，我简直是个完美的学生，感觉未来已经稳操胜券了。

2019 年 10 月 16 日

体育考试

今天是我们的体育考试。具体考察内容就是给你 12 分钟，看你能在操场跑几圈。这让我很激动，因为我很想试试自己的耐力和爆发力到底怎么样，可不可以参加篮球队，而且我想证明中国人的体能也是可以很好的。

我们分了两组，互相给对方记圈数。

我是第一组的，一开始，我就以稳定且颇快的速度往前跑着，那时我大概是第四名。到后来慢慢有很多人超过了我，大概是在第六圈和第七圈的时候，我前面的很多人都停下来了。

虽然当时我的腿已经很酸很痛，但是我依旧没有停下来。我在心中告诫自己，一定要坚持。就这样，我一直跑了十二圈才停下来，因为这时我的腿已经几乎不能动了，而且心脏也有点疼。

本来我还很骄傲，觉得自己很厉害，但第二组的比赛太激烈了，可谓强者如云，让我真正体会到了什么叫可怕的天赋。

体育一直是让我引以为傲的，我相信通过我的刻苦锻炼，我一定会赶上来的。加油吧！

2019年10月17日

课多又累

多伦多的气温已经不能再用“冷”字来形容了。

我刚在网上看到一个段子：特别特别冷的另一种表达方式是“欢迎来到多伦多”。今天早上起床时就感觉到一丝寒气从厚厚的玻璃透进来，一出门就更冷了，还有一些小雪花犹如刀刃般割在我的脸上。马上就要下大雪了，那时候气温降到 −30℃都是有可能的。所以这周末，我打算去买一点过冬用的物品。

今天可能算是我来这儿后最辛苦的一天。上午连上四节课，分别是宗教、地理、两节英语。下午还有两节课，第一节是科学课，我们做了个实验。实验就是不停地动，不是走路就是站着，比上体育课还累。第二节是美术课，但不是平常意义上的美术课，我们上的是美术理论知识课，内容很枯燥。不过我还是认真地记了笔记，甚至还回答了几个别的同学回答不上来的问题。

课后的作业也很多，明天就是周五了，一般来说周五的作业最多。所以尽管一天上课很累，一回到寄宿家庭，我就开始疯狂地做作业，希望星期天能多休息一下。

2019年10月18日

收 获 感 动

今天上宗教课时，老师让我们在本子上分别写三件这一周发生的好事情和坏事情。最让我感动的是，我只上了还不到三天宗教课，但班里所有的同学都在本上不约而同地写道："我们很高兴梁宸睿来到这个班里。"

我觉得这里的学生真的很纯真，说话也很贴心。刚开始我经常记不住他们的名字，到后来，慢慢地聊着聊着就记住了，而他们也觉得我记住他们的名字是一件令他们骄傲的事情。

我觉得，中国国际生这个圈子虽然能给你一种回家的感觉，并且交流更方便，有一种安全感，但是我们出国不就是为了避免这些，不就是为了锻炼我们的独立性吗？所以我将试着和更多的本地生交朋友，在周末和他们出去玩。

我相信在不久的将来，这个愿望一定会实现的。

2019年10月19日

心 随 林 动

今天终于又读完一本书，叫作《武动乾坤》。每天在校车上，在家里面，我有事没事就会捧起这本书，津津有味地看起来。《武动乾坤》对我来说，不只是一本小说，更是我前进的不懈动力。

书中的主角叫林动，从一个其貌不扬、家中落败的毛头小子，摇身一变，变成了足以傲视世界的存在；从一个手无缚鸡之力的少年，变成弹指间就能毁灭整个空间的主宰。在他离开家出去闯荡时，他就明白：有些事，只能一个人做；有些路，只能一个人走；有些关，只能一个人过。

林动的家庭并不富裕，注定他得到一样东西要比别人付出更多甚至是百倍的努力。作为一个读者，书中的每一次风险都让我感到害怕。可是林动，他的勇敢让他从不就此止步，而是一次又一次从鬼门关里逃出，我每次都不禁为他捏把冷汗。

林动从小的梦想便是凭借自己的加倍努力，超越家族里那个耀眼的天才。五年后，那个天才变成失败者，因为他没有梦想。没有梦想的人就是一条咸鱼，永远没有翻身的机会，永远只能忍受别人嘲讽的目光。

从林动身上我明白了，走向成功的第一步便是树立一个目标，然后付出实际行动，朝着目标不断前行。

2019年10月20日

近期目标

本周，我加入了STEM班。为此，我特别兴奋，因为我将学习更难的课程，会有更多更有挑战的项目等着我。最重要的是对我未来申请大学很有帮助。

今天，爸爸给我打了一通电话，他说希望我可以好好学习，争取托福和SSAT（美国中学入学考试）都能考出一个好成绩。我也寻思着，反正我这几天作业不是太多，何不多花点时间去学习一些有用的东西呢？所以我决定每天都要抽时间学习托福和 SSAT，多背一些单词。

我的近期目标：

1. 每天课上的知识要掌握牢固。

2. 每天坚持写日记。

3. 抽时间备考托福和 SSAT。

4. 交一些本地的朋友。

5. 提高我的篮球技术。

6. 减肥。

7. 创作几首嘻哈音乐。

2019 年 10 月 21 日

寄 宿 家 庭

我特别喜欢寄宿家庭这老两口，他们是一对非常恩爱的夫妻。据我的推测，他们俩至少快 70 岁了，因为他们的女儿和儿子都 30 多岁了。

寄宿家庭的女主人特别喜欢尝试新的东西，喜欢挑战。比如，她每天都在竭尽全力地想着怎么为我们做更好吃的中餐，这让我们特别感动。她总是很细心，有一天下大雨，我出门的时候忘了拿雨伞，我都走出去很远了，她从后面追上来把雨伞给了我。她还是一个特别体贴的人，我刚和妈妈分别的时候忍不住哭了，她安慰了我好久，让我有了家的感觉。

而这个家庭的男主人，不怎么会说英文，只会说意大利语。用一个词来形容这个男主人就是沉稳。我经常看见他一个人坐在门外的一把椅子上望着蓝天，什么也不干。这个男主人沉稳中透露着慈祥和友善，每天晚上我们回家他总是第一个跟我们打招呼，每次都是他用那不流利的英文问我们今天怎么样。

能住在这个家庭里面，我感到很幸运！

2019年10月22日

日光葡萄

今天英语课上，我们看了一部有关偏见、贫穷、家人与梦想的电影《日光下的葡萄干》，英文名叫 *A Raisin in the Sun*。

影片主要讲述非洲后裔的主人公一家在20世纪50年代搬到了芝加哥后，不仅要与贫穷和种族歧视做斗争，同时还要解决家庭的内部矛盾。

在这个家庭中，有爸爸、妈妈、儿子沃特、儿媳露丝、女儿贝尼莎。事情大概是这样的，家庭中所有人都住在一间小房子里面，上厕所还要各种抢。在这样的情况下，家庭中的爸爸突然死去，有一笔十万美金的保险费降临到他们家。针对这十万美金，所有家庭成员分别发表了不同的意见。

妈妈的理想美好而简单，她想将十万美元作为一个大房子的首付，给家庭所有人一个更大的空间。儿子沃特就不这么想了，他是一个有野心的男人，他一心想在他们家旁边开一个酒吧，特别想将十万美金作为酒吧的投资，甚至到后面还因此和家庭成员闹得很不开心。女儿贝尼莎一心想当一名医生，她很希望这十万美元可以用来帮助她完成学业。儿媳妇露丝虽然内心很想去一次环球旅游，但她还是决定支持妈妈的意见。

这些角色塑造了不同的形象。沃特一心想为这个家庭做些什么，而不是用他爸爸死去的保险费来勉强维持家庭的生计。他想做这个家庭的顶梁柱，但要做到没那么容易，到后来他被合伙人骗了，亏损了好几万。那个年代，黑人虽然已经自由了，但大部分都过着贫困的生活。沃特就是给富人开车的，每天嘴里喊着“先生，先生”，心里特别憋屈，所以每当有人不同意他的想法时，他就特别情绪化。

我想如果是我的话，我会同意妈妈的选择，一个更舒适的居住环境是一切的基础。但现在我们还没看完电影，等我看完了再跟你们细讲吧。

2019年10月23日

篮球比赛

今天下午放学后我留下来陪Drew和Mark打球，这是我打得最爽的一次。刚开始，我们三个混着单挑。Drew的特点是运球好，节奏好，是我见过的同龄人里运球最好的。只不过他长得矮，身体弱，所以尽管运球技术好，但是没有对抗能力，直接导致他防守弱，而且容易被盖帽。Mark呢，就不是那么尽如人意了。他已经十一年级了，身体挺好，但打球技术有点糙。

我们三人单挑时我进的球最多，因为我综合能力相对来说最好。打着打着，有三个本地学生过来说要和我们3v3。我简单观察了一下，他们中有一个是校队的中锋，身高至少有一米九五,十一年级，不过我们还是选择跟他们打了。刚开始，那个校队的没防我，看我得了好多分以后，他问了我的名字。我说Randy，他说，好，我来防你。说实话，听他这么一说，我不仅没怂，反而更来劲了，因为能被一个校队的人选中防我，说明我还是有一定实力的。

他刚开始对我是消极防守，结果被我投进了两个三分球。于是，他开始认真防守，而且还故意激我，说我不可能投进的。我当时就想，投一个反驳一下他吧。可能太着急了，没有放平心态，结果没投进。后来，轮到我防他。他不愧是校队的，我当时感觉我防得没有任何毛病，他怎么晃我我都没被甩开，结果他一个翻身跳投，球进了。我俩就这样，一会儿进攻，一会儿防守，我打得越来越起劲，Drew 说我的潜能被激发出来了。

比赛结束后，校队的哥儿们主动过来和我握手，说："我叫AK，很高兴认识你，你球打得很好。"真是不打不相识啊。

这次的比赛激发了我的斗志。我一定要多锻炼，第一是提升身体素质和弹跳力，第二是提高投篮命中率，我相信我可以进校队。

2019 年 10 月 24 日

面临抉择

不知不觉，已经来到这里四周了。这四周我适应了很多，也成长了很多。从在中国每天醒不了，到必须六点就醒；从在中国经常熬夜，到现在十一点必须睡觉；从在中国每天被督促着学习，到现在自己能主动去学习，不管是生活方面，还是学习方面，我自己认为都有了很大的进步。

最近几天家人，尤其是妈妈，态度非常坚决地想让我转学。

有一次打电话的时候，妈妈甚至还说：“你自己做决定。如果你打算继续留在这里的话，我就不给你出学费了。你在这里最终考的大学还不如南昊延、梁策策，那多丢人啊。”我哭了，但我相信妈妈不是故意要这样说的。哥哥虽然一直比较理智，但这次也还是希望我能转到美国去，这样我们相见会更方便。说实话，我感觉他们还是不信任我，可能是因为我以前太不自觉，但这次我想证明我自己。

因为我的吐槽，妈妈误以为这所学校有多么多么不好，其实这个学校有很多优秀的学生，甚至很多学生还考上了哈佛、耶鲁。

我不喜欢所有的事情都被他们掌控。妈妈太爱我了，导致她对我的控制欲很强，也很放心不下我。

我最近一直在想这件事。昨天模考之前，我的想法是这样的：考个好成绩，证明自己，然后不转学。但考完以后我才发现这个考试根本不适合我，我的托福也是靠听力和口语提分的。最近几天的课程也越来越难，上课记笔记时，我因为打字慢时常跟不上，导致每次回家以后还得借别人的笔记。此刻，我觉得很无助，也挺难受。

目前，我 SSAT 才能考 1800 分左右，如果想去一个顶尖学校，至少要考 2200 分左右。还有一个月的时间，如果我每天每分每秒都在学 SSAT 的话，或许还有可能。真心希望每天可以没有那么多烦心事，可以日复一日地学习，学完了运动，然后充实地过好每一天。

有时我会觉得我很固执，也会觉得我这样是自作自受。但我实在不想走爸妈给我安排的路了，就像大闹宝莱坞的“三傻”那样，即便他们安排的路是最好的选择。

2019年10月25日

妈妈回信

不知不觉，马上又是周末了。今天晚上我试着自己做了一份面，往里面放了挺多调料，还加了几根火腿、几片肉，最后味道还不错。然而一个人做饭、吃饭还是挺孤独的，记得以前吃泡面的时候，总是妈妈帮我煮，最后再放两颗鸡蛋。

昨天我把我的日记发给妈妈以后，她没理我。我以为她又恨铁不成钢，生我的气呢。没想到今天她给我发了一段很长的文字，表示很理解我，并且很支持我的决定。我想，这就是亲人之间的爱吧，尽管平时我们会有一些小吵小闹，但亲人之间的怨恨就像冰一样，只要有温暖就会融化的。

今天在英语课上，我们看完了《日光下的葡萄干》。最终的结局是沃特的钱被骗走了。他本以为妈妈会很生气，甚至会再也不理他，与他断绝母子关系。没想到，他妈妈却是第一个站出来表示同情和支持沃特的人。她说，所有人都在为钱着想，没有一个人像亲人一样想一想沃特现在的感受，他肯定比我们更加难受，所以作为亲人的我们，更应该支持他。

妈妈在信中写道：

收到你的日记，一夜无眠！

想起你小时候的模样：笑眯眯的，总是开心快乐，跟着妈妈有说有笑，蹦蹦跳跳……现在，你已经是一个青年了，一米八五的身高，脸上长了青春痘，线条棱角分明，眼神宁静深沉，透着独立的距离……

我有些不适应！我常常想，我可爱的小梁哪里去了？那个让我拥抱，让我亲吻，让我牵手，让我讲故事，头发有点汗味儿的小男孩哪里去了？

你经常谈到我们有代沟，确实是这样。你愿意把所有的时间给你的朋友、同学，和我对坐在餐桌时却默默无语，眼睛盯着手机，手指忙着发消息。

我知道你爱妈妈，但爱不等于喜欢，不等于认识！我失去小朋友小梁没关系，但我渴望认识现在青春年华里的小梁。

青春王国有自己的领域，自己的密码。会有狂热，甚至叛逆……妈妈年轻过，玩儿过。现在，妈妈进不去了，但你要相信妈妈，妈妈会选择尊重它、祝福它。在这个逐渐老去的年龄，妈妈想在世界的每个角落，看到青春的笑声走过！

所以，小梁，请你相信妈妈，并敞开心扉接纳妈妈！

关于SSAT考试，我知道你学习紧张，但还是希望你能抽时间复习一下。退一步说，只要有了这个成绩，就有了许多选择的权利。你现在喜欢并适应这所学校，妈妈为你高兴！等寒假回来，如果你还坚定不移地留在这所学校，妈妈支持你！如果你想有更多更好的选择，咱们也有机会。你说呢？

放心！妈妈，我永远会是你的乖儿子！

2019年10月26日

异国乡愁

今天是美好的周六，我出去了一趟，一是理了个发，二是买了潮牌羽绒衣和雪地靴。

我去的这个理发店是一对香港的老夫妻开的。妻子负责洗头和干一些杂活儿，丈夫负责剪发。他们三十年前就移民来到了加拿大。那个叔叔特别热情，跟我聊了挺多，还说到他的老家也在内地，之前他还有过寻根的念头，但因为各种原因，至今都没有实现。

这位叔叔的人生经历让我突然想到了电影《我和我的祖国》。那里面就有一个因为一场灾难从佛山到了香港的男子，一直都没有回到内地，在香港做着修表匠的工作。他的修表技术也是从他父亲那里传承的。当香港回归祖国的时候，为了让国旗准确无误地升起，需要一个修表的师傅来确保时间的准确性，这个男子接受了这项任务，最后圆满完成，并且没收任何钱。我想，这也是他对他家乡的一种怀念吧。

我也在想，我以后能为国家做些什么呢？之前语文课本中学过的鲁迅先生刻在桌子上的“早”，周恩来当年“为中华之崛起而读书”的志向等，这些都是爱国的具体表现、责任担当。而我现在首要的任务还是读书成长，好好读书，努力成长，将来才有能力为祖国做点什么。

晚上回去后，我很激动地给妈妈打了个电话，说了今天发生的事。挂断电话后，妈妈给我分享了一段文字激励我。

妈妈还说：“小梁，我想你会觉得一个人的力量很单薄，无法拯救整个国家、整个宇宙！但是积少成多，积善成德。我知道你才只有 14 岁，一定会长大的。等你长大时，我相信，你会很清楚自己要做什么，不做什么，做不到什么。”

谢谢妈妈的分享。再过两个月我就15岁了，我首先要自己为自己负责，设立目标，多多阅读，不畏困难，学会成长。我相信我会越来越好！

2019年10月27日

收获满满

今天是周日，我想写个总结。

这周我收获蛮大的。尤其是我加入了STEM项目以后，数学和科学的难度都更符合我的水平，并且数学测试还进了班级前五。

在体育课上，我正式成为九年级篮球第一人，值得纪念一下。

在美术课上，我完成了一幅画，虽然挺粗糙的，但下次我肯定可以画得更好。在英语课上，我写完了两篇作文，并且看了一部很有意义的电影。

下周就是学校篮球队试训了，希望我可以顺利被选进篮球队，这也是我近期最大的梦想了。

总的来说，我对近期的学习和生活挺满意的。

2019年10月28日

越级参训

今天下午，我经历了人生中最累的一次训练。

这周是学校篮球队的试训，我中午就报名了，结果下午体育老师却说九年级的试训在下周。我本来兴致很高，听老师说完我就蔫儿了，觉得有点儿遗憾。体育老师挺看好我的，也看出了我的心思，就跟我说："如果你想试试十、十一年级试训的话，也可以留下来。"我毫不犹豫地答应了。

就这样，我成了这周试训中年龄最小的一个队员。但我还是想竭尽全力好好训练，不辜负老师对我的期望。

刚开始训练，我们做了一个很常见的三角传球，就是你传给谁，就跑到谁的后面，最后上篮。几个十一年级的学长很有经验，但一点儿都不高傲，耐心地教导我们这些菜鸟。

之后，我们做了投篮大战，所有人被分成两队来比拼投篮，哪队先投进六十个球就算哪队赢，可惜我们组以一球之差输掉了比赛。让我意想不到的是，输了以后竟然还有惩罚——十七趟折返跑。这时，我的体能就跟不上了，一直跑在最后一名。不过令我感动的是，赢的那队并没有嘲笑我们，反而在我们跑的时候给我们加油，让我觉得篮球队就像一个大家庭，特别好。

下一个环节是四打四，紧接着便又是折返跑，这次跑了整整七十多趟。跑完以后我感觉整个人头昏脑涨，眼睛甚至有点模糊，胸口又闷又疼。跑的时候，虽然我一直是最后一名，但我最终坚持下来了。我并没有气馁，这反而让我下定决心，一定要加强我的体能。

我想到了妈妈曾经分享给我的两段话：

古代思想家、政治家韩非子说，赛马的妙法，在于“不为最先，不耻最后”。

鲁迅先生在杂文《最先和最后》中写道，他每看运动会时，常常想，优胜者固然可敬，但那虽然落后而仍非跑至终点不止的竞技者，和见了这种竞技者而肃然不笑的看客，乃是中国将来的脊梁。

2019年10月29日

勇士库里

前两天，NBA常规赛正式开始了。我最喜欢的勇士队缺兵少将，不仅失掉杜兰特和伊戈达拉这两名核心球员，连稳定输出的汤普森都受伤了。在粉丝和媒体的多重压力下，库里领衔的勇士队在常规赛前两场全都输掉了，而且在第二场输了40分。

这两天我看见很多新闻甚至很多同学都在嘲讽库里和他的队友:“库里根本没有带队能力。”“格林是NBA史上最被高估的球员。”“拉塞尔也就是厉害了那么一段时间。”虽然我也承认勇士这两场打得确实不好，但是我一直相信这个曾经创造过历史的球队不会就这么没落的。

昨天，我看了他们的第四场比赛。冠军教练克尔换了一个首发阵容，让格林成为首发大中锋。于是，我又仿佛看到了那个令人着迷的勇士队。唯一的区别就是：没有了良好的中锋和小前锋，库里也32岁了。我看到库里一个人拼命地得分、传球，看到了他自信地投篮，甚至看到他露出了小学生般的笑容；我看到格林和库里非常默契的配合；我看到新秀和拉塞尔良好的发挥。我知道，他们的状态都回来了！

赛后，库里在新闻发布会上说，新闻怎么写都可以，我们负责打球就行了。

加油，库里！加油，勇士！

2019年10月30日

一切安好

今天收到了妈妈的一封来信，妈妈在信里写道："亲爱的孩子，你独自一人漂洋过海，在异国他乡学习生活，一定会遇到不少的困难。妈妈爱莫能助，但是，我想念你！孩子，在这个安静的下午，看着窗外淅淅沥沥的小雨，我想起我们在一起的日子，尤其是每年暑假来美国的日子。哥哥白天上学，我们就一起看书，或者出去锻炼……我在想，妈妈总是想念成长中的孩子，尽管是单向的。因为一个充满青春活力的孩子，总是在奔向他人生的愿景，眼睛热切地望着前方。母亲只能在后面张望他越来越小的背影，揣摩他究竟跑了多远多长，怎么一下子就看不见了。"

我回复妈妈："我一个人在外面过得挺好的。也许是这儿课程、作业、考试都比较多，每天都挺忙的，一忙就不觉得孤单了。真的，所以你也可以找一些事情干，要找自己感兴趣的事情去做。

"我现在已经彻底适应了这儿的生活。学校每天都会有很多事，比如篮球队试训，比如今天刚刚办的彩票活动，比如刚结束的两场考试……

"放心吧，妈妈，我在这里一切安好。"

2019年10月31日

进 入 校 队

今天是万圣节，学校建议着装打扮去学校，但是我觉得太麻烦了，只是穿了正常西服。一进学校，我脑海中就跳出一个词——“格格不入”。因为几乎所有人都盛装打扮：有的人打扮成恐龙，有的人打扮成医生，有的人打扮成警察，有的人打扮成外星人，还有人打扮成我不认识的东西……各式各样，应有尽有。

可惜啊，别人都是“Trick or treat（不请吃糖就捣乱）”，只有我是“Test or quiz（要么考试，要么测验）”。

今天我又参加了学校篮球队的最后一轮试训。经过这次试训，我成功地进入了校队，老师说我的天赋和球技也很好，只需要多加磨炼，并且把身体素质提高就更好了。

之前我和妈妈说过，假如进了校队，就确定不转学了；假如没进去，就再考虑一下转学的事情。

妈妈知道我进了校队后，又向我确认：“你决定不再申请美国的高中了吗？具体来说，如果你决定留在加拿大读书，那就意味着将来很可能在加拿大读大学。而美国的就业政策是你必须在美国读大学，才有在美国就业的机会。也就是说，如果你选择在加拿大读高中，那么，将来选择到美国读大学的机会很小，就业的机会也没有。你长大了，而且这次是人生当中一次比较大的选择。所以，妈妈想尊重你的选择。同时，你要对自己的决定负责！请你慎重考虑并尽快告诉我们你的选择。”

关于这个问题，我需要再认真考虑考虑。

2019年11月1日

尽力而为

时间过得真快啊，转眼间，我已经在加拿大度过了一个多月的时光。昨天收到爸爸的一封信：

小梁：

见字如面！面对你已经拉开序幕的加拿大学习生活，借这个机会向你说出我的三个期待。

一是期待你修身立德，以诚待人，涵养君子之风，注重健康体魄的锻炼和高尚情操的培养。《论语·为政》中有句名言：“人而无信，不知其可也。”你以诚相待，人亦以诚而应，所有对他人的真诚付出，最终都会反过来成就自己。奥里森·马登在《一生的资本》中写道：“任何时候，一个人都不应该做自己内心的奴隶，不应该使一切行动都受制于自己的情绪，而应该反过来控制情绪。”只有内心自带光芒，才能在遍地荆棘的世界，温暖而坚定地活下去！

二是期待你心怀天下，志存高远，明确人生的目标和事业的发展方向，并脚踏实地为之耕耘。天空大，比天空还大的是人心。古之成大事者，不唯有超世之才，亦有坚韧不拔之志，坚持不间断地“晨读经典，晚写日记”就是培养你坚韧不拔的习惯。你需要认真思考，什么是自己最热切的期盼、最渴望的理想、最高远的追求？只有发自内心的热情，才能成为今后漫漫长路的指明灯。黎明前最黑暗，胜利前最绝望，成功前最渺茫。坚持住，你就会迎来黎明，迎来胜利，迎来成功。爸爸相信你一定会不断地超越自己，实现梦想！

三是期待你学会读书，正确处理好学习与实践的关系、博与专的关系，培养广阔的学科视野，留心观察各种现象，关注学习与生活中面临的重大问题，探讨学科间的互动关系，激发自己的想象力和创造力，培养自己的创新能力。爸爸希望你将来会拥有更多选择的权利，而不是被迫谋生！

爸爸周一至周五每时每刻地忙工作，挤着周末的时间好好学习，天天向上，不断地加强自修，提升自己的认知！爸爸深知只有自修才能产生智慧，只有改变和超越现在的自己，才能引领组织与团队向上突破与发展。我希望我是你的榜样！

小梁，请不要让自己的青春虚度。青春是用来奋斗的，不是用来享受的。别以“青春”为名，虚度光阴。路虽远，行则将至；事虽难，做则必成。

爱你并尊重你的爸爸：梁勇

于 2019 年 10 月 31 日星期四

这段时间，妈妈、哥哥，还有爸爸一直都想让我转学到美国去。而我自己觉得在这儿特别好，况且我已经完全适应这儿的生活了。然而，维拉诺瓦顶多算一个中上等的学校，之前我一直反驳妈妈和哥哥，说我特别不想去美国，具体原因我也不知道是什么。可能是因为他们当时逼得我太紧，而我又不想时时刻刻在他们的掌控之中，所以就极力地反对。

其实，针对转学这件事，妈妈最近每次给我发消息都说尊重我的决定，我反而开始认真思考。我仔细想了一下，如果能去一个更好的学校，能离得哥哥更近，还能去一所更好的大学，并找到一份更好的工作，我何乐而不为呢？

但是，更好的学校不是我想去就能去。首先，目前在这个学校的课程不能耽误，要每天照样完成作业，完成学业。其次，能找到一个符合我自身条件，并愿意录取我的好学校。最后，我能顺利地通过美国签证。

一切尽力而为就好。

2019年11月2日

有趣司机

每次出门，我都会发现这里的司机特别有趣。

还记得刚来加拿大的时候，有个印度司机和我聊了一路。他听我的英语说得这么好，又看我一个人这么小就来国外念书，先是把我夸赞了一番，然后就开始反映现代社会一些家长只会宠孩子，不让他们出去历练，这样不仅帮不到孩子，而且还不能提高他们的独立性。我很谦虚地说我还不够好，他又说谦虚是一项很好的美德，虽然自信很重要，但是永远山外有山，人外有人，所以时刻保持谦虚才能成功。他的这一番话让我很是惊讶。

今天我又遇到了一个很有趣的司机，他来自中东的一个国家，来加拿大才两年。他是家里的老大，还有四个弟弟。他从小就想当一个化学家，可他爸爸一直想让他留在家里继承家业，但他一直努力学习，最终考上了加拿大滑铁卢大学的化学系，每天兼职做司机。他说，梦想很重要，不能满足于现状。

我还遇见过很多很有趣的司机，我觉得司机这个职业也很有趣，每天可以遇见形形色色的人，与他们谈心。

2019年11月3日

文化差异

今天加拿大的冬令时开始了，也就是说，我们这里的时间要比北京时间晚十三个小时。比如说北京时间是晚上10:00，这里就是上午9:00。

今天和我的室友吃面时，我吸溜吸溜地吸着吃。这时，室友发话了，他说这样吃很不讲究，应该是拿舌头把面卷上去，我的吃法声音太大了，会让别人很不舒服。我就很不明白，在中国北方，大家吃面都是这样的。我试了一下用舌头卷面，很不舒服，只能尽量放慢速度，把声音降低。

我记得在北京的时候，最喜欢的场景就是宿舍几个人一起端着泡面吸溜吸溜地吸着吃，那简直是青春中最美妙的声音之一。毕竟我从小就是这么吃面的，并且还是来自山西面食之乡，久而久之形成的习惯一时也完全改不过来，以后吃面的时候只能注意点了。

这就是所谓的文化差异吧，我们的文化有很多不一样的地方，我们互相吸收对方优秀的文化。当然，最好的方法是，可以把文化融汇在一起，让彼此都觉得舒服。

2019年11月4日

科学实验

最近，我和Michael加入了高级数学班，因此占用了一些时间，导致我们有一些东西没来得及做。今天放学后，我俩就需要去完成一个科学实验。

我们的科学老师是一个广东人，但没怎么见他说过粤语或者普通话。他姓马，为人非常和善，非常幽默，经常对着我们笑。他把实验材料准备好后，一直跟我们讲如何操作。今天的实验项目，是观察小苏打加醋、加水混合在一起后，能使葡萄干在水中像皮球一样弹来弹去。听起来简单，但做起来却极其烦琐。首先你得准备三个变量，第一次实验中需要小苏打5克，第二次是10克，第三次是20克。其次，我们要控制其他的变量。最后，我们要每组实验做三次，取葡萄干弹跳次数的平均值。有时候，实验结果差距很大，我们就会一起探究到底是哪儿出了问题。这也是我为什么特别喜欢科学课的原因。

科学课不仅能学到很多知识，还可以让我们体验自己动手操作的乐趣。每次看到有很多泡泡出现的时候，或者是有很多神奇的反应出现时，我心里就会很有成就感。

2019年11月5日

勇士胜利

今天是勇士换了新主场以来在主场取得的第一场胜利。他们的对手是开拓者，一个配置非常完整的西部强队。很多人在比赛前就说这次勇士肯定打不过开拓者，一方面是因为他们前几次的败绩，另一方面是因为他们的顶薪球员格林、汤普森、库里因为伤病都不在场。

然而，一群新秀，一群菜鸟，却打出了NBA巨星的风范。今天还是个特殊的日子，是勇士在选秀大会上第二轮签到的帕斯卡尔的生日。新秀，还是第二轮签，也许听起来很不起眼，甚至有很多人都不知道他。可以他今天的表现，让他的队友甚至对手都深深地记住了他。一个身高一米九八、身体特别强壮的酷似格林的球员，全场拿下了35分，帮助勇士取胜。

一群新秀拼尽全力，赢得了胜利，让我觉得一切皆有可能。只要你愿意拼，老天会看在眼里的。希望我最爱的勇士队能在接下来的一段时间里继续保持这样的斗志！

2019年11月6日

“带孩子上班日”

今天是加拿大的一个节日——“带孩子上班日”，而且“孩子”仅限九年级的孩子。在这一天，所有九年级的学生都会跟他们的父母去上班，去体验一下上班的生活。可惜我的父母不在身边，所以学校把我安排给了一位体育老师，让我一天都跟着他。

刚开始，我打了一会儿篮球，然后体育老师安排我清理了一下体育馆。先是拿一个大拖布把整个体育场拖了一遍，然后拿各种消毒水擦运动器材，擦完后再把各种防护措施说明贴到墙上。老师说，这是他们每天都要做的事情。之后，我就跟着老师到处去上课，不仅有在体育馆的课，还有在教室里的课。在体育馆上课时，我除了自己打球，也陪小孩子们打球。教室里的课讲的是有关健康与安全的，都很实用。

在我们上课的路上，我注意到一个细节：只要老师看到地上有垃圾，他就会捡起来扔到垃圾桶里，捡了不下五次。

说实话，我感觉今天挺快乐，也挺有收获。快放学的时候，我问老师：“你每天上课累吗？”他说：“除了有时候走廊很吵之外，我特别喜欢这个工作，尤其是给小孩上体育课的时候，会给我带来很大的快乐。”

每个职业都有自己的独特之处，只要是自己喜欢做的，能给自己带来快乐就够了。

2019年11月7日

和平纪念

今天上第一节课时，美术老师又把我叫住了。我心里一慌，因为上次我忘记系领带就是这个美术老师发现的，不知道这次我又忘记干什么了？我检查了一下全身，觉得好像没缺什么。正当我疑惑的时候，美术老师说：“你能不能去办公室拿一朵罂粟花别到你的西服上？”虽然我感觉很奇怪，但还是去办公室取了一朵假罂粟花戴上了。

直到第二节课，我才知道原因。原来每年的11月11日是加拿大和美国的“Remembrance Day（阵亡将士纪念日）”和“Veterans Day（退伍军人节）”，这一天也是第一次世界大战停战纪念日，中文译成“军人纪念日”“阵亡将士纪念日”“国殇日”“和平纪念日”等。每年的这一天，加拿大人都会在胸前佩戴一朵红色罂粟花，纪念在战争中牺牲的烈士。

罂粟花大多由老兵制作，丝绒制作的罂粟花红瓣黑芯，异常艳丽。此花无定价，由购买人自由出价，所有款项会交给退伍军人协会，用于抚恤伤残老兵、阵亡将士家属，以及维修战争纪念馆。

课后，我们被通知到大厅集合。到那里的时候，已经有一个士兵正襟危坐，正在等着我们。他给我们讲了很多战争时的故事，包括他阵亡了的爷爷。他说，其实他爷爷并没有什么英雄事迹，只是在战场上拼到他生命中的最后一刻。正因为有这些牺牲的平凡士兵们，才换来了今天安稳的生活。他讲完以后，我们全校人都默哀了两分钟。

中国也是这样，中国的国旗之所以是鲜红的，我想就是因为这是无数英勇的士兵战斗到他们生命中的最后一刻，光荣牺牲后用鲜血染红的。

我，很敬佩他们！

2019年11月8日

一幅画作的诞生

我刚进班的时候，美术课的内容是整个班都要完成一幅静物素描，内容是花瓶、几个苹果和葡萄。可能是因为小时候学过画画的缘故，我完成得比想象中的要好，这也激起了我对美术的兴趣。老师说这对我来说是一个很好的开始。

我特别喜欢美术老师，虽说他在规矩方面比较严厉，但他经常很温柔地和我们聊天、开玩笑，我觉得这样的老师最好。

这几天，我们在完成一幅肖像画，每个人画的都不一样。老师让我们自己在网上找一个人来画。我找的是我很喜欢的一个演员小罗伯特·唐尼，我很喜欢他扮演的钢铁侠。正因为喜欢，所以我画得很认真。我先把他整体的头型画出来，然后开始勾勒脸上的细节。大概用了两节美术课，我就把小罗伯特·唐尼的神态和整体的轮廓描画得栩栩如生，但总觉得哪里还不太对，于是我就请教了老师。老师说，我画的这幅画只是幅好作品，还不是很好的作品；想要变成一个很好的作品并不是很难，只需要加一些阴影，并教了我一些很实用的技巧，比如说拿橡皮其实比拿铅笔更重要。在老师的指导下，我画出了截至目前最好的作品。

一幅好的作品需要技巧和灵感，但最重要的是要有耐心。此外，完成一幅好的作品，会让你获得很高的成就感。

2019年11月9日

喜欢雪天

有的人喜欢春天的万物复苏，有人喜欢夏天的生机勃勃，有人喜欢秋天的秋高气爽，而我却喜欢冬天。我喜欢冬天一下雪，万物都被覆盖上厚厚的“棉被”，天地之间白茫茫的一片，很静谧，很安详。

前几天，多伦多迎来了今年冬天的第一场雪。放学后，透过校车的窗户，我看到了犹如鹅毛一般的雪花从天空缓缓降落。第二天早上起来放眼一看，外面全是皑皑白雪。

当我因为功课烦恼时，看向窗外，冬天美丽的雪景映入眼帘，有很多小朋友在雪地上玩着堆雪人、打雪仗的游戏。这种景色，就算你的心情再不好，看上一眼，都会开心起来的！

下午打完球很累，出去的时候却又是一番风味。在夕阳的映照和衬托下，本来白色的雪反射出了微微红光。此时，我的心情已然到了最好的时候。

冬天来了，春天还会远吗？

2019年11月10日

消费原理

一年一度的狂欢购物节“双十一”就要来了！

还记得以前每年“双十一”，我都会和妈妈提前在网上货比三家，精挑细选几件衣服，然后加入购物车，等11月11日零点一到，就去结算。尽管在结账的时候心会痛一下，但在收快递的时候心情却愉悦到了极点。

我很佩服想出“双十一”这个创意的人，他合理利用了消费者的心理，让商家在这一天内卖出的东西比平常多得多。我很理解消费者的这种“占便宜”心理。但据说，虽然“双十一”商品的折扣很低，但其实价格并没有下降很多。因为商家会在“双十一”来临之前先把商品的价格上涨，然后在“双十一”那天猛降，导致消费者觉得自己很赚。

这正是抓住了人们的消费心理，即“买到就是赚到”。人们有时候购买一个商品，不是因为他们有多喜欢这个商品，很大一部分原因是他们觉得买这个商品很值，买了就是赚了。

我现在有点喜欢经济学，有时会在网上找一些相关的知识看一看。尽管我在加拿大享受不到“双十一”的乐趣，但了解一些经济学的知识也是一种收获。

2019年11月11日

经 历 生 死

今天又是大雪纷飞的一天，气温很低。我本来打算待在家里，但今天正好是我在这里第一个认识的中国同学的生日，他邀请我去参加，我也不能拒绝。到了餐厅后，我们边吃边聊，有说有笑，大家都很开心。吃完以后我们就各回各家了。

吃完饭后，我打了个车准备回家。原本我还感到很幸运，因为在这种天气里很少能打到车，但后面发生的事却让我惊魂未定，半天缓不过神来。

在回家的路上，我正专心致志地看着书，突然车开始打滑，紧接着整个车斜过来。还没等司机刹车，车开始180度地旋转，眼看着就要碰到另外一辆车了。就在这千钧一发之际，司机刹住车了。在刚刚的一瞬间，我连叫都没叫出来，大脑一片空白，心提到了嗓子眼儿。之后，我跟司机说慢点开吧，于是我们就像蜗牛一样，慢慢地往前爬行着。尽管这样，因为雪太厚了，车还是免不了打滑。我一直提心吊胆，看着路况，生怕再发生什么事故。

提心吊胆了一路，终于安全到家了。也许司机害怕我给他差评，特意和我解释，为了防止车轮打滑，他已经装上了雪地轮胎，但没想到还是发生了这样危险的情况。我也理解他，在这极端天气为了生计奔波在外，确实挺不容易的。

这次经历对我来说，也是一个教训。下次再碰到这种天气，我绝对不出门了。

我也算是经历过生死的人了。

2019年11月12日

三个问题

因为昨天下了一天的雪，所以今天校车走得很慢，导致上课迟到了二十分钟。幸好学校比较人性化，可以从办公室拿迟到原因条递给上课老师，这样老师就不用纪录我迟到的事情了。

第一节课是宗教课。在课堂上，老师提出了三个有趣的问题。

第一个问题是：你每天干些什么事情才会让你觉得真正快乐？同学们的回答有“打篮球”“和朋友玩”“听音乐”等。答完这个问题，老师给我们听了一个音频，这个音频是对知名女歌手 Lady Gaga 的采访。众所周知，Lady Gaga 是一个非常出名，并且非常成功的女歌手。她能赚很多钱，可以说几乎所有的物质需求她都能实现。但她说这些物质的东西并不能使她感受到真正的快乐，只有当她看到救助中心那些无助的人收到她捐出去的书包后露出幸福的眼神时，她才能感受到真正的快乐。Lady Gaga 以别人的快乐为自己的快乐，值得钦佩！

第二个问题是：你以自己身上拥有的什么最为骄傲？我填的是我以我的中国文化为骄傲。这个看似简单的问题很多同学却没填出来，这说明有很多同学还没找到自己的闪光点。老师说，每个人肯定会有一个闪光点，只是需要我们花时间去发现。

第三个问题是：你上次对你的亲人或朋友，以及你对自己说我爱你是什么时候？前面一个问题很好回答，同学们都举了一些例子，比如说上周末我跟妈妈说了我爱你。但“对自己说我爱你”却让很多人都懵了，很多人都是第一次听。在中国，这种情况可能被称作自恋，有些许的贬义。但老师却和我们说，不爱自己，怎么能去爱别人？

课后，老师给我们布置了一个作业，让我们每天早上醒来以后对着镜子大喊一声“我爱你”。

这节课让我明白，从某种意义上来说，自恋并不是一种盲目的自负，而是一种自信。

2019年11月13日

篮球训练

今天学校篮球队有一场训练。虽然我成功地进入了篮球队，但并不意味着我在篮球队稳住了位置，竞争还是很激烈，需要我时刻做好准备。

训练的第一项就是跑步，跑步是我最不擅长的。我们跑啊跑，中途有好几个人都没坚持下来，到旁边休息去了。值得欣慰的是，虽然很累，但我最终还是坚持下来了。

之后，我们开始进行传球训练。我有好几个球都没有传好，也有两个球没有进篮，有点担心体育老师会把我踢出篮球队。

做完这些后，我们开始实战训练。我被分到了白队，白队里面除了我，还有几个打得挺不错的小孩。老师信任我，把我放到了首发。整场比赛打得不像高级队那样有序，毫无章法，但在混乱中我得了不少分，表现还不错。不知道最后我能不能在这个篮球队生存下来，但我会一直努力的。加油！

周五还有一次训练，我会再接再厉！

2019年11月14日

重新认识编程

今天我们上了一节编程课。虽然我以前经常说对编程不感兴趣，但上完这节课后，我发现编程其实挺有意思的。

上课前，老师让我们下了一个软件——“乐高头脑风暴”，还给我们看了一下这里面的功能。我发现里面的功能有往前走的，有绕弯的，就是没有后退的。但一想，应该不可能，又研究了一会儿，功夫不负有心人，最终我找到了后退的方法。

开始编程了，老师在地上画了一条路线，我们的任务就是让每组的车在不碰到线的情况下到达终点。但大家试了半天，最终还是没有成功。希望下次能多学多练，掌握一些基本的编程技能。

今天的最后一节课是英语，老师让我们用 PPT 做了一篇演讲。这样的演讲训练我在北京的时候就练习过多次，所以，一点也不畏惧，相反还很有底气，轻轻松松地把该说的说完，甚至还说了几个笑话。

果然，努力是不会白费的。

2019年11月15日

编 程 实 验

今天我们又上了一节非常有意思的编程课。昨天只是学了一些很粗浅的知识，知道如何运用这些机器人，今天才真正体验到了科学家是如何进行试验，并最后在无数次结果中找到正确结果的。

老师先在地板上用胶带粘了一条跑道，规则是需要通过编程，操控机器人跑完整条跑道，而且不碰到任何胶带。所有人按两人一组进行了分组，我和一个女生一组，这个女生看起来很内敛，并且很少说话。我们约定好，刚开始是我编程，然后由这个女生把机器人送到跑道。

实验开始了。本来我以为挺简单的，只需要几次时间就可以把整个跑道跑完。没想到，刚开始我们就出现了许许多多的问题。第一次试验的时候是转弯的系数和走的距离的系数出现了问题；从第二次试验时做了调整，但系数不是大了就是小了，一直试了很多次，才有了一些改良。解决这个问题后，又出现了新的问题。简单来说，就是尽管没有变量，但第二次却和第一次的试验结果不符，因为第二次的时候，机器人自己会跑偏。

后来我们又耐心调整，精诚所至，金石为开，我们的机器人最后走了很远，并且走得很稳。而那些一开始遥遥领先的组，后来却因为几次小困难自暴自弃了。最终，有两组脱颖而出，其中之一就是我们组。

老师最后总结到，编程就像人生，尽管你犯了很多错误，但可以选择从头再来；如果你半途而废，这样就会一无所获。另外，在编程中，误差是不可避免的，但错误是可以避免的，只要我们有耐心，多试几次，肯定会有一个好的结果。

2019年11月16日

激爽卡丁

卡丁车（Karting），又称高卡车（Go-Kart）或小型赛车。卡丁车运动起源于20世纪50年代的美国，后来逐渐传到了其他多个国家，并发展成为一个大众休闲、健身娱乐的项目。

今天，我和另外两个朋友一起去组队开了卡丁车。以前从没玩过，今天试了一下，感觉很解压。刚开始玩的时候，我不敢开快，一脚油门一脚刹车，慢悠悠地往前开。后来发现好多人甚至还有一个小孩都超过我了，我开始把油门踩到底。开了几圈后，我越来越熟练了，也开始想着如何去超别人。在第五圈的时候，我因急于超车而不小心撞到了前面的一辆车，我俩的车都停了下来，导致后面的人超了我们好多。真应了一句中国的老话“心急吃不了热豆腐”，于是接下来我就开始稳中求胜。

总的来说，第一次体验卡丁车感觉很爽、很开心，我又找到了一项爱好。

2019年11月17日

又到周末

今天写个周总结。

这周，在理科方面，我掌握了编程的一些技术，找出了问题并且亲自动手实践。数学考试四十道题我做对三十六道，并且学习了新的知识。从测试中，我发现了我目前存在的问题，即有点盲目自信，以为自己什么都知道，其实却没有真正弄明白、理解透彻。在接下来的学习中，我要踏实一点。

在文科方面，地理慢慢有所进步，但宗教课上还是有些问题。比如，老师让写某个东西，但我有时理解不了，不知道该怎么下笔；老师让阅读并且找出问题，我一个人也完成不了。我开始思考当时选择上“宗教课”做得对不对，开始怀疑自己的能力，可能与之前完全没有接触过这方面的内容有关吧，希望之后会慢慢好起来。

在体育方面，我成功进入了篮球队，并且开始了训练。老师对我的表现特别满意，并且考虑让我做首发中锋，11月底会有一场比赛，到时我们去客场作战，加油吧！

这周还发生了一个令人很悲伤的事。有天下课的时候，我在走廊看到一个学生抱着老师痛哭。我上前问了一下，原来是这个学生的妈妈去世了。我无法想象，在这么小的年龄失去妈妈的那种感受，听到这个消息后，我心里非常难受。这件事对我感触很深，世事无常，我想到我的叛逆，有时不听妈妈的话，还老惹妈妈生气。我一天一天在长大，而妈妈却一天一天在变老，以后一定要对妈妈好一点。

2019年11月18日

头痛欲裂

早上起床，我把一切都收拾得干干净净、井井有条，准备迎接新的一周。但是刚上了校车没一会儿，我的头就开始有点疼。我在车上睡了一会儿，直到下车才醒来。

上第一节美术课的时候，我头疼得很厉害，根本无法专心画我的美术作品。但刚开始我没跟美术老师说，想着坚持一会儿就过去了，可是没想到，这个疼痛让我越来越痛苦。后来实在坚持不住了，我跟老师说了一下情况，老师说让我去办公室给寄宿家庭打个电话，打完以后签个字就可以回去了。

外面雪下得很大，我回家的时候直接打了个车。到家后，赛尔维纳很关心地问我发生什么了，知道我头疼后给我吃了一片阿司匹林。吃完药我就开始睡，一直睡到下午一点半才起来。这时，感觉肚子空空的，外面又冷，特别想吃热乎乎的泡面。于是，自己动手煮了一包泡面，真香呀！每次吃泡面都有种家的感觉，有点想家了。

今天早点睡，明天又是美好的一天。

2019年11月19日

编 程 通 关

今天科学课上，老师破天荒又给我们留了节课，让我们试图完成上次没有完成的任务，因为上次没有一个组的机器人能走完全程。

我很兴奋地对我的同伴说，我们今天一定要走完，走到终点。于是，我们开始了漫长又艰辛的长达一个多小时的测试。这个乐高机器有一个很不好的地方，就是之前做过的编程在经过一段时间后就无法操控了，所以今天我们相当于重新做了一次。

一个多小时后，八组中已经有五组放弃了，只剩下三组坚持着。我们一遍一遍地试，我甚至拿出电脑开始录像，认真观察。在看到别的组马上就要成功的时候，我都紧张得出汗了，那种提心吊胆真的是太刺激了。最终在全班同学和老师的注视下，我们组最先惊险地通关了。

坚持就是胜利，这是真理。

2019年11月20日

战术训练

今天，我们篮球队进行了一次战术训练。

虽然我的篮球技术可圈可点，但我对什么战术啊，什么无球跑位啊一窍不通。所以我特别心急，想学一些战术，以后和别人打比赛的时候就不用站在那里一脸懵了。

我想学，自然就学得很用心。但是，这个体育老师说话就像在 rap（说唱）一样，速度可以参考埃米纳姆的歌曲 *Rap God*。我费尽全力才听出来七八成，其余的都是靠自己实践试出来的。

我还记得，有一次教练让我们做一个抢篮板以后快速发起进攻的训练。我负责抢篮板，然后快速地向前推进。但是我好像搞错了什么，每次因为我全队必须要重新再来一次。然后有一个人就过来说，要不然我来抢篮板吧。要是在平常，我肯定会不假思索地把这个机会让给他。但今天不一样，我要在教练面前好好地展示自己，为自己争取上场的机会。下周三我们就要去客场作战了，我想在赛场上大放光彩。所以，这个机会还得留给我自己。

果不其然，在下一次我发起进攻快进的时候，先是把球传给了一个人，接到另一个人的传球，做了几个漂亮的动作以后向篮筐推进。但后面有两个人在追我，我想现在上篮肯定很有风险，还不如给别人去创造更好的机会，于是我来了一个 no look pass（不看人传球），传完以后教练都鼓掌了。看来，通过实践，我已经弄明白教练的指令了。

加油吧！

2019年11月21日

想家心切

今天是下雨天，不知道为什么，每个下雨天，我的心情就很糟，极为郁闷，干什么事都无法专心。不管是在北京，还是在加拿大，都是这样。尽管我告诫自己天气和心情没有什么太大的关系，但就是提不起神来。

今天这种感觉比以往更加浓烈。望向窗外，看到一轮月亮，才发现，我想家了！

今天无意间听到一首歌，是一首纯音乐。第一次听的时候，只是觉得旋律特别好听，很柔和；当听到第三遍、第四遍的时候，会从中听到一种悲伤的感觉，仿佛是一个人在想念着什么。

两个月前，我拿着一瓶偷偷从学校小卖部买的可乐，在宿舍阳台上和我最好的兄弟谈心。我跟他说，我去加拿大以后，一定要每天都找你，我们一定要每天都做最好的哥们儿。随即，我顿了顿说，尽管我们口头上说着要每天联系对方，但分别以后肯定会联系得越来越少。但我不希望我们的友谊会被时间所磨灭，尤其是下次相见的时候，不要变得彼此之间很客气，我希望我们还是可以打打闹闹的。

选择出国留学，就相当于选择了孤独。这儿虽然也有很多中国的朋友，但再没有过在中国时那种内心的满足感，内心一直很孤独。或许是因为在这里的时间太短了，还没碰到真正志同道合、默契的朋友。

2019年11月22日

喜逢朋友

今天下午回家后，看到朋友圈里新学道九年级的同学们都在为一个叫“阿斯丹”的活动加油打气。我不知道是什么，也没怎么在意。后来看到新英才的同学也在为这个叫“阿斯丹”的活动做准备。仔细一看，原来是一个国际学校学生商赛。

新英才参加这样的活动不足为奇，新学道竟然也有这种资源，我不禁为新学道感到一丝开心，也为我感到一丝遗憾，其实在国内也挺好的，为什么一定要跑出来上学呢。

新学道和新英才都是我的母校，既然两个学校都去参赛了，我就在中间牵线搭桥，正好让大家互相认识一下。我联系新英才的同学杨尊然去给新学道的同学打了声招呼："小梁在加拿大发来贺电。"不久，新学道的同学给我打来视频。很久没见他们了，我们聊了很长时间，还看到了亲爱的刘主任和张老师，太开心了！

加油吧，临川国际部的同学们，想你们！

2019年11月23日

网络暴力

今天上午，我一直在做一个英语的演讲作业。我演讲的主题是"网络暴力"。

众所周知，现在网络暴力无论是在中国还是在外国，都是一个很严重的问题。我曾看到过，很多篮球爱好者把自己打篮球的视频发出去以后，可能会遭到很多键盘侠的攻击，轻则是你的球感不好，重则开始羞辱。

"网络暴力"这一现象对明星的伤害更是数不胜数，只要一个键盘侠不喜欢这个明星，他就会各种骂，各种讽刺。如果这个明星做了错事，他们就会站在道德的制高点来攻击他。

前一阵子，有一个韩国女明星自杀案引起了大众的注意。这个叫雪莉的明星得了抑郁症，我们在她生前的一个视频里面看到她说：“网络上都在骂我，让我狼狈不堪。”事实证明，“网络暴力”是可以害死人的。

我也不知道一些键盘侠们为什么这么做，也许他们曾经受到过很多创伤，内心积攒了太多仇恨，随意发泄。就像那些杀人犯一样，他们杀人的动机可能就是由于童年的一个阴影。

键盘侠们不知道，他们这种做法其实也是属于慢性杀人。我觉得国家应该针对网络暴力制定一系列完整的法律法规，不要让键盘侠们再肆意妄为下去了。

2019年11月24日

灾难电影

今天，我重温了一下灾难电影《2012》。

记得很小的时候我就看过这部电影，当时只是看热闹，根本不懂电影里到底发生了什么。今天再看一遍后，让我感到非常震撼。

一是自然。看到这个电影的特效，看到每个人在经历灾难时惊慌失措的脸庞，我才知道大自然是有多么的美妙而又是那么的可怕。表面上，大自然很脆弱，每一棵树，是多么得好砍；每一朵小花，是多么得好采。可是当大自然真正发怒时，我们连躲的机会都没有。我记得生物课上学过，大自然具备一定的自我修复能力，但这种自我修复能力是有限的，一旦超过了某种限度，灾难就会发生。

二是人性。古人说人之初，性本善，我觉得不然。因为每个人都是自私的，我们刚出生的时候并不会有他人意识，全都是以自我为中心的。只有不断地在家庭中或社会中学习成长，才能慢慢提高自身的修养，才会有他人意识。在电影里面，那个想抛弃很多人而启动方舟的人坏吗？其实他只是自私，只为自己着想。但就像男主所说的，当我们不为自己的同类而战的时候，就是人性丧失的时候。

2019年11月25日

好友生日

今天，我看到日历上写了一个重要事件，可半天想不起来到底是什么日子，只好打开备注。一看，哇，今天是南昊延的生日。

我立刻给他发了一条生日祝福：“哥们儿，很抱歉，没有第一时间给你发信息。我只想说，遇见你很幸运。很遗憾，这次生日我不能陪在你身边，但是我希望你以后的生日我都在。生日快乐！加油！”

我和南昊延的友情，毫不夸张地说，是我到现在为止，也许包括以后都会是最好的朋友，没有之一。

南昊延有很多很多毛病和缺点。他很固执，这一点只要是教过他的老师都知道，只要他认定一个答案，除非你说服他，不然他决不会让步。最关键的是，他的思维逻辑很独特，按正常人的逻辑，很难能给他解释清楚。还有，他特别磨蹭，我还记得每次校车等的人都是他。

我和南昊延还不是好朋友的时候，我很看不惯他，觉得他一点儿都不合群，总是喜欢孤零零地坐着或者是跟女生玩儿；而他也很看不惯我，觉得我是仗着爸爸的资源才每天活得那么轻松，有时候还有点嘴欠。

后来，我记得是个周末，我因为没完成爸爸布置的任务被他责打了一顿。我当时特别难受，觉得这个世界很灰暗，没有一个人爱我。于是我跑出教学楼，一直一个人躲在操场。最终我还是被人找到并带回了宿舍。南昊延听到了这件事后，若有所思。接下来的日子，他开始主动找我聊天，我们两个的关系就越来越好，话越来越投机，最后成为形影不离的好朋友。

有一天晚上我在阳台上问他，你以前不是看不惯我吗，怎么突然又变了？他说：“以前总觉得你表面看起来挺欠揍的，没想到家家有本难念的经，你也有你的痛苦。”我知道南昊延的家庭也很特殊，但他很乐观。他有一个爱他的爸爸，爱他的姐姐，爱他的大姨。我想以后，他还会多一个爱他的兄弟。

我还记得在炎热的夏天，我们一起在篮球场投篮，一投就是一个中午，然后偷偷溜出去凑钱买一瓶凉爽的可乐，一起分享。

我还记得一起去济南，我俩和梁策策去吃当地的小吃，虽然吃得满脸都是，却也不亦乐乎。在那个网红照相馆里，我们三个人结拜成为兄弟。

我还记得我们一起去万科抓娃娃，一起唱《消愁》。我还记得我们一起去二食堂吃饭，吃完饭后一起取快递。最快乐的莫过于骑着自行车穿梭在整个吉利大学中，吉利大学变了很多，但不变的是我们在那里留下的印记。

我当然也不会忘记在我很胖（虽然现在也有点胖）的时候，你在宿舍里陪我减肥，监督我的饮食；不会忘记我们一起去中粮祥云，让你给我找了半天的耳机；更不会忘了离别的时候你对我说的那番话。

我很难忘记临川国际部，更不会忘记你。

南昊延，生日快乐！

2019年11月26日

月考成绩

今天我们的月考成绩单出来了。我抱着忐忑又激动的心情上完最后一节课，领上成绩单就回家了。回到家后，我迫不及待地拆开成绩单。但看完以后，我对自己很失望。

美术76分。我们美术的评分标准是笔试和画作，我第一次的画作确实不怎么尽如人意，不过我相信将来美术肯定会越来越好。

本地英语72分。这是一门适合本地学生上的英语课，主要是写作比较难，和雅思差不多，接下来需要加强写作能力。

国际生英语85分。这个英语课相对来说要简单一些，我认为我在课堂上的表现是全班最好的。尽管这样，我才拿了个85分。看来，真正要考高分确实不易。

地理75分。这个可是让我感触最深的一门课，和我一起上课的中国同学都拿了80多分甚至90多分。由于我在中国没上过地理课，而他们却已经地理结课了，看样子我得在地理上多下功夫。

数学91分。这里面融合了一些平常的课堂小测试，不过大部分的比例还是章节考试。虽然我这次成绩还不错，可是我们学得越来越难，所以我也不能放松。

科学93分。我对科学课非常感兴趣，刚学完编程不久，老师就开始给我们普及各种量子领域的知识，看完有关量子领域的视频以后，简直颠覆了我的世界观，我发现我对科学越来越感兴趣了。

体育95分。体育是我擅长的科目，很多同学只考了七八十分。兴趣造就一切，我自己都认为我在体育课上的表现很好。要是我对其他所有功课的兴趣都和对体育的兴趣一样浓厚的话，那我的平均分一定会是95分吧。

这次我的平均分是84分，整体看来，我还需要继续努力，争取下次平均分能达到90分以上。

2019年11月27日

首次比赛

今天一天，我特别兴奋，因为今天是我们篮球队第一场比赛的日子！

下午放学，我的兴奋到达了极点，但开始夹杂着一丝紧张。我下楼换好衣服，就随着队友和教练一起上了校车，前往一个叫 SAC 的学校。

SAC（圣安德鲁学院）是一所男校，这个学校的历史比较悠久，可以追溯到 1970 年。我们看到古老的墙上贴着的都是他们体育校队的荣誉，这果然是个体育强队。

比赛即将开始，换好衣服后我们就进场了。经过简单的热身后，我作为首发中锋开始了比赛。和我对位的是一个比我还高的男生，但我也不惧怕，只要自己表现得强硬，肯定没问题的。

果然，主场就是主场，每当他们进球或者我们出现了失误时，观众席就会发出震耳欲聋的尖叫声，甚至还会干扰我们，比如本来时间还充裕，他们却开始倒计时，搞得我们惊慌失措。不过我们的比分并没有被拉开很多。教练把我们第一批人换下来以后，场上的局势开始有所变化，他们逐渐把分差拉大了，搞得我一度特别急，想赶紧上场去打，但教练有自己的安排，我也只能耐心等待。所幸的是，我们队又把比分追上来了，当我再次上场的时候，两队之间大概差十分左右。

教练给我们做了战术安排，我们都很认真地听着。教练说："Randy 去高位要球，两个后卫有机会就给 Randy，Randy 拿到球后就往篮底下冲击。这时候两个底线的人一个跑到内线，一个在外线守着，Randy 看见哪个是空位就把球给他。"于是，我们两分两分甚至三分三分地追。这期间，我们的教练又给我们布置了一个战术：每当我们没进球的时候，我们就开始死亡缠绕，不给对方发球的机会。就这样，我们把比分追上来了，甚至还反超了对方。

就在这个时候，对方的两个中国队员突然爆发，又投三分又突内线，搞得我们焦头烂额，比分又被对方反超了。不过，经过前面的一番追分，我们有了信心，在比赛的最后时刻，我们还落后了三分。这时，我们队最好的队员突然出手了。我们看着球慢慢地升空又慢慢地降落，只不过这次幸运女神没有眷顾我们，他没投进，这也就意味着我们输了。

最后的比分是37∶41。我作为篮球队的首发中锋，虽然只得了四分，但是我却抢了十几个篮板，有六七次助攻。虽然我们输了这场比赛，但我们坚信，下一场我们一定能赢。

2019年11月28日

冬日怀旧

上上周刚下完雪，今天温度就反弹到十度左右，像春天马上就要来临了似的。

不论天气如何变化，作为学生的我们还是得日复一日，努力学习，因为最近各种考试、各种演讲和辩论特别多。在百忙之中唯一让我开心的就是明天会晚一个小时上学，因为有个家长会。

马上就进入12月份了，今天我就在想，哇！快2020年了，这是我从小到大感觉时间流逝得最快的一次，仿佛昨天我们还在为2019的到来而庆祝。我翻了一下我的相册，看到了2019年新年在家里和妈妈自拍的照片，然后我又翻了妈妈的朋友圈，看了我从2012年到现在的变化。哇，变化真的挺大。回想起一路走来经历过的各种趣事，克服的各种困难，还是蛮开心的。

今天吴彦博联系我，说他想我了，特别想来看我，最近老是有老同学各种想念我，搞得我也挺伤感的。

2019年11月29日

珍惜生命

今天晚上，爸爸突然给我打微信语音电话，告诉我身处异国他乡，一定要小心，一定要注意安全。这很奇怪，不符合爸爸一贯的做法。因为之前他从来不会管我这些的，说的最多的就是管理好自己的时间，不要浪费时间，安排好学习，等等。

今天突然关心除学习以外的事情，让我感觉怪怪的。

爸爸说，他在新闻上看见很多美国、英国的枪击案，瞬间感觉很恐慌，就特意提醒我，让我注意安全。其实我觉得加拿大还好，而且我也很少一个人走动，应该不用太担心。

前几天看到一个新闻：高以翔，一个特别帅气、人品特别好的男明星，在参加一个极限运动综艺节目的时候，突然心脏停止跳动，猝死身亡。据悉，高以翔每天都在超负荷地工作，而且他心脏本来就不好。他的死亡在国内引起了很大的反响。他的好朋友林书豪在CBA（中国男子篮球职业联赛）战场上穿上了他的鞋；他女朋友在社交媒体上发布“无论如何，我们终究会相遇”。其实，对于他的去世，很多人都感到很惋惜。但我们也该反思，反思极限运动的意义是什么，反思为什么不能把身体健康放在首位，等等。

我还记得，2013年11月30日，著名演员保罗·沃克因车祸身亡。2016年，著名男演员乔任梁也因抑郁症自杀。

生命有时真的是很无常，前一秒你可能还好好地活在这个世界上，下一秒就不一定了。所以一定要珍惜每一分每一秒，而且要保持身体健康，无论是心理方面还是生理方面，都一样重要。

当然，出门也要注意安全。

2019年11月30日

SSAT考试

今天有一个恐怖的考试——SSAT考试。

SSAT考试，全称Secondary School Admission Test，是美国、加拿大等国私立中学非常重要的入学考试。创建于1957年，是由位于美国新泽西州普林斯顿市的中学入学考试委员会SSATB（Secondary School Admission Test Board）命题的考试。SSAT考试每年举行八次，分别于10、11、12、1、2、3、4、6月举行。

SSAT考试主要测试学生的数学、英文程度及理解力。试题一共分为四部分，第一部分是写作，第二部分是数学，第三部分是阅读，第四部分是词汇。

第一部分写作，只是给学校做一个参考，并不计分。数学题其实非常简单，相当于国内六七年级的知识水平。从阅读开始，这个考试的难度升级了，阅读里面包含有大量关于哲学的文章。此外，每篇阅读都会有一段史诗，就像我看文言文一样，一窍不通。词汇简直就是所有英语考试里面最难的一个，大多数单词我连见都没见过。

坚持了三个半小时以后，我终于考完了，这次的题在我意料之中，确实很难。

不知道能不能超过上次的成绩。

2019年12月1日

本周思考

首先，这周考了很多试。周一考了体育笔试，有关身体健康的考试；然后ESL（ESL是针对母语非英语，并把英语作为第二语言的语言学习者的专业英文课程，是外国学生申请美国大学所必修的一门语言课程）考了一场，这场我自认为做得非常好；接下来就是科学考试，这次的考试题特别特别难，我有好多题都不会；最后就是周六的SSAT考试，考得也不理想。

其次是辩论赛。这周有一场地理辩论赛，虽然最后没有分出胜负，但还是很有意义的。

再次是美术的工作室作品，我们在一张大纸上画了一幅肖像画。我画了一幅大钢铁侠，我觉得我的画画技巧明显提升了很多。

最后，就是我最感兴趣的篮球比赛。虽然我们输了，但是我真的学到了很多，无论是从战术方面，还是从打比赛的经验方面，真的受益匪浅。下周一和周五，还有两场比赛，周一是去别的学校比，周五是在自己学校比，很期待！

2019年12月2日

第二场比赛

今天是我们篮球队的第二场比赛，也是去客场作战，对阵一个叫Appleby的学校。这个学校离我们学校大概四十分钟的车程，我们上完第三节课就出发了。

刚到Appleby学校后，我就被惊艳到了。要是不说我还以为这是一所大学，整个校园分为好几个学院，风景很好看。现在是冬天，所有的植物都银装素裹，分外美丽。我们进到教学楼内后，更让我惊讶了。整个教学楼设计得特别现代化，有很大的玻璃房自习室；大厅就和一个五星酒店的大厅一样富丽堂皇；地下一层都是有关体育的活动场所，有篮球的、足球的、排球的，甚至还有攀岩的。三楼是一整层的健身房，各种器材应有尽有。这硬件设施太齐全了。

回到比赛。这场比赛一开始我们就以微弱的优势压着对手，虽然优势很小，却从未被反超。我前三节发挥很稳很全面，到了第四节，我们的状态开始下滑，投篮投不进，罚球也罚不进。教练一直把我放在场上，我想，我一定不能辜负教练的信任！于是，我集中注意力，在之后的进攻中抢到篮板，顶着两个人把球投进。但是，有一次进攻对手有个犯规，让我感到很难过的是，我两罚都没中，并且在一个人上篮的时候没有成功地把球帽下来，所以我真的非常自责。最终，我们以 28:32 输掉了比赛。又是输了 4 分，好像中了什么魔咒，希望下次不要再出现这样的情况。

这场比赛给我的教训就是，一定要好好地练练罚篮，争取在下一次主场比赛的时候取胜。

2019 年 12 月 3 日

我的加拿大朋友

今天我想写一写我在加拿大交的第一个朋友，他的名字叫强尼。

他和我一起上的课最多，除了 ESL 和美术课，他和我上的课都一样。还记得刚来这个学校的第一天，英语课上老师刚提问，台下就有一个学生不停地说。我心想，这人怎么这么唠叨。我仔细观察了一下他，卷卷的金色的头发，大大的鼻子，蓝色的眼睛，给人一种特别亲切、特别憨厚的感觉。后来我知道，他就是强尼。

强尼很幽默，经常在课上说一些很好笑的笑话，不仅把学生逗得大笑，连老师都一直在笑。这种学生是最招老师和同学喜欢的。不像有些人，开很低级的玩笑，只能招一些庸俗的学生喜欢；也不像有些人，一味地拍老师的马屁，或者一味地对老师言听计从。

强尼一直都对我很好，我刚进篮球队的时候，他就鼓励我，还说他知道我肯定会带领球队走向胜利。虽然后来我们输了比赛，他还是一直支持我、鼓励我，说没事儿，你们下次肯定能赢。他对我说的这些话，就是对我最好的鼓励。

我很喜欢强尼。

2019年12月4日

观 看 打 球

每天讲我打球的事情，却没有亲身体验过作为观众在台上看球是什么感觉。今天正好有机会观看我们学校十一、十二年级的篮球队打比赛，的确很精彩。

来这个学校后，我交到了不少好朋友，其中之一就是Kevin。Kevin身高大概一米八九，球打得特别好，我认为他是整个学校国际生中球打得最好的，当然我是第二好的。

这个篮球队里面除了Kevin外，还有特别多厉害的角色。比如说AK，他是首发中锋，我最欣赏他的一点就是他的扣篮特别厉害，他也是我们学校为数不多能扣篮的人。还有一个是Grinder，他最厉害的地方在于他的控球节奏和投篮，他的节奏能晃你到分不清东南西北，而把你晃完以后他几乎是一投一个准。

比赛开始了，一开始我们学校的篮球队就展现出了很有侵略性的打法。在进攻端上，外线能投，内线能突，并且采用了死亡缠绕的防守法，在半场就开始防守对方，把对方防得失误连连，很快就取得了突出的优势。

在这场比赛中，每个人都得分了，并且每个人都展现出了他们最好的一面。在观看比赛的过程中，我才发现像我这样的大前锋球员起的作用有多大，虽然表面上篮球比赛看的是进球的比分，但在进球的背后确实需要多次防守抢断，还需要篮板来支撑这个分数。乔丹曾经说过，防守者得天下，一个人可以通过华丽的进攻来获取粉丝，但是想要获取胜利最重要的还是防守。

通过这次观赛，我认识到了我在篮球队中的重要性。因为我是我们队唯一一个擅长防守、在篮板上也是很抢手的球员。虽然有时候我得不了分，但我的作用还是毋庸置疑的。

2019年12月5日

讨 论 问 题

今天上午，我参加了一个很有意义的活动，就是很多人围在一起讨论一个问题：“男人应该是什么样的？”

有人认为，男人应该自强，不能动不动就哭。

有人认为，男人一定要表现得很强，不能情绪化。

也有人认为，男人也是人，是有感情的，有情绪是很正常的事情。所以不要因为你是男人，就故意收敛你的情绪；同样，也不应该因为男人哭就嘲笑他。……

大家讨论得很热烈，每个人都有自己的想法。

在我的认知里，作为男人：

第一，一定要有一个男人的样子，利利索索、痛痛快快。

第二，要有责任感。

第三，要懂得保护女人和尊重女人。

第四，可以不帅，但是一定要有风度，要有修养，要有内涵，要有底蕴。

第五，要有自己的目标和追求。

第六，要勤奋果敢，有一门赚钱的手艺，成为家人的依靠。

第七，要沉稳冷静，做事不能冲动。

第八，要有山一样的脊梁，经得起磨难、受得了打击。只要生命还在，一切还能再来。

我会朝着这个方向努力，希望以后也能成为这样的男人。

2019年12月6日

被碾压了

今天的比赛真的是太惨了，前两次比赛虽然输了，但比分差距仅为4分。今天却被彻底碾压了，整整输了30分。

在这次比赛前，因为各种原因，我们已经四天没有训练了。这可能是我们这次输得很惨的主要原因。俗话说“熟能生巧”，干什么事都一样，只要练习得足够多，一定会有一个好结果。

说说具体的比赛过程吧。刚上场，我们队全员状态低迷，直接就被打了个15:0。这时我就在想，我们必须得进球，鼓舞士气。我是首发，我得站出来力挽狂澜。虽然我的对位是身高一米九五的小伙子，我还是拼尽全力一人狂得四分，帮助球队渡过了难关。尤其在防守端，那个大个子连接到球的机会都没有，因为我对他使用了死亡缠绕的战术，每次别人传给他球，我都会断他，甚至把他给盖了。在篮板方面，尽管他比我高，但我还是没让他占到便宜。

这样做的代价是身体消耗太大了，导致我到后面都跑不起来了，后半场只好下场休息。后果就是防守端上没人能防住那个大个子，所以对手一直在得分。

“失败乃成功之母”，希望我们吸取教训，越来越好。

2019年12月7日

球星恩怨

还记得2003年选秀大会上，詹姆斯以状元的身份进入NBA。而以探花身份进入NBA的卡梅隆·安东尼，自然不服气詹姆斯。他们两个的恩怨从高中时就开始了，那时他们两个所在的高中也是冤家宿敌。他们经常在赛场上相遇，一较高下。

自打我记事起，詹姆斯和很多巨星都当过队友，这其中就有欧文、韦德、戴维斯等，但他和卡梅隆·安东尼却完美地错过了。从2003年到2020年，詹姆斯已经在联盟里效力17年了。他从出道即是巅峰，到现在依旧宝刀未老，每场比赛都能献出很多很精彩的传球或者暴扣。反观卡梅隆·安东尼，上个赛季在火箭队打了几场就被踢了出去，当年的威风完全不见了。

今年，魔兽霍华德加盟湖人，与詹姆斯一同追求总冠军的梦想。作为球迷，我们都为这两位老将感到高兴，而他们在湖人的表现也很不错，一直在努力拼搏，打出了非常好的成绩。卡梅隆·安东尼则加入了开拓者，他进去的时候只被提供了一份非保险的合同。我们都认为他肯定很沮丧，会影响他在赛场上的表现。可他却让大家大吃一惊，大杀四方，宝刀犹未老。

今天有一场比赛，湖人对战开拓者，詹姆斯对战安东尼。虽然两人一直是对手，但从他们开始打比赛的时候，他们就惺惺相惜。因为有一个好的对手是特别值得珍惜的一件事情，他会督促着你一直进步，永不懈怠。

2019年12月8日

一 周 小 结

时间过得飞快，转眼间已经12月了。仿佛昨天我才刚到加拿大，一个人躺在寄宿家庭的床上想念着家乡、想念着父母，甚至还一个人偷偷地落泪，转眼间已经过去两个多月了。

马上就是期末了，要面临一系列的考试。我参加的考试时间分别被安排在12日、15日和17日。所以，这几天我要全力以赴地复习功课了。我主要复习的课程是地理和宗教，英语课我的作业也一定要完成得更加认真，更加细心，不懂就问。

美术课，最近我又完成了一个作品。虽然截至目前我只完成了三个作品，但我觉得每一个都在进步。

地理课，目前是挺让我头疼的一门课，因为我之前一点都没接触，只能从头学起，所以需要多花一点时间。这周四是地理考试，我打算最近每天晚上都多花点时间全力以赴地复习地理。

宗教课，我打算抽时间找宗教老师单独补一下课，争取期末考一个让自己满意的分数。

加油吧！十年磨一剑，检验自己成果的时刻快要到了，希望能给自己一个满意的答卷。

2019年12月9日

成功之母

今天的训练非常不顺利。可能是因为很久没训练的缘故吧，不是跑错位，就是传错球。每当我们失误时，教练就会流露出很难过的表情，一种恨铁不成钢的感觉。最后，教练实在看不下去了，就让我们折返跑。

然后，我们一直练跑位，练了有40分钟。直到每个人练得得心应手以后，教练才宣布进行下一个训练。

下一个训练是有关全球后进攻的。在这次训练中，我发现了自己的一个问题，就是我找到好的机会后不敢上篮，害怕被帽。教练说，小梁，你是我们这个队最高的球员，如果你不敢投篮的话，那还有谁敢投篮。所以，你一定要把握住好的机会，就算你投不进也可以造个规，这就是我们需要你做的。别的队员也一直对我说“加油”，所以我在心里暗暗地说，一定要表现得足够强硬。到后来，一有机会，我都会去尝试投篮。也许有时候投不进，也许有时候会被帽，但是只有不断地练习，才能降低这种概率。

今天的练习对我来说，真的收获很大。人有的时候就是需要突破自己的舒适区，勇敢一点，才能取得更大的进步。

2019年12月10日

人物信息图

今天上ESL课时，老师要求我们挑选一位加拿大的明星，然后做一个人物信息图。可以用各种形式，重点是图文并茂，以图为主，语言精练，通俗易懂。

乍一听，觉得很简单，真正做起来挺费时间的。首先，你必须想好要呈现这个人物的哪些方面。然后，针对这些方面收集大量的相关信息，并且做好标记。比如，我选的人物是一个加拿大的著名说唱歌手 Drake，要呈现他是怎样成为一名歌手的，就需要找一些对他有重要影响的事件来说明。其次，做图的时候，一定要整齐，不能乱七八糟，整个信息图的排布和上面的图案一定要精益求精。最后，就是要斟酌介绍性的文字，做到言简意赅。

我想，只要做到这几点，我就一定可以做好，加油！

2019 年 12 月 11 日

考试前的冲刺

今天是我们正式开始考试之前的最后一天。晚上一吃完饭，我就开始复习地理。因为我的地理成绩一直不怎么好，所以我告诫自己，这次一定好好复习，至少考 80 分以上。

我首先把地理复习指南看了一遍，然后把所有不会的单词通通查了一遍，了解了它们的定义以后，再开始找一些关键的单词，把它们的定义背熟。为了保证万无一失，我还和一个同学视频，让他模拟考试测试了一下我，直到我自认为准备得万无一失了才罢休。

希望我的努力不会白费，这次有更大的进步，期待！

2019 年 12 月 12 日

铭记国耻

今天我在回家路上看新闻的时候，突然意识到今天是一个很沉重的日子。1937 年的今天，在抗日战争中，南京守卫失败，于是日本鬼子在短短六周内进行了一场大屠杀，受难人数高达 30 万人。

30 万人是个什么概念？我的老家榆次一共才有 90 万人，想想相当于榆次三分之一的人受难，那是多么恐怖的一件事啊。

所以，我们必须要自身强大起来才能不受欺凌。那个时代有多少中国年轻人努力奋斗为中华之崛起而读书，他们未忘国耻，振兴中华，最终让世界知道，犯我中华者，虽远必诛！

我们虽然在外国学习，但有一天终将回到祖国，为我们的祖国效力。所以一定要铭记历史，无论是好的还是坏的，对我们来说，都是一种激励。

2019年12月13日

忙碌而充实的一周

这周非常忙碌，我不仅考了地理，做了英语演讲和人物信息图，而且还参加了三天的篮球魔鬼训练。每天晚上回家，也是不停地复习地理，熟练演讲内容，打磨人物信息图。

皇天不负有心人，虽然地理成绩还没有出来，但我自己感觉良好；人物信息图做得非常精美，尤其是细节方面做得非常好；我的英语演讲也受到了老师和同学的一致称赞。

下周还有宗教考试和数学考试，考完以后就是圣诞假期了，我就可以前往俄亥俄州与妈妈和哥哥团聚了。一想到这儿，我就很兴奋，很激动。在异国他乡，最想念的就是家人。

我想起每年春节的时候，我们一家人会一起看春晚。尤其是去年春节，我们是在榆次老家过的。我、爸爸、妈妈、爷爷、奶奶，一家人都穿上了红色的唐装。我们开车一起出去兜风，去看夜景，去看灯，特别特别开心。现在回想起来仿佛这情景就发生在昨天。

这一年过得很快很快。小时候，我经常听大人们说，时间过得太快了，心里还很纳闷，明明时间很慢，一周都很长。现在才发现，越长大时间会过得越来越快。可能是因为小孩子对任何事情都保持着一颗童心和好奇心的缘故吧。比如一个孩子在12月会掰着手指头数日子，日夜盼望在圣诞节那天收到圣诞老人的礼物；长大后需要关注的事情变多了，对时间的关注就会慢慢地减少。

时间过得快的感觉也许很难消除，所以，我们可以在节假日放慢生活的节奏，好好享受和亲友在一起的时光。

2019年12月14日

南北饮食差异

今天和室友一起出去吃饭。上次我们吃的是火锅，这次我们打算尝一尝粤菜，室友推荐了一家很好吃的粤菜餐馆。

这次吃饭，让我再次体验到了南方和北方饮食的差异：

差异之一是点餐风格。南方人点餐比较细致，搭配得比较合理，也不会一次性点很多；相反，北方人则比较粗放，一点就是一大堆，客人没吃剩下都觉得不好意思。其实，不浪费才是最重要的。

差异之二是口味不同。南方人一般吃得比较清淡，非常健康却又不失美味；北方人口味偏重，什么辣椒啊，酱油啊，统统往里放，宫保鸡丁、干锅肥肠、干煸豆角等吃起来虽然很香，但吃多了对身体不健康。

差异之三是做菜的方式。南方炒菜，一个菜就是一个菜，很少有混合起来做的；北方则习惯把几样菜混合起来，比如大烩菜、东北乱炖等。

虽然都是中国人，但饮食习惯还真不一样呢。

2019年12月15日

坚持的重要性

截至今天，我的日记已经写了整整三个月了。不管写得怎么样，一直坚持下来，还是有一种满满的成就感。

爸妈说得对，坚持是难能可贵的。我们从小到大听了很多有关“坚持”的名言警句，如“只要功夫深，铁杵磨成针”“水滴石穿，绳锯木断”等等。这就证明，“坚持”对每个人来说，都是很重要的一种品质。所以，我们认定一件事后，一定要坚持做下去，只要坚持的时间够久，一定会有很多收获。

2019年12月16日

赛 事 失 利

今天是圣诞假期之前的最后一场篮球赛。原本我觉得自己准备得很充分，对胜利充满了信心，谁料，这场比赛我们又输了。

这场比赛我们也是客场，对方的学校距离我们学校很远，需要两个小时的车程。比赛时间是下午，我们12点就出发了。

对方的球员个个身高在一米八以上，在身高上我们不占任何优势，而且我们的两个中锋和一个大前锋都不在，所以这场比赛我可谓是重任在肩，必须掌控好防守大闸。

比赛刚开始的时候，我们就被对方压着打。我一想到上次比赛输了30分，就很不甘心，于是我开始奋起直追，认真听教练的每一个战术，认真防守进攻每一个球。在比赛时间只剩下50秒的时候，我们已经把差距缩小到了7分。这时，教练又布置了新的战术，于是，我们又把差距缩小到4分。最后，我们以5分差距结束比赛。

这场比赛虽然输了，但我没有任何遗憾，因为在比赛中学到了很多，包括二三联防、中锋该怎么进攻等。我相信以后肯定会越来越好的。

2019年12月17日

考试结束

今天我的所有考试都完成了，紧绷的神经一下放松了。我感受到了前所未有的身心愉悦。

当我查成绩的时候，我惊喜地发现，这次的考试每一科都比上次有或多或少的进步，尤其是地理和美术。

地理成绩是这次考试中提升幅度最大的，可以说在班里数一数二了。当然，这与考试之前的加倍复习分不开。

美术呢，这次我的肖像画令我自己都眼前一亮，没想到我在美术方面还挺有天赋的。老师给我的评语非常不错，分数相比上次也有了很大的提升，但分数还是没有达到我的预期目标，还需要继续努力。

明天开始就是圣诞假期了，这次假期我要去美国找妈妈和哥哥。我们学校圣诞假期也不布置作业，所以一定会过得很开心，期待！

2019年12月18日

家人团聚

历经安检、过海关、待机、登机后，我又一次来到了俄亥俄州的哥伦布市。

果然不出我所料，哥哥又以一种搞怪的方式出现在我面前。每次我来到这里，哥哥都会跟我闹着玩儿。

我已经两个多月没见到哥哥和妈妈了，也有两个多月没吃到妈妈做的饭了。一回到家，我就狼吞虎咽，吃了两碗米饭、一盘红烧肉、一碗豆腐粉丝，太香了。

吃完饭，我和哥哥聊了会儿天。我无意中看到哥哥电脑上有一个论文自动排版的软件，哥哥说这是给研究生写论文用的。我突然想起来，有一次我在谷歌上搜哥哥的名字时，出现了一个叫作“谷歌学者”的东西。打开后，里面有很多哥哥写的文章。我和哥哥说了这件事，可是哥哥却说，人外有人，天外有天；他认识一个姐姐，特别厉害，论文被引用了上百次，还在

《自然》上发表了论文。

哥哥这么厉害了，还那么谦虚，我真应该向他学习。

2019 年 12 月 19 日

一日点滴

今天是我来到哥哥这里的第一天。在加拿大的时候，每天早上 6 点闹钟一响，我就醒了。可今天压根没听到闹钟的声音，一直睡到 8 点才起床。这可能就是假期综合征吧。

中午妈妈做了糖醋里脊，好吃得我已经找不到合适的词去形容了。妈妈现在做菜的水平越来越高了，趁这次假期，一定要好好吃个够。

饭后，我和妈妈一起去附近的超市逛了逛。虽然外面很冷，但和妈妈走在一起，心里很温暖。

下午，我和妈妈、哥哥一起去了俄亥俄大学的体育馆。本来想好好打一会儿篮球，可状态不佳，打了一个小时我就放弃了。

回到家后，哥哥给我推荐了一个学习软件，他说这是他以前考试复习时用过的，效果很好。我试了试，果真里面的老师讲课风趣幽默。趁假期没作业，我打算每天学一个小时，不辜负哥哥的好意。

2019年12月20日

篮球，生日快乐

1891年12月21日，詹姆斯·奈史密斯创造了篮球这项运动。到今天，篮球已经128岁了，而且成为世界三大球类运动之一，深受大众的喜爱。

这个世界上有无数人热爱篮球运动，而我只是这无数分之一。上个学期，通过努力，我成功地加入了学校的篮球队。虽然在实战中，我们输掉了四场比赛，但在这过程中我学到的东西是无价的。比如说如何进行无球保卫，传球后应该怎么跑，怎么挡拆，在篮下怎么要位等。

欧文曾经说过:“为什么不爱篮球？篮球是这世界上最可靠的东西。它不会抱怨，不会质疑。你扔下它，它会立马弹回来。”

这学期，我写了很多有关篮球的东西，因为我确实很爱它。

篮球，生日快乐！

想到一句话，你不能因为变老而停止打球，只有当你停止打球，你才会变老。希望在打球这件事上，我不会变老。

2019年12月21日

有家人的地方就是家

小时候，觉得家就是一个有饭吃、能睡觉的地方，玩累了就回家，玩饿了就回家；长大后，家变成了温暖的港湾。

一个人在外面的时候，无论是遇到开心的事，还是遇到挫折，第一想到的都是家。开心时，想和家人分享喜悦；失意时，想得到家人的安慰。

今天，为了给我解馋，妈妈和哥哥迁就我，我们一天吃了两顿火锅，吃得太过瘾了。

下午，我想去打球，妈妈陪我去了俄亥俄大学操场的一个篮球场。谁想到，刚走过去我的肚子就开始一阵翻滚，特别想去洗手间。但尴尬的是，这儿离家有点远。关键时刻，哥哥赶到，把我从水深火热中解救出来，送我回到家。

今天，我深切地感到有家人的地方就是家。

2019年12月22日

《星球大战》

电影《星球大战》在美国已经成为一种文化，它的意义对于美国人来说，就如同“四大名著”在中国人心中的地位一样。

这一系列电影的总制片人乔治·卢卡斯非常伟大。他在年轻的时候，因为一部成熟的电影使他成为一个年轻的百万富翁。于是他开始策划《星球大战》电影，但当时没有任何明星捧场，谁也不看好他。

没想到，《星球大战》一炮走红。在1970年左右拍完了三部曲之后，又于2000年左右拍它的前传，2015年开始拍了它的后传。现在上映的是《星球大战》第九部，也算是给了《星球大战》一个完美的结局。

《星球大战》主要有两条线索，第一条线索是由银河帝国改名为新共和国的政治体系，很大程度上借鉴了人类文明史的一些政治事件。有人说，如果你没有看懂星球大战中的政治体系，你就没有完全看懂星球大战。第二条线索是主角与主角之间的爱恨情仇，主角和反派之间的渊源，让人看得意犹未尽，故事情节设计得非常巧妙。

由于时间的原因，我就不给大家一一讲解这一系列电影分别讲什么了。我只想说，这个电影的制片人乔治·卢卡斯真的是一个非常伟大的人。他在别人不看好的情况下，克服种种困难，一直坚持完成了他的拍摄，让观众们看得叹为观止。

他的这种精神值得我们每一个人学习。

2019年12月23日

恍如昨日

昨天我和妈妈一起看了一下我以前的朋友圈，真的是感慨万千。

我们翻到了2013年到2014年的朋友圈，那时我写的东西都比较稚嫩，现在看起来觉得特别好笑。

那时，我和爸爸、妈妈一起去了巴厘岛，一起去了夏威夷，一起去了马来西亚。当时发生的事情直到现在还历历在目，但人却判若云泥。那时，我还是一个不到10岁的小胖子；现在，我已经步入了少年时期，过了年我就15周岁了，已经成为身高一米八五的大小伙子了。

那时的我，特别纯真，每天特别爱笑；现在，虽然多了一些烦恼，但我还是很乐观。

无论是对新英才的记忆，或者是对临川的记忆，都被我定格在了脑海里的某一处。这些记忆或模糊，或清晰，或像很久以前发生的事，抑或恍如昨日。

我相信，未来可期。

2019年12月24日

相约伊利湖

今天，我们计划去北美洲五大湖之一的伊利湖旅游。早上起来，发现外面全是雾。本来以为这个计划要泡汤了，没想到，过了一会儿，雾散了，我们按计划出发啦。

经过三个半小时的车程后，我们来到了宾夕法尼亚州的伊利市，著名的伊利湖就在这里。

到了湖边后，我发现这个所谓的湖一望无际，和海没什么区别。附近空无一人，浪拍打沙滩的声音成为唯一的声音。湖边很冷，但瑟瑟的寒风也无法扑灭我们三个人激动的心情。在这里，让我感受到了“千山鸟飞绝，万径人踪灭”的意境。

下午，太阳落了下来，红色和金色相间，照在了斑斓的湖水之上。妈妈特别激动，追着夕阳，在湖水边一顿乱跑。是啊，在这种景色面前谁能不激动呢。妈妈跑着，我和哥哥在后面追着，很温馨的感觉。

美景的治愈疗效太好了，我们有机会还是要多多走近大自然，感受那种原始的让人彻底放松的灵气。

2019年12月25日

NBA圣诞大战

今天是圣诞节，我很激动，不是因为过节，而是因为可以观看一年一度的NBA圣诞大战。

每年的圣诞节，NBA都会给我们呈现出好几场精彩的圣诞大战。按惯例，时下最热门、最厉害的球队要一起打比赛。

我先看了勇士和火箭的比赛，原本我以为勇士必输，但越看越发现他们今天打得特别好。科尔能用的人不多，全是几个新秀，唯一能用的格林进攻能力却不佳。好在今天火箭队的哈登发挥一般，哈登的这种打法，厉害的时候特别厉害，手感不佳的时候则一落千丈。最后几个新秀和格林硬生生地投了几个三分球，竟然夺得了胜利。

接下来我看了快船与湖人的比赛。这场比赛尤为激烈，前三节比分一直很胶着，一会儿快船领先，一会儿湖人又领先。好几次眼看着马上就要拉开比分的时候，总会有一个人过来把比赛救回来，观众们看得又是心急，又是惊喜。最后，科怀·伦纳德领衔的快船赢得了比赛。

今天，最令我惊喜的是科怀·伦纳德。之前我不怎么喜欢他，但这次看了他的打法以后，我觉得他真的是一个很聪明并且很有天赋的球员。以前在马刺的时候，他只被当作一个防守悍将，但是他非常努力地获得了总决赛MVP。后来他又带领多伦多猛龙队夺得了冠军，甚至还有一个非常精彩的绝杀球。除了防守以外，这几年他一直在磨炼他的中投，中投投得准以后又开始磨炼他的三分球。正因为他坚持不懈的努力，才能带领队伍获取胜利。

期待明年的圣诞大战。

2019年12月26日

与哥哥单挑

今天我和哥哥打了一次酣畅淋漓的篮球比赛。

自从来到这里以后，除了和哥哥投投篮之外，我们就没单挑过。今天好不容易抓住一个机会，我哪能轻易放过。

下午，我和哥哥一起去了大草坪的篮球场，准备一决高下。比赛开始后，我第一个球一下就过掉了哥哥，后面几个球我得分也比较轻松，哥哥的防守很强，只不过哥哥没怎么得分，有可能哥哥让着我吧。打到后来，哥哥说他太累了，跑不动了，比赛只能结束。

记得以前我经常在俄亥俄和哥哥打球，应该打了不下二十次，每一次都有不同的经历。刚开始我和哥哥打球时经常输，而且还耍赖，但哥哥从不和我计较。

感谢哥哥一向的包容和陪伴，我们要一直一起这样玩儿下去。

2019年12月27日

火锅情结

今天下午，我们心血来潮，又去中国超市买了一些火锅底料和菜，准备晚上吃火锅。

火锅其实是一个比较原始的吃饭方式，别看什么锅底料、调料、配菜、肥牛……搞得花里胡哨，其实就是煮菜。但就是这种非常原始的吃饭方式，博得了很多人的喜欢。

我吃火锅喜欢蘸麻酱吃，我知道南方那边喜欢蘸辣麻油加蚝油。北京火锅蘸的就是麻酱，我从小在北京长大，已经习惯了吃麻酱。

我们三个人边吃边聊，有说有笑，画面非常温馨。其实吃火锅除了满足味蕾之外，主要是为了一家人或者是和朋友开开心心地聚在一起。

对于爱吃火锅的人来说，火锅已经成为他们生活中必不可少的一部分。无论开心还是不开心，无论是找到工作还是失业了，无论是找到对象还是失恋了，都会去吃一顿火锅。有人说一个人吃火锅是三级孤独，的确，吃火锅时最好的“蘸料和配料”就是家人或朋友。

所以，有事没事就带你的亲人和朋友去吃火锅吧！

2019年12月28日

逛街是一种激励

每次来美国，我都特别想去这里的购物中心逛一逛。

记得2014年第一次来哥哥这儿的时候，每次去逛商场，我都觉得太累了。所以一听妈妈说要去逛街，我就自己待在家里。

后来，我喜欢上了潮流文化，特别喜欢去看衣服，看鞋，于是渐渐地喜欢上了逛街。

今天我和妈妈打算去商场，因为哥哥不喜欢逛街。事实证明，我的耐心在妈妈一步一步的历练之下变得好了起来。虽然我的腿非常疼，但我还是像一个绅士一样，一直陪着妈妈。作为回报，妈妈请我吃了全美最好的汉堡。不过，和妈妈逛街本身就是一种幸福。

我有一种感触，逛街不一定非要买东西。其实，逛街是一种享受，同时也是一种激励。比如，看到我们特别喜欢的商品，但这个商品价格不菲时，就会激励我们好好学习，争取以后找一个好的工作，那样就有机会买自己心仪的东西了。

2019年12月29日

投篮比赛

自从我来到这里以后，每次单挑都能打败哥哥，但是投篮一直比不过哥哥。表面上我没说什么，但心里很不服气。

今天我们又去了体育馆，在我的软磨硬泡下，哥哥终于同意与我再来一次投篮比赛。规则很简单，只要投进了就继续前往下一个点接着投，直到投不中为止。先投三分线内的几个点，投完后接着投三分线外的五个点。

比赛开始了，第一场投篮我就输了，还输得很惨。我刚投完三分线内的点，哥哥就全部投完了。因为我心太急了，有好多次都没瞄准就瞎扔了，于是我很后悔，和哥哥开启了第二场比赛。

第二场比赛我俩打得十分胶着，到最后，我站在三分线外的第四个点，哥哥站在三分线外的第五个点。我和他说："我们要不打个赌吧，只要你赢了，我从现在开始到离开美国，不买任何饮料；但只要我赢了，你一会儿就得给我买瓶饮料。"于是，我们开始了最后的大战。我站在第四个点，瞄准完毕，发射，进球。可惜的是，接下来第五个点的球没进。哥哥把握住机会，又一次赢了我。

但是我并没有善罢甘休，我和哥哥说："敢不敢再跟我比一局？赌约还是一样。"哥哥说，比就比，谁怕谁。刚开始，我优势全无，我还在第二个点的时候，哥哥就几乎快打完三分线内的所有点了。只不过，我相信奇迹，我在最后时刻，成功地打完了所有三分线内的点，去往三分线外投篮，并且还投进了一球。没想到哥哥居然在三分线外，连进四颗球，把我逼得优势全无。但我还是不气馁，每颗球都认真瞄准，最终我赢了这局比赛。我兴奋地躺到地上，还转了几个圈。

奇迹终于出现了！

2019年12月30日

阅读杂志

今天和哥哥、妈妈一起去超市买菜的时候，我发现了一本很喜欢的英文杂志——《改变世界的100个人物》，于是就买下来了。

回到家后，我就马上开始阅读起来。哥哥看了一下，惊叹地说，这本杂志非常好，这本杂志从宗教与哲学、领导人物与政治、科学、艺术这几个方面分别介绍了二十多个人物，比如甘地，比如拳王阿里。

让我开心的是，我在这本杂志里找到了三个中国人。第一个就是我们人人皆知的教育家孔子，第二个是伟大的领袖毛泽东，第三个是成吉思汗。这三位人物在中国历史上都是赫赫有名的人，都是推动中国发展的很了不起的人物。孔子在百家争鸣中鹤立鸡群，毛主席带领民众成立了中华人民共和国，成吉思汗当时为扩展中国边境立下赫赫战功。

不过，令我伤心的是，科学分类里面没有一个中国科学家，全都是欧美的。这说明，中国科学家虽然很多，也有很多很了不起的，但是没有足以改变世界的发现。不过我相信未来的100个人物中，肯定会出现更多的中国人。

2019年12月31日

感恩生活

2020年了！新年快乐，在这新的一年里，我首先想到的是感恩。感恩父母，感恩老师，感恩所有爱我的人。

于是，我给所有老师都发了一个祝福，发着发着，我的眼泪掉了下来。

体育吉老师给我回复："小梁，新年快乐，你的祝福永远是最暖的，篮球带给我们的不只是快乐，更是永久的友谊！即使现在没办法天天一起打球，但是我们都期待着下一次的同场PK。"我对吉老师说："我也特别怀念临川那片小篮球场，因为那里承载了我们之间所有的快乐时光！"吉老师吩咐我："异国他乡照顾好自己，学成归来时期待我们在球场挥汗如雨！希望到时候你已经能虐爆我了。"

我的七年级班主任说："谢谢小梁同学还记得夏老师哈，你是个好孩子。我是2017年到2018年的时候带的你们，很难忘这段时光，看你们演出，带你们滑雪。你很聪明，我觉得最难得的是，你内心始终很清醒，知道自己要努力。现在我还在北京教学。最近看到你妈妈发的朋友圈，你现在应该在美国了吧，祝你新年快乐哈！以后呢，为国争光！谢谢小梁同学，谢谢了。”

我的小学班主任姜老师说：“哇，已经听不出你的声音啦！谢谢你，小梁！也祝你新年快乐，新的一年事事如意，步步高升哈！”

还有很多老师和同学都给了我祝福，让我在2020充满能量，乐观前行。我会带着大家的祝福和期待勇往直前。

2020年1月1日

新年愿望

新年第一天，我和妈妈一起去了一趟Target商场，虽然天空蓝得发紫，但是我的心情却怎么也愉悦不起来，因为分别的日子马上就要来了。回想在美国的这段时间，我们仨一起吃饭，一起看海，一起散步，一起运动。想起这些，心里万分不舍。

刚来这里时，我的体重是198斤，到现在已经204斤了，都怪妈妈做的饭太好吃了。但我觉得我们仨一起吃饭、一起看电视的时候是最幸福的时候。

新的一年，我定了几个目标：

首先，把学习成绩搞上去，每一科都可以上A；

其次，我想减肥，减到170斤左右；

最后，去喜欢的地方旅游。

还有几天就要分别了，且行且珍惜。

2020年1月2日

自己动手

来到哥哥这里后，我学到了很多技能，真切感受到，自己动手做的才是最好的。

刚来这里的前几天，因为没有椅子，所以就自己准备零件和工具开始组装椅子。组装完成，看着我的成品，特别有成就感。当我坐上去的时候，我才知道，这是世界上最舒服的椅子。

再后来，哥哥买了一台吸尘器，于是组装的任务就落到我的头上了。我看着说明书，一步一步安装，虽然有时候会拼错或者弄错步骤，但没关系，找出问题，解决问题。最终，用吸尘器把整个家都清理干净的时候，我是最自豪的。

今天，我自己做了一道蛋炒饭。首先把几个鸡蛋打匀，然后放入葱、胡椒和盐备用。接着，把米饭倒进炒锅，炒啊炒，然后把鸡蛋液倒进去，放生抽，然后放一点点火锅底料，最后再炒啊炒，炒啊炒。这绝对是我吃过的最香的米饭！

自己动手，丰衣足食！

2020年1月3日

回忆过往

今天下雨了，一出门，刺骨的风吹到我的背上，我不禁打了个冷战。虽然我喜欢雪，但一直不怎么喜欢冬天，一是冬天太冷了；二是冬天白天短，放学没时间玩就得回家了；三是冬天需要穿很多衣服，出门很麻烦。

哥哥说，几年前这里的温度甚至降到了-30℃。有一次，他冒着大雪去上学，结果到学校后才发现停课了。

我还记得，在北京临川上学的时候，尤其是冬天，晚自习结束后，我们偷偷拿着球去操场，打到很晚才回宿舍。宿管老师看我们一个个满脸通红，一猜就知道我们肯定是去打球了，教训我们一顿后，再让我们进屋。尽管屋里充满汗臭味，我们毫不在意，有说有笑，一会儿就进入梦乡。第二天醒来，躲在一个甚至不能完全盖住自己的被子里，赖着不想起床。宿舍里一群兄弟一起赖床，一起迟到，一起被罚，现在想起来却感觉非常幸福。

今年的冬天尤其孤单。尽管寄宿家庭的房间很暖和，床也很大，但醒来的时候再没有了那种幸福感。只好一个人慢慢地穿好校服，听着音乐，穿梭在冰天雪地之中。可能这就是人长大了要面对的孤独吧。

然而，人生哪有不散的宴席，有回忆，就够了。

2020年1月4日

善良的魅力

前几天，我和哥哥看了一个电影。

电影讲述的是一个命案。家财万贯的知名老作家在生日当晚死了，不知道是自杀还是被杀。紧接着，警察们开始调查，家族成员们一个个登场了。每个人都有嫌疑，每个人都心怀鬼胎，每个人都有自己的理由。

侦探是007的主角。

女主角是老作家的护士，有一个怪癖，即一撒谎就呕吐。

大女儿白手起家，老公却吃软饭，还有外遇，而且这件事还被老爷子知道了。

大儿子负责打理父业，但只是个傀儡，一直被他父亲压着。

二儿媳妇的丈夫早逝，靠骗老作家的钱吃喝玩乐。后来老爷子发现后不给她钱了。

小少爷是大女儿的儿子，在这部片子里是个玩世不恭的主。

可能大家已经知道了，这部电影就是《利刃出鞘》，这是一个环环相扣的电影。对于凶手，对于某些隐藏的线索，看的时候难免让人一个个怀疑，又一个个排除。最后，凶手让人很意外，杀人动机让人寒心。

不管是电影也好，现实也好，观众内心都会有一种与生俱来的正义感。我们当然不会糊涂到以为世界上只有美丽和善良，但请每个看过电影的人，看完正义的结局后，站到正义的一面。

女主角并没有跟着凶手的思维走，也没按照老爷子的思维走，她最终是凭着善良获胜的。

善良才是一切的答案。

2020年1月5日

兄弟情深

时间过得飞快，转眼之间圣诞假期已经结束，明天我就要返回多伦多了。

从2014年开始至今，因为哥哥在俄亥俄州立大学读书的原因，我多次往返于俄亥俄州。

还记得我9岁第一次来这里时，哥哥住在俄亥俄大学一个简陋的学生宿舍里。虽然条件比较艰苦，但一点都没影响哥哥的功课，他一如既往表现得很优秀。

第四次来这儿是参加哥哥的硕士毕业典礼，作为家人，见证他生命中的重要时刻。我现在还记得，有天早上一醒来哥哥就告诉我他考上博士了。我特别兴奋，又蹦又跳，比哥哥都激动。

第七次来这儿是因为当时我参加了惠灵顿高中举办的夏令营，哥哥每天开车接送我。现在想起来，心里都觉得特别温暖，特别幸福。

再后来，每次来这儿，记忆最深刻的就是和哥哥一起打球，一起聊天儿。

这次或许是最后一次来俄亥俄州立大学了，因为哥哥说他毕业以后可能要去硅谷工作。

岁月悠悠，兄弟情深，永不会变。

2020年1月6日

分别时刻

又到分别的日子了。上次分别的情景还历历在目，那时乌云笼罩，有一点下雨的迹象，妈妈特意带我吃了我喜欢的披萨。我当时一边吃着披萨一边对妈妈说，妈妈，我还没走，却已经开始想你了。

这一次分别，我心里想的是，和妈妈、哥哥多玩儿一玩儿，聊聊天儿，多留一些回忆。可情绪一直比较低落，我们三个人就这么安静地吃饭，收拾东西，直到妈妈和哥哥把我送到机场，我也没说几句话。过了安检，我和他们说了声再见就再也没回头，因为我害怕我一回头就会流眼泪。

登机后，我心神不宁，一不小心把杯子碰洒了。我一边擦桌子，一边擦衣服，眼泪忍不住流了出来。回到寄宿家庭后，我一个人躲在房间又开始哭了起来，很想哥哥和妈妈。

分别总是让人这么难过，但此刻的分别正是为了以后的相聚，长大后总是要独立面对的。

2020年1月7日

我骄傲，我是中国人

今天爆出个大新闻，美国击杀了伊朗的苏莱曼尼，并且特朗普还宣布，美国不会撤走在伊拉克的驻军。而伊朗方面也不甘示弱，向在伊拉克的美国驻军发射了导弹。

在感到惊讶的同时，我也感到无比庆幸。感到惊讶是因为我很不希望也很害怕第三次世界大战出现在我们这个年代；但庆幸的是，我生活在了中国这么一个繁荣昌盛，无论是政治、军事还是经济都全面发展的国家。我们的文化底蕴给予了我们很强大的文化自信。

我记得有一个电影叫《红海行动》，是根据2015年3月29日发生的“也门撤侨”真实事件改编的。中国政府是唯一一个派船去接中国公民的，只要你有一个中国护照，那么你就得救了。电影《战狼2》中有一个场景让我历历在目，当时非洲的两个国家正在交战，但双方的士兵一看到中国的旗帜，就都停火了，这也证明了中国当前的实力。

今天的地理课上，我们看了一个纪录片。这个纪录片是由中国石化合作拍摄的，片中多次提到了中国是必不可少的。

所以，我们更要为祖国争光！

2020年1月8日

为平安祈祷

最近的灾难可真多，各种天灾人祸频频发生。

首先就是美国和伊朗的对峙，这个消息搞得我们每个人天天都难以平静。这种国家与国家之间的对峙，最受伤的就是平民百姓。他们只是普普通通的人，可能一辈子都不懂什么叫作政治。不管怎么样，我都不希望这些普通的老百姓成为战争的牺牲品。

其次是前几天山西发生地震了。听到这条消息后，我心里震了一下，好在震感不是特别强烈，我才心安了。山西有我的亲朋好友，比如我亲爱的大姨，我的舅舅，我的表哥、表姐等。虽然我从小在北京长大，但我对山西的爱不亚于北京，希望我的亲人朋友都能平安。

最后，今天发生了一个非常令人悲伤的事故，一架乌克兰飞机在伊朗上空坠机，飞机上170多人遇难。让我们为这些遇难者默哀，愿逝者安息。其实，每次我坐飞机的时候都会感到一丝不安，尤其是每次飞机颠簸的时候，我就会在内心暗暗祈祷。

2020年的开始并不怎么平安顺利，希望之后可以越来越顺吧！

2020年1月9日

再次比赛

今天是圣诞假期之后的第一次篮球比赛，这次仍然是去别的学校比赛。由于前几次比赛我们都输了，大家有点对我们篮球队失去信心了，最近经常在校园里听到一些说我们不行的风言风语，所以我们迫切需要一个胜利。

我发现，现在对于比赛我是越来越得心应手了。记得第一次打比赛的时候我非常紧张，比赛之前就各种发抖。

比赛开始，我一如既往还是首发。刚开始我们打得很胶着，比分一度成为10比10。但中途换人后比分立马就被拉开了，上半场结束时，我们的比分落后对方10分，而我更是一分未得。第三节开始之前，我就在想，我一定要打得灵活，打得强硬，打得有侵略性。

下半场开始了。我全神贯注，想把握好每次机会。有一次对方失误，被我抢断，我顺势快攻上篮拿下两分。之后，我状态很好，得了不少分，唯一的不足就是罚球命中率很低，十罚才进了两球。

虽然这场比赛我们还是输了，但我有了新的收获，即我学会思考了，也开始理解教练布置的战术了。加油！

2020年1月10日

演讲比赛

上次我们的英语作业是每个人准备一篇演讲稿，然后在全班人面前演讲。今天是全年级的英语演讲比赛，参赛者来自每个班的优秀选手，一共八个人，六名女生和两名男生。原先我还以为我的演讲很好，但是听完他们的演讲后我才发现，我还有很大的提升空间。

第一，内容方面。他们的演讲稿，一看就是准备了很长时间，里面的人物故事、各种论点和论据应有尽有，确实是内容很全面，结构很完整，逻辑很清晰。

第二，展示方面。他们演讲的时候都很自信，落落大方，声音洪亮，根据内容的特点，语调有轻重缓急的变化，让人听起来很舒服。

在这次演讲中，我印象最深刻的是一个男生的演讲，他讲的主题是“明星的隐私”。他先是列举了很多患有抑郁症的明星，接着讲了假如我们每天被监视会是什么样的体验，并提议应该有这么一条法律，除非在明星知情的情况下，摄影师才能拍照。最后，他说了一句让我思考很久的话：“站在高处的人往往是孤独的，这也是为什么有些顶级跑车只有两个座位，而公交车上却有五十个座位。”

这次的比赛让我彻底意识到演讲的重要性以及演讲的影响力，我一定要好好练习演讲。

2020年1月11日

日记的作用

不知不觉间，我已经写了120多篇日记了。这些日记记录了我的笑，记录了我的哭，记录了我每天的生活。如果我一年坚持不懈，写365篇这样的日记，长大以后回头再看一看，那绝对是一件很开心的事情。

我现在发现写日记是一件很有用的事情。因为在日记中，我可以随心所欲地去写，去写人，去写事，或者是写我的观点，日记体现了一个最真实的自我。它不仅可以让你在长大以后回来看一看你经历过的生活，而且还可以在当天反思一下你一天的生活，如学习上有没有需要改进或努力的地方，生活中有没有值得记录的瞬间。同时，通过日记还可以及时发现自己的情绪，调整自己的心情，鼓励自己，有百利而无一害。

总之，只要你坚持写日记，你就会得到一个很好的结果。

2020年1月12日

坚持周总结

基本上，每个周日我都要写一篇总结，这周也不例外。

这周是圣诞假期结束后的第一个星期，对于学生来说，最大的难度就是静下心来回归学习。但这一点我做得很成功，说明我的适应能力还是很不错的。

这周我们几乎所有的课程都开启了新的单元，比如英语，我们开启了写故事的单元，可能学完之后老师会要求我们写一篇故事。如果真是这样的话，我准备写一篇悬疑故事，因为我最近刚看了电影《利刃出鞘》。此外，数学和地理也都开始学习新的知识点了。

值得一提的是宗教，这周我总算是开始入门了。我们学了有关“罪”的课程，我了解了在基督教中什么是原罪。原罪就是亚当和夏娃背叛了主，吃掉了禁果，他们的罪就是原罪，也就是罪的起源。同时我还知道了基督教中有两种罪，一种是大罪，一种是小罪。大罪不可饶恕，如果犯了大罪，你的灵魂将会湮灭；如果犯了小罪，则是可以被原谅的。这和大家常说的“罪大恶极的人死后就会被打入十八层地狱”有点类似，主要意义在于告诫人们多做善事，不能做丧失天良的坏事，还是很有教育意义的。我现在也越来越理解为什么要上宗教课了。

明天又有一场篮球比赛，希望我们队一起加油。

2020年1月13日

比赛失利

今天的比赛，我只能用一个“惨”字来形容。本来今天我们是主场，大家都想好好表现，但事与愿违，我们竟然输了20多分，真是没脸见同学了。

今天刚上场时，我就有些许的紧张，因为我的好多朋友都过来观战了。比赛刚开始，我们旗开得胜，得了2分，并且给对方制造了很多失误。可是不知道怎么回事，我们传球时老是丢球，然后就被对方抢断。这是我们这次比赛最大的问题，对手70%的得分都是因为抢断快攻得来的。

今天我的表现也不尽如人意，上半场四投零中，仅仅有两个封盖，所以，上半场结束时我们就落后对方很多分。下半场没有发生奇迹，反而让对手把比分拉得越来越大。

比赛结束后，教练无奈地说，我们是时候反省一下自己了；

虽然每场比赛我们都打得非常拼，但光靠拼是不够的，我们必须要抢到更多篮板，传更好的球，进更多的篮。我也仔细分析了一下原因，主要是大家实力有待提升。希望接下来的时间大家多多练习，只有自己强大了，才能所向披靡。

2020年1月14日

选课困惑

今天早上，老师给我们看了一个有关十年级选课的文件。目前，我在这个学校相当于上了一个理科综合班。也就是说，我的理科要比普通人学得难一些，并且到了十一、十二年级还要开始学习AP（美国大学预修课程）课程。

仔细看了选课文件后，我发现，如果继续选这个班的话，那么十年级就不能选商课和体育课了。再说我数学也一般，等到了十一、十二年级开始学习那种难的肯定会吃不消。所以，我现在必须决定，我是否要继续上这个理科综合班。

一方面，我以后想学金融方面的东西，肯定需要掌握数学的相关知识；另一方面，我又特别喜欢体育，体育课会让我真正地放松。

鱼和熊掌不可兼得，我需要认真想想再做决定。

2020年1月15日

我的青春我做主

这两天被选课弄得焦头烂额，因为不论怎样选，都不可能达到两全其美的效果。而且，这儿的选课相当于国内的文理分科，会直接影响未来的选择，所以，大家都非常谨慎。目前，我的想法是退出理科综合班，但这个想法还不是很成熟，过两天等自己想清楚了再做决定吧，先不想这件令人头疼的事了。

今天晚上写完作业，突然很想好朋友南昊延，于是我给他打了个电话，聊了一会儿。南昊延说，我们学校可能要搬到小汤山，最近已经陆陆续续从吉利大学往出搬了。其实，吉利大学也算我青春的一个主场了，我见证过吉利大学的春夏秋冬，春天的百花，夏天的蝉声，秋天的红叶，冬天的飞雪，一直深藏在我的脑海中。说实话，我真的很舍不得吉利大学，因为那里留着我青春的印迹。

再有50天我就成为15周岁的男孩子了，这意味着我要对自己负责了，要对自己的未来着想了。加油吧！我的青春我做主。

2020年1月16日

穿错校服

今天早上起床，迷迷糊糊地穿上了校服（西服），便坐校车来到了学校。

一到学校，我就看到有两个人穿着便服走过来，我心里还想他们两个肯定要被送到办公室了。因为学校只让周五穿便服，平时必须穿校服，而今天是周四。

但是进了教学楼，我才发现事情变得有点儿尴尬，所有人穿的都是便服，只有我一个人穿着西服。这时，我才想起来，因为明天是家长开放日，我们需要穿校服，所以今天可以穿一天便服。

所幸的是，老师和同学都没有拿我取笑，因为他们以前也做过这种傻事。

2020年1月17日

有趣的实验

今天的数学课上我们做了一个很有趣的实验，实验的名称是“芭比娃娃的蹦极”。

实验的步骤是，先找一个芭比娃娃玩具，再拿一把量尺粘到墙上，然后在芭比娃娃的脚上绑上橡皮筋，让它从天花板降落下来，等橡皮筋的个数可以让芭比娃娃碰到地时，这个实验就算结束了。

我和一个加拿大学生分到了一组，我们无意中选了一个最轻的芭比娃娃，这也就意味着我们需要更多的橡皮筋和更多的时间来完成这个实验。我们俩分工明确，我站到桌子上把芭比娃娃降落下来，他负责观察降落的最低点，并且做记录。做完记录，我们还要做一个表，取两个变量，两个变量分别是自变量和因变量。自变量肯定就是橡皮筋的个数，因变量就是降落的长度。我们把两个变量设置为一个坐标系，再把数据带到这个坐标系里面，于是一个很神奇的事情发生了，一个数据是一个点，所有点汇聚成了一条线，并且还很密集。

像这样的实验好像还有很多很多，既能锻炼我们的合作能力，也能锻炼我们的动手能力，最终能锻炼我们的实际应用能力。

突然间我发现，如果选择这个理科综合班，对我以后申请大学也是很有用的，并且明年我还是可以继续选两门选修课，到时就选我喜欢的体育和商学，这样或许是最好的选择。

2020年1月18日

完美周六

今天是周六，我约了个朋友一起出去吃自助餐。

这个朋友是十一年级的一个哥哥，我们两个玩得非常好。虽然他比我大三岁，但是我们两个就像同龄人一样，非常合得来。而且，我们俩有很多共同点，比如我们都是从北京来的，都喜欢打篮球。最令人不可思议的是，我俩都是“爸管严”，我爸管我管得很严，他爸管他也管得很严。

吃饭的时候，我问他：“你觉得我应该继续待在这个理科实验班吗？”他说：“如果你以后想要一个好的前程的话，就应该待在理科实验班。虽然那样会比较辛苦，但是成功不就应该需要辛苦吗？”我觉得他说的很有道理。

吃完饭我们又玩了五子棋和真心话大冒险，一个完美的周六就结束了。

2020年1月19日

做出决定

这周一直牵挂选课的事，我征求了朋友的意见，征求了家人的意见，当然最重要的是自己的想法。经过慎重考虑后，我最后决定继续留在理科实验班。虽然之后会遇到一系列的困难和挑战，但要获得成功，不就是需要经过努力和坚持吗？

我把我的决定告诉家人后，妈妈说："也许你继续努力下去会爱上理科，爱上自然科学，你不妨试一试。有时候，遇到困难时坚持下去，反倒会培养你浓厚的兴趣。"哥哥说："我尊重你的选择，只要你考虑好了，努力做好自己就可以了。"

家人及朋友的鼓励是我前进的最大动力，我会加油的！

2020年1月20日

中国有嘻哈

马上就是中国的新年了，学校为了让我们这些中国学生体验到家的感觉，同时也为了弘扬中国文化，让我们准备一些与中国传统文化相关的项目，在周五的时候进行展示。

有的人选择做剪纸，有的人选择书法，甚至有的人选择做火锅。而我想了半天，想到了“中国有嘻哈”这个主题。“中国有嘻哈”是一档电视节目，主要宗旨就是为了宣扬中国的嘻哈文化。

记得我出国之前，一个非常热爱嘻哈文化的学长跟我说，你到那里后一定要对他们宣扬一下中国的嘻哈文化，让他们知道，嘻哈不止欧美可以搞，中国也可以独具一格。

确定好主题后，这两天我就疯狂查资料，还设计了很多小活动，就等着周五那天给外国同学们好好讲解一下。

我对我的这个项目非常自信，期待周五的到来。

2020年1月21日

疫情蔓延

最近，疫情蔓延让我不禁感到害怕。

目前医学人员并没有找到这个病毒的起源，他们只是推测这个病毒可能来自于野生动物。

难道这是地球对人类的一个小惩罚吗？本来野生动物就应

该好好在大自然里面生存着，本来我们人类就应该保护它们，可我们却破坏了大自然的生态平衡，各种打猎，捕捉很多的珍稀动物。说实话，这么做就是无知。

刘慈欣小说《流浪地球》里面讲述了地球面临着危机，而书的第一句是：起初，这只是一场小小的山火，没人注意。正好最近澳大利亚发生了一场很严重的山火，这让我越想越觉得可怕。

所以，保护大自然就是保护人类，也请我爱的人在疫情期间做好防护措施。

2020年1月22日

终于赢了

今天是令人激动的一天，因为我们的篮球队终于赢了一场比赛。

这场比赛的对手之前已经跟我们交过手了，上次是我们去他们学校比的，可惜我们当时输了4分。

这次很多人依旧不看好我们，觉得我们会输。在比赛之前，我和队友说，我们一定要让那些看不起我们的人全部打脸。

比赛一开始，我们整个节奏把控得就很好，虽然我们并没有领先很多，但一直比较稳定。这次教练一直把我放在场上，我当然也不能辜负教练的期望，各种造犯规和往篮底下冲击，表现得很强硬。

在我们全队的努力配合下，来到了最后一节。这时，我们依然领先四分，但这种情况往往是最危险的。我们必须要拉开分差，同时还需要拖延时间，千万不能出现失误。我和队友们一直坚守在防守端上，尽可能地阻止对方进球；同时，我们自己在进攻端上，还连续进了几个球。

在第四节最后几秒的时候，我们领先了11分，这时候对方已经再也无法逆风翻盘了。我们整个队激动得都跳了起来，因为这不只是我们赢得的第一场比赛，更重要的是，我们在自己的球馆里守护住了我们的荣耀。

加油吧！我相信，我们之后肯定会打得越来越好，也越来越有信心。

2020年1月23日

中国加油

今天是中国的除夕。往年的除夕全家团聚，其乐融融，大家都很开心，可今年的除夕我却怎么也快乐不起来。一方面是因为我一个人身处异国他乡，另一方面是听到中国正面临一场没有硝烟的战斗。在这个特殊的节日，怀念祖国，怀念家乡。

致敬所有坚守在一线的医护人员、工作人员和志愿者！

中国加油，武汉加油！

2020年1月24日

新春快乐

今天是加拿大时间2020年1月24日，同时也是中国时间2020年1月25日，一年一度的春节。

由于多伦多是冬令时时间，所以与中国有13个小时的时差。今天中午10:40的时候，我们中国人一起拿上饭去餐厅吃饭。到10:59的时候，我们所有人就开始倒计时，声音非常大，倒数到“1”的时候，很多外国人也开始跟着我们一起亢奋。他们真的很热情，而且今天几乎所有人都穿上了红色衣服，庆祝中国的春节。

今天下午，我们的中国新年活动就正式开始了。我的同伴临时有事，我的展览只能由我一个人来做了。我先向别人借了三个头戴式耳机，然后拿了三个电子产品，里面存放着三段我很喜欢的风格不同的嘻哈音乐。

展览的效果远比我想象中要好，有很多热爱嘻哈的同学和老师都纷纷过来欣赏我的音乐，甚至有一段时间很多同学排队轮流听我准备的音乐，然后打分。三段音乐的分数差距都不是很大，比分很胶着。在这期间，我也滔滔不绝地给他们讲述中国嘻哈史。

这次的展览也算是圆满地结束了。

现在，我正在一个同学租的公寓里面和十四个同学一起过新年，吃年夜饭，包饺子。

祝家人和朋友们除夕快乐！

2020年1月25日

叶问精神

今天我想去看电影，到了电影院才发现由于突发新冠肺炎的缘故，好多原计划上映的电影都撤档了。突然想起来我一直没有看《叶问4》，一直挺遗憾的，所以我便看了《叶问4》。

还记得第一次看《叶问》是在我很小的时候，当时是和哥哥、妈妈在电脑上一起看的。我们先看了《叶问》，紧接着又看了《叶问2》。看《叶问》的时候，我就发现原来这个世界上还有这么好看的电影，那应该是我看懂的第一部电影。看《叶问2》的时候，我发现《叶问2》比《叶问》更好看，甚至看到最后振奋人心的时候，我都哭了。我很尊敬叶问，不仅是因为他的武术技巧，更重要的是他本身的包容谦逊，为人和善，讲义气，尤其是他的爱国情怀。

但之后的《叶问3》拍得很不尽如人意，我一直很期待《叶问4》，想看有没有超越之前的几部。《叶问4》讲述了当年中国人在美国唐人街遭遇各种不平等待遇，后来叶问和他的徒弟李小龙通过自己的努力使武术在美国发扬光大的事情。这里面有一个武师，他对美国人一味忍让，无论美国人怎么欺负他们，他都一味忍让，最终才说了一句让我觉得非常有道理的话：忍无可忍就无须再忍。可惜的是，最后叶问先生得了癌症去世了。

从《叶问》到《叶问4》，每次决斗的场景都让我感到热血沸腾。随着叶问电影的落幕，我的青春也差不多该落幕了，但叶问精神会一直铭记在我的心里！

2020年1月26日

科比坠机

今天下午，听闻了科比坠机的噩耗。刚听到这个消息的时候我以为是谣言，因为我真的不敢相信他就这样离我们而去。他才41岁，这么年轻。

可是随着越来越多媒体的报道，这件事情成为板上钉钉的事实。科比是我认识的第一个NBA球星，随着时间的推移，我对他的认识渐渐深入全面。刚开始我只知道他带着他们的队伍获取了五个总冠军，我知道他有很多很了不起的荣誉。对他深入了解后，我才发现他是一个多么伟大的人，他不仅仅是一个篮球明星，他更是这个时代的伟人。

凌晨4:30的洛杉矶是他成功的秘诀，他的坚韧，他的持之以恒，无一不让我们敬佩。

有一次比赛，科比跟腱撕裂，大家都以为他要下场了。可没一会儿他又一瘸一拐地回来罚球，直到逆转了比分之后才自己走下场。当时记者们穷追不舍地问他的感受，我看见他第一次无奈地红了眼睛，使出全身力气说："Can't help it. I'm hurt again."（已经尽力了，我又受伤了。）当时，我心里觉得有点疼。后来才知道，那是爱上他了。愿天堂没有伤病，科比一路走好，这个世界因为有过你而显得格外灿烂。

科比，在2020年被上帝第一顺位选中，世界再无科比，但曼巴精神永在！

2020年1月27日

纪念·珍藏

昨天晚上听到科比坠机噩耗的时候，我想到了我人生中第一双真正意义上的球鞋——科比球鞋。这双球鞋我穿了很久很久，想着再买一双作为永久的留念。我在网上看的时候，发现当时买的时候这双鞋是1500元，现在已经涨到1900元了。尽管觉得有点贵，我还是果断地下了单。很快，因为有很多人抢购，这双鞋的价格开始涨了起来，三个小时就涨到了12999元，我都不敢相信我的眼睛了。再一看其他科比球鞋的标价以后，我才发现每一双鞋的价格都有了大幅度的上涨。我心里暗自庆幸，幸好我第一时间买了这双鞋，要等到这会儿就买不起了。

今天早上，我收到一条退款通知，是昨天那双球鞋的钱。这意味着我再也得不到那双球鞋了，等我再上网看的时候，所有科比的球鞋都下架了。原来是有大批的球鞋转卖者在听到科比去世的消息以后，疯狂地购买科比球鞋，然后再高价转卖。我甚至看到有很多人发朋友圈说，当你们还在缅怀科比的时候，我已经赚到了人生的第一桶金。没错，他们就是在消费逝者。

我只是一个把科比当作信仰的孩子，就想买一双科比球鞋作为纪念。还有很多像我这样的人，却因为这些转卖者把球鞋炒到天价而买不起球鞋。

我很伤心，回国以后，我一定要把我所有的科比球鞋都珍藏起来。

2020年1月28日

爱上科学课

在中国，科学课可能是我们最不喜欢上的课。每次上生物的时候就会被那些生物的分类、生物的特征搞得焦头烂额，化学也老是记不清楚化学方程式，物理更是难以搞懂。

可是来到这里以后，科学课摇身一变成了我最喜欢的课程之一。这并不是因为学的内容变简单了，比如我们最近也在学

“电”（众所周知，“电”是高中物理的难点之一），而是因为这么难学的东西，我们老师却讲得生动活泼，让人一听就懂。老师首先拿出一个仪器，然后请一个同学上台，让他把手放到那个机器上面。过了一会儿，老师让那个同学碰一下另外一个同学的手，只听“啪”的一声，那个被碰到的同学就被静电电到了。老师就开始各种解释，最终我们通通都搞懂了。

最近武汉发生了疫情，老师借着大家对病毒的好奇心，就在科学课上给我们普及了病毒的一些知识，如病毒的特征、病毒的分类、病毒的构成、病毒的后果、病毒的变异等。

找到学生的兴趣点，然后深入讲解，这样学生就能听进去了，这也是为什么我这么喜欢上科学课的原因。

2020年1月29日

女性力量

今天偶然从微信公众号上读到了一篇文章，文章的主旨大概是说，我们童年看的迪士尼公主，其实也间接性地毁了我们。

看完文章，又细品了一下，发现这个观点并不是没有道理。

这个文章讲的就是，以前迪士尼公主都是需要一个勇敢聪明的王子来救她们，而公主本身并不需要做什么，她们只需要好看就行了。

比如说白雪公主，她虽然善良，但是她太单纯了，以至于被老巫婆骗了，最后还是靠一个英勇的王子来拯救。再比如说灰姑娘，灰姑娘和白雪公主一样，唯一的亮点就是漂亮和善良。当她被继母虐待的时候，并没有想什么办法自己冲出困境，而是等外界的帮助，最终也是有一个王子来拯救了她。

这对现在的小女孩会有什么样的误导呢？就是你什么都不用干，只需要等待一个王子的到来就行。可以说，在当前这样的社会背景下，这样的故事情节传递的是一种错误的价值观。

令人欣慰的是，最近的迪士尼也有了改变，比如说《冰雪奇缘》，公主没有再依靠王子的力量，而是两个姐妹凭借她们自己的力量去战胜了邪恶。这不就是我们天天在说的男女平等吗？

我又想起了花木兰。花木兰并不是那种养尊处优的公主，她和迪士尼任何一个公主都不一样。她女扮男装，征战十年，最终荣归故里，她向我们诠释了“谁说女子不如男”。

迪士尼现在也开始给女孩子们传递正确的价值观了。

2020年1月30日

救济流浪汉

今天是非常有意义的一天，虽然说没有上课，但我们学到的东西远远比课堂上要多得多。

一大早来到学校后，我们就坐上了校车前往多伦多的市中心。一提到“市中心”这三个字，大家的第一反应就是很繁华，确实没错。但是我们今天不是去繁华的地方，而是要去一个流浪汉庇护所。我们要当一次志愿者，给这些无家可归的人们整理床铺。

这个流浪汉庇护所是一个政府赞助的机构，这儿只提供午餐，并且流浪汉只能在晚上入住，早上起床后就得走。所以我们今天没有看到几个流浪汉。

没到那里的时候，我认知中的流浪汉庇护所还停留在电影《当幸福来敲门》中一个很大的像体育场的地方，环境卫生很差，而且全是床，无数个没有家的流浪汉挤在一起。真正到那里的时候，我被惊到了。那里的设施和卫生都非常好，简直就像一个学校。床铺像很多学生宿舍里的一样，是高低床。我和我的队友一共整理了十张床，虽然有点累，但心里是满满的成就感。

我们还尝了一下那里提供的午餐，味道非常一般，但是填饱肚子没有问题。

我感觉我们今天做的事非常有意义。给无家可归的人们提供一个更加舒适的环境，让他们感受到社会对他们的关爱。如果大家都能这样做，那么整个社会一定会更加和谐。

2020年1月31日

选择奋斗

最近看到了很多新闻，其中一条是说在家里无聊时能干出来的事情。比如有人无聊得在家里旅游，有人则数西瓜籽儿。

近期和很多国内的朋友聊天时，他们向我表达的一个关键词就是“无聊”。确实，因为疫情他们哪儿也去不了，每天只能待在家里，肯定会很闷。其实，在周末，有时候写完作业后，还会有很多空余的时间。这时我就会看会儿书，看会儿电影，收拾一下房间，把该做的事情都做一做。

这能说明什么呢？说明我们现在已经适应了这种每天学习或每天工作的生活。我们觉得，忙碌的生活才是有意义的生活。如果现在再把我放到原始社会，我真的不知道应该怎么存活下来。

所以，空闲的时候，我经常会想我应该做点什么事情。我很想像爸爸那样，虽然每天很累，但为了自己的理想拼搏，心里很满足。最近认识了一个学姐，她说她很爱嘻哈，还在北京举办过一场小型高中生嘻哈比赛。当时她花了很多时间去拉赞助，并找了一些很厉害的说唱歌手作为导师。她现在去了一所常青藤大学，我真的非常崇拜她。在不耽误自己学习的情况下，她还能为自己热爱的事情去奋斗，这本身就是一件很幸福的事。

所以，我现在很期待每天上学，我的平均分也越来越高，每次看到成绩进步表的时候，我就非常欣慰。妈妈也一直鼓励我，她说："小梁，你长大了，知道人生的意义在于奋斗，在于每天都把日子过得很充实，在于朝着一个目标去努力！我为你骄傲，希望你能够坚持不懈，为自己的理想去奋斗！"

妈妈，您放心吧，我会努力奋斗的。

2020年2月1日

华裔司机

今天出去的时候，我碰到一名出租车司机。他是华裔，而且是我的老乡，也是北京的。我们聊得很起劲，也聊到了新冠肺炎，他说一切肯定会好起来的。是的，我们都坚信，一定会好起来的。

我问他来多伦多多长时间了，他说已经20年了。他刚来这里是因为想求学，他学的是电子工程，想学到更先进的技术，然后回去报效祖国，可事情总是事与愿违。

他说他在初中和高中的时候对学习数学和物理追求完美，考不了100分，他觉得就是一种失败。还说，在这个时代一定要有一个科目能超出别人一大截，而且一定要锻炼独立思维的能力。如果一个老师给一个学生布置了10道题，这个学生用老师的方法做对10道题，那么只能得到60分；但如果没有按照老师的方法，而是通过自己的独立思考发现了另一种方法，那么他只做对一道题，就能得100分。我也觉得，独立思考在现代社会中是非常重要的东西。

他叹了一口气接着说，现实总是残酷的，开始上班后，他发现追求完美太累了，很多事情只能选择随缘。他的领导是一个专业方面什么都不懂而且还不听专业人士建议的人，特别固执，特别专制。有一次，因为一件小事他把领导得罪了，所以就被开了。他还说，现在这个社会，什么事情都是靠关系的，不仅仅是在加拿大，在美国也是。比如特朗普上任以后，他提拔任命的都是以前和他有关系的那些人。

从他的话中，我听到了满满的心酸。可惜，这么有能力的人，屈才了。

我希望以后我能凭自己的真实本领，得到一个很好的职位；当然，如果我能当领导，我绝对不会任人唯亲，一定要以能力为重！

2020年2月2日

一周复盘

我发现，只要一周内有几门考试，这周就会变得很快，因为你不是在复习，就是在考试。

这周考了英语，我自认为考得还不错，尤其是最后的那一篇作文，我写了满满一张纸，有细节，有论述。接下来的英语课我们要读一本英文书，这对我来说是一种挑战，不过我相信我能行的。

数学，这周交了一项大作业，是一份活动报告。由于我做错了一步，老师扣了几分，吃一堑长一智，相信下一次我就不会错了。

科学，我们学了一些电学的理论知识，下一周就要开始真正有难度的公式计算了。虽然我学过，但也不能掉以轻心。

美术，我的平均分提高到了85分左右。下下周有一次美术考试，我也要提前好好复习了。

地理，这周我们几乎都在复习，因为明天要考试。上次我的地理考得不错，希望这次继续保持。

宗教，这周是社会实践，我们去了流浪汉庇护所，帮助流浪汉整理了床铺，收获很大。

体育，这周没有比赛，但下周有两场，而且对手都很强，希望我们加油。

我相信二月份会更好的!

2020年2月3日

永不言败

今天我们打了二月份的第一场篮球赛，很不幸，我们输得很惨！这个队以前和我们打过比赛，他们队有两个厉害的选手，就是那种又高、身体又好、又会运球、还会投篮的球员。整场比赛我们都被压着打，只有我上场的时候才能勉勉强强和他们对抗一下。

刚开始我没有上场，以至于我们很快就被对方超了15分。

我上场后，虽然拉回来一点分数，怎奈我们的差距太大了，而且我只能防住一个点，其他点都会被突破得分。

不过我们不会轻言放弃，我们虽然输过很多场比赛，但是没有一场放弃拼搏的，每次比赛我们都会拼搏到最后。可惜就像教练说的那样，光有这种战斗的拼搏意识还是不够的，更重要的还是得有实力。

这场比赛让我认识到了打球技术的重要性。很多我在上场之前想到的东西，一上场就全忘了，可能还是不熟练的缘故吧。看来，要想赢球，还是得加强练习啊。

2020年2月4日

生而平等

今天英语课上老师给我们讲了一个非常严肃的话题，那就是“种族歧视”。

作为国际学生，我们一向对这类话题非常敏感。每当有人提到“China（中国）”的时候，我们中国留学生就会情不自禁地把头转向那个人，看看他要说什么。其实，在这儿我们也遇到个别学生，他们内心存着那么一点点小偏见。他们觉得这是他们的国家，为什么要有这么多的中国人来?

老师今天讲的案例是美国内战结束之后大萧条时期的事情。那个时候，虽然法律上承认黑人和白人是平等的，但是其实整个社会对黑人的偏见非常大。比如，黑人去的所有地方都不能和白人一样，比如说有专属的黑人剧院；还有个别很过分的标语，上面写的是狗和黑人不能进去。

当时，还有很多人冤枉黑人，甚至把黑人拖出来，再把他们当众吊死。虽然法律上是不允许的，但是有很多人这么做，他们还自豪地拍了照片，以为他们这种做法是正确的。现在看来，这种做法是多么残忍。

总的来说，“种族歧视”真的是一个非常可怕的观念，人们不能因为别人的肤色而以另类的眼光对待他。所以，让我们记住马丁·路德·金说的一句话“人人生而平等”，停止种族歧视吧!

2020年2月5日

一场鏖战

今天的比赛是我们截至目前打过的最激烈的一场比赛。

我们以前和这个学校打过，上次我们在主场大输30分，而这一次我们不仅是客场，而且只有9个人来参加比赛，所以我感觉我们的希望不大。不过我们还是没有气馁，很认真地布置战术和训练。

比赛开始了！奇怪的是，我们并没有表现出落后的迹象，甚至还领先他们，进攻、得分、防守、盖帽、抢板、继续进攻，我样样都行。到了第三节我们甚至领先了他们10分。可是就在这时，我因为五个犯规遗憾地离场了，没有一个正经中锋的球队就相当于失去了轴承，各种抢不到板，各种失误，各种得不了分，于是在最后10秒的时候，我们被反超了。是的，我们又输了。

这次的输，让我心里非常难受。我一直后悔为什么我犯了那么多次规。如果没有被罚下场的话，那这次我们是绝对可以赢的。

这场比赛我拿到了12分，10篮板，3助攻，一个两双。教练说我完全影响了比赛，对手后来的防守都是围绕着我，以至于我给队友制造了很多机会。

妈妈和我说："体验就是经历，经历就是成长！谁笑到最后，谁才笑得最美！加油！"是的，继续加油吧！

2020年2月6日

文化贯通

今天的地理课，我的知识接收量几乎为百分之百，因为今天讲的是人口和文化，非常有趣。

首先，老师拿出来一张地图，然后一个一个地问我们班同学的父母来自哪里，在地图上做上标记。到最后，我们惊奇地发现，班里同学的父母竟然来自世界各地，有南美洲的，有欧洲的，有非洲的，当然，还有亚洲的。

紧接着，老师就开始跟我们讲多伦多这个地方原本种族歧视非常严重，欧洲来的移民直到1970年才开始慢慢接受从非洲来的移民，而一直等到2000年中国的移民才被接受，这也是因为当时的总统提出了“文化大贯通”的概念。

他说，加拿大文化和美国文化的差别就在此，美国的文化相当于一个文化大熔炉。什么意思呢？就是无论你是什么国籍，在这里长大就可能会忘本。而在加拿大，只要你有墨西哥血统你就会称自己为墨西哥人，只要有俄罗斯血统你就会称自己为俄罗斯人。如果你是印度人并且当了警察，他们甚至会给你一个由头巾做的警察帽子。

2008年北京奥运会主题曲《我和你》中有一句歌词：“我和

你，心连心，同住地球村。”现代科技的迅速发展，缩小了地球上的时空距离，国际交往日益频繁便利，因而整个地球就如同是茫茫宇宙中的一个小村落。我相信，随着世界文明的加速、文化的不断贯通，各国之间的差距一定会越来越小。

2020年2月7日

元宵佳节

今天是元宵节，元宵的寓意就是团团圆圆。可惜身处异国他乡的我却与家人、朋友团圆不了，只能看着天上的一轮明月，抒发一下“我寄愁心与明月，随风直到夜郎西”了。

来到这里之后的感觉就是时间过得可真快，转眼就半年了。现在的我，可以说完全适应了这里的生活。对于我来说，这是个好事，意味着我长大了。但长大并不意味着就不想家了，和家人又一个多月没见了，在这阖家团圆的日子里，很想念家人。

爸爸、妈妈，元宵节快乐！等疫情结束，我最想见到的人就是你们。

2020年2月8日

体验宅男生活

今天是周六，我体验了一下宅男的生活。

首先，我把所有的作业都做完了。这周我们作业很多，宗教，科学，数学，英语，美术，等全部完成后已经下午4点了。

然后，我就在网上找了一部电影看，名字是《这个杀手不太冷》。这是一部非常经典的电影，讲述了一名职业杀手与一个小女孩的感人故事，我强烈推荐爸爸和妈妈也去看看。

看完电影后，我尝试着自己做饭。我先拿出一袋泡面，把它放进锅里煮，煮的同时还放了一个荷包蛋和几片牛肉。然后我做了最拿手的炒蛋。突然间，我发现我非常享受做饭的过程。

在家里宅了一天，有点儿想念阳光的味道。吃完饭后，看到太阳还没落山，我就迫不及待地跑出去散了会儿步。

看来，宅男的生活有点不适合我。哈哈，我还是喜欢多运动运动。

2020年2月9日

学习总结

又是一个周末，到了学习总结的时候了。

英语方面，我们开始阅读英文版的《杀死一只知更鸟》，作者是哈珀·李。作为史上最受喜爱的小说之一，它已获得显赫声誉。它赢得过普利策奖，被翻译成四十多种语言，在世界范围内售出超过三千万册，并曾被拍成备受欢迎的电影。我也很期待里面的故事情节。

数学方面，我们学习了一次函数。由于我惊人的天赋，还有我的刻苦努力，我成功地把下周的数学作业都写完了。

科学方面，我们最近正在学电学，而且在学有关公式，所以课程越来越难。这一周的作业也会越来越难，之后我们还需要做一系列电学的实验。

宗教方面，我最近完成了一个大型的作业，完成以后我感到非常自豪。

美术方面，明天就要考试了，祝我顺利吧。

地理方面，这次考试还是很稳定，考了85分。

体育方面，明天我们有一场比赛，祝我们能成功吧。

下周要放四天假，从周五就开始一直放到周一，我和小伙伴们计划去大瀑布玩三天。期待一下！

2020年2月10日

又输球了

今天又打了一场比赛，比赛的精彩程度，我认为不亚于NBA。

首先，一上场我们就被对方打了个9∶0。正当我们所有人以为我们又要输得非常惨的时候，我们的两个队员贡献了三个三分球，直接把比分拉平。从这时起，我们的比分就开始各种变化。先是对方超了我们，但是我们马上就追回来了；紧接着我们也超了对方，可很快又被对方追回来了。

到了第三节的时候，比分维持在30∶30。这时候，观众席上突然来了非常非常多的人。正当我们所有人都觉得我们要赢了的时候，对方突然奋起直追，投进了许多不可思议的球，而且对我们的防守也非常严。可能是因为观众席人多的原因，我们开始紧张了起来，各种失误，各种防不住，最终还是以37∶50败给了对方。也可能是因为我们中途有点骄傲自大了，我们应该认认真真地打每一场比赛，这样才能获得最终的胜利。

2020年2月11日

《杀死一只知更鸟》读后感

最近我们英语课在读英文版的《杀死一只知更鸟》，因为看英文书对学习英文真的非常有帮助。

这本书的故事情节可以用一个词来形容：扣人心弦。

这个故事发生在20世纪30年代的美国，那时，美国白人还对黑人存在着很大的偏见。这本书的主角是一个白人，里面的旁白就是白人家庭里面的小女孩，小女孩有一个哥哥，她的爸爸是一个非常伟大的律师。

为什么这么说呢？因为他坚持正义。有一个黑人被白人诬蔑了，所有镇上的白人都在唾弃那个黑人，唯独爸爸保持理性。在了解清楚案件以后，他认为黑人不是那个犯罪的人，于是冒着被很多人辱骂的风险为他辩解。可是最后，法律还是挡不住舆论，那个黑人被判死刑。

据说，这个爸爸小的时候，曾经拿枪猎杀过一只知更鸟。后来他非常后悔，因为他觉得无辜者不能受到惩罚，所以他就立志做一名律师，因为法律的最高境界是善良、正直与智慧！

正因为这些人的不懈奋斗，种族歧视才慢慢地消失。

所以，我非常敬佩这位父亲。

2020年2月12日

摩 西 其 人

今天做了一个宗教作业，学到了很多有关天主教的知识。在课上，我们看了一个电影，里面有一个犹太人，名字叫摩西。他从小被认为是埃及的王子，其实他真正的身份是一个被埃及法老捡到的犹太孩子。

当时犹太人常年被埃及法老奴役，干各种苦力活，生死全部掌握在埃及法老的手上。

摩西的童年非常快乐，时常和他哥哥一起玩，他哥哥是法老真正的儿子。

后来他无意间遇到了自己的犹太姐姐，这才让他意识到，他自己的族人陷入了怎样的水深火热中。于是，他放弃所有的荣华富贵，一心向着神，向神祈祷，问神应该如何做。

刚开始他劝说哥哥，让哥哥对犹太奴隶好一点，但哥哥并不领情，还是该杀杀，该打打。于是，摩西就发动了战争，最终摩西领着犹太人翻山越岭到达了一个新的大陆。也可以说，是摩西拯救了犹太人。

摩西从小就在荣华富贵中长大，换作另外一个人，肯定舍不得放弃这种权势和富贵，会深陷其中，无法自拔；但是摩西做到了真正的替天行道，帮助神解放了奴隶，实现了人人平等。

所以说，摩西是一个伟大的人。

2020年2月13日

电子香烟

今天上第二节课的时候，校长把所有九年级的学生叫到了图书馆，给我们做了一场演讲。他这次演讲的主题是“电子烟的危害”。

不知道什么原因，现在越来越多的人包括越来越多的青少年正在吸食电子烟。据我所知，电子烟还有不同口味的，比如草莓味的、糖果味的。本来电子烟是为了给那些戒烟的人用的，可是这样并不赚钱，于是商家就嗅到了商机，给电子烟中加入了尼古丁。

据说，在第二次世界大战的时候，一些聪明商家，给所有士兵免费提供香烟。香烟里的尼古丁使很多很多的士兵上了瘾，大战结束后，有数千万的人开始抽烟。

而电子烟中尼古丁的成分其实非常高，平常有烟瘾的那种人，抽香烟时一般都是计量的，比如一天抽几根。但这种电子烟你抽着抽着就不知道抽了多少尼古丁了，而且里面的成分还有各种添加剂。可以说，电子烟的危害丝毫不比香烟小。

到目前为止，我还没有结识任何一个吸电子烟的朋友，我自己也非常反感电子烟或者香烟这种东西。

“吸烟有害健康”，大家从小都知道这个常识。吸电子烟也一样，希望大家为了自己的身体，远离香烟，远离电子烟。

2020年2月14日

情人节的思考

今天是情人节，不知道在国内的爸爸妈妈是怎么过节的，因为疫情他们也只能在家里看一部电影吧。

记得小时候我非常喜欢一个女孩，当时什么也不懂，就是希望每天都能见到她，每天可以和她在一起。我还偷偷拿妈妈的手机登上QQ和她聊天，当时甚至还憧憬着未来和她结婚。现在想起来，还挺幼稚的。后来我上了初中，和她就没有联系了。

去年圣诞节的时候，我去哥哥那儿，发现哥哥每天都在用功读书，到现在还没有女朋友。原本我觉得这是一个很不好的选择，毕竟他已经很大了，但后来我才发现，只要你自身优秀，就会吸引优秀的女生。

后来我也喜欢过几个女孩子，但我长大了，知道目前阶段学习才是第一位。妈妈曾说："爱情充满了风险。然而，拒绝去爱，却是生命中最大的遗憾。"如果将来碰到我特别喜欢的女孩，我肯定也会去追求的，但前提是不耽误学习。

最后，祝爸爸妈妈情人节快乐！

2020年2月15日

我想自立

今天爸爸妈妈和我视频，很认真地问我要不要让妈妈八月份过来陪我，一直陪到我上大学。我认真思考了一下这个问题，给爸爸妈妈回复如下：

第一，没有必要，而且还浪费钱，在这里租一个房子需要很多手续，还很贵。我目前在这个寄宿家庭待得非常好，平常我还和这个寄宿家庭的女主人聊天，顺便可以锻炼我的英语口语。

第二，因为这个学校是和ISGC直接挂钩的，ISGC是一个机构，因为我有同学的妈妈在这里，但是ISGC不让。

第三，我已经长大了，很多事情都可以自己处理。妈妈也有自己想做的事情，希望不要把时间都花费在我身上。

收到我的答案后，妈妈也给了我回复：

亲爱的小梁，你小小年龄漂洋过海，独立生活。妈妈经常心疼你的不容易！非常希望能跟你在一起，照顾你的生活，给你更多的母爱。既然你考虑好不需要妈妈陪读，妈妈就不去了，从此以后，你的人生完全由你做主了！妈妈希望你自律、自强、乐观、坚毅，让每一天都过得充实而又精彩！

妈妈爱你！

我一定不会辜负妈妈的期望，把自己的每一天都过好。

2020年2月16日

曼巴精神永存

今天是NBA全明星正式比赛，也是我期盼了一年的比赛。这次的比赛是为了纪念科比，赛制也做了改变，前三节将会变成献给慈善机构的迷你比赛。

前三节每节从0分开始，每节持续12分钟。第四节开始的时候，将不再计算比赛时间，而是设置一个最终的目标分数，即领先球队前三节的总分再加24分。“24”代表科比NBA生涯最后10个赛季的球衣号码。

看到这次比赛阵容的时候，我认为这场比赛根本就没有悬念，因为詹姆斯队的平均水平比字母哥队的水平高太多了。但开始看的时候，我发现这场比赛还是打得很激烈，尤其是到第二节的时候，字母哥队一度领先詹姆斯队10分。

比赛一度僵持到最后一节，最让我意想不到的是，原本全明星比赛只是一个娱乐比赛，大家不会打得非常拼命，可这次比赛是为了纪念科比的曼巴精神，所以队员们就像在打决赛一样，非常拼命，看得我们非常激动。尤其到最后比分就差2分的时候，大家都屏气凝神，最终由戴维斯绝杀比赛。

科比不在，曼巴精神永存！

2020年2月17日

假日旅游

今天是四天小长假的最后一天。这个假期，我和小伙伴们相约去了尼亚加拉大瀑布附近，这是我2020年到现在为止过得最好的三天。

我们一共四个人，住了两个房间，每天早上大概9:00起床，去吃一顿非常美味新鲜的美式早餐，然后开始一天的活动。晚上回去后我们一起打牌，一起谈心，一起八卦，就像在中国时我们那伙儿朋友一样。

第一天，我们去了一家非常好吃的日式餐厅，吃到了我人生中觉得最好吃的鳗鱼饭。

第二天，我们去美国和加拿大边界打了球，打得非常爽，一直打到下午3:00。之后我们就去了尼亚加拉瀑布旁边的一个瀑布城，一整条街都是娱乐设施，有电玩、摩天轮、鬼屋，还有各种吃饭的地方。

我们四个人在一起有说有笑，玩得非常快乐。旅游确实是一件非常令人开心的事，尤其是和好朋友一起的旅游。

2020年2月18日

冲进季后赛

今天我们有一场比赛，这场比赛非常重要。如果我们输了，意味着我们的赛季就结束了；如果我们赢了，我们就能进入季后赛，还有机会继续打球。

今天和我们打比赛的这个队上次以4分的差距赢了我们，可是我们并不畏惧，因为我们这个队的所有队员都进步了很多。

赛前，教练给我们布置了战术，我们这次听得比任何一次比赛都要认真，有不懂的地方就问教练。在赛前的打气阶段，我们的喊声充满力量，大家信心满满。

比赛开始了，第一节，我们仅仅得了16分，可是对方才得了6分。第二节，我们两个队加起来才得了7分。今天这场比赛双方比分胶着的是第三节和第四节。我们一度把比分领先了20分，可是中途因为状态不好又被追到了只差10分，最终我们以顽强的姿态战胜了对方。

今天大家不论是在进攻端还是防守端，都表现得很棒。继续加油吧，季后赛会更难。

2020年2月19日

一个人的生日

今天，是我的农历生日，妈妈给我发了一个祝福的视频，妈妈在视频里说：

亲爱的小梁，今天是你的农历生日。也就是说，从今天开始你就是15岁的大小伙子了！

想想这15年来，你给爸爸妈妈、给我们家带来了多少的欢乐和精彩！这几天，爸爸妈妈在家没事老回忆起你，回忆你说过的话，参加过的活动，去过的地方……

小梁，你是爸爸妈妈心中的骄傲！你小小年龄就走南闯北，你乐观、自信、善于融入环境。走到哪儿都乐呵呵的，不想家，这点妈妈真的不如你。

这是你第一次一个人在异国他乡过生日，妈妈希望你能够在加拿大多伦多照顾好自己，保持一个健康的身体，学会跟同学相处。好好努力，天天向上，争取有一个美好的前途。

答应妈妈，学会爱自己，保护好自己，学会和自己相处。

妈妈爱你，生日快乐！

看完后我就有点想哭了。我还是第一次一个人过生日，而且是在离家人和朋友这么远的地方，不禁有些不知所措。

让我记忆犹新的一次生日是我还在新英才的时候，当时我想要一辆自行车，妈妈就带我去捷安特旗舰店选了一辆，印象中那辆车还挺贵的。在后来的日子里，我和妈妈经常一同骑行，从新英才骑到我们小区。现在想起来，那段日子挺欢乐的。

今天，是我的农历生日，我格外地想我的亲人和我的朋友。

2020年2月20日

反败为胜

今天的比赛我们一雪前耻，打败了一支上次以20分击败我们的队伍，这可真是振奋人心啊！

在赛季最开始的时候，也许我们是全联盟最差的球队，没有一次获胜的记录。但现在我敢说，我们有了争夺联盟第三甚至第二的能力，因为有三支第一次击败我们的队伍后来都被我们一一打败。

在这一系列的比赛中，我的篮球水平毫无疑问得到了一个质的飞跃，从刚开始啥都不会的愣头青成为篮球队的骨干。这场比赛我贡献了10分，好多个篮板，好多个盖帽。

这场比赛可以说我们是全程压着对手打的，包括上次他们队内最好的队员也被我防得死死的。

季后赛加油！

2020年2月21日

口腔溃疡

我的口腔溃疡终于好很多啦！虽然表面上看上去舌头上那块儿还是红的，吃饭的时候还是有点小疼，但基本上可以正常说话和吃饭了。

我分析了一下这次口腔溃疡的原因，一定是喝水喝得少了，当时我一晚上和一上午都没喝水。所以我现在床头柜上摆了五瓶水，一觉得有点口渴就喝水。

看似一个小小的口腔溃疡，前两天让我非常煎熬。首先是疼，无比的疼，尤其是晚上准备睡觉的时候就开始剧烈地疼痛，撕心裂肺地疼。其次是吃饭，眼巴巴地看着一桌子香喷喷的饭却吃不下去，去学校的时候我只能带一点米饭。我还发明了一种让我嘴巴不疼的吃饭方法，就是拿勺子直接把米饭送到喉咙那儿，然后快速地咽下去，不让它碰到牙龈和舌头。最后就是说话困难，好多我在课上想回答的问题都回答不了，和朋友、同学沟通都很费劲。

今天中午，我带了一袋泡面，本来想着泡面软一些，可以直接吞下去，但突然发现我竟然可以直接咀嚼了。之后在训练的时候，基本觉不到疼痛了，可能是因为我全身心投入运动里，再加上血液循环的原因吧！

太好了！以此为戒，好好保重身体。

2020年2月22日

抖音火了

我来加拿大的时候创建了一个抖音号，刚开始的时候是天天发打篮球的视频。那时候我才有500个粉丝，每条视频的点赞量不过几百，最多的一条也就3000。

后来我看到有很多博主都在发视频日记（vlog），于是，我就开始在网上搜索怎么做视频日记，慢慢地去探索未知的东西。

刚开始我做了篮球比赛的视频日记，只有二三十的点赞量，但我还是坚持不懈地发。有一天我做了一个人物介绍，一觉醒来，我发现竟然有15万点赞量，并且还在以很快的速度增长着。

做视频日记的初衷，只是为了记录生活。但是如果有更多的粉丝支持我的话，我想我会更加有动力。我现在已经有11万粉丝了，通过不停的更新，我相信我的粉丝会突破100万，并且能通过抖音来传播一些正能量，让更多的人了解国际教育，感受异国文化，体会中外不同的教育特色。

2020年2月23日

重温经典

今天重温了一下很经典的电影《少年派的奇幻漂流》。

这部电影获得了很多奥斯卡奖项，是著名导演李安拍的。

还记得很小的时候，妈妈就领我去看这部电影，当时什么都不懂，只知道看热闹。我看到了一个小男孩和一只老虎在一个小船上共度了好多天，觉得非常惊险，同时也看到了很多美景，让我觉得世界上竟然还有这么美的地方。

今天重温电影以后，我才对这部电影有了更深一层的理解。

这个小男孩其实是一个有信仰的人，他坚信老虎也是有善心的。直到有一天，他爸爸给他看了一只老虎把一只活生生的羊吞了以后，他才感到这个世界的可怕。更可怕的是他的家人都在一艘船上身亡，这时候，他非常绝望。于是，他和这只老虎在船上开始经历各种事情。他们经历过互相战斗，经历过欢乐，经历过痛苦，经历过悲伤，最后还经历了生离死别。

这个小男孩被救以后，老虎头也不回地就这么走了，小男孩哭了，并不是因为自己得救了，而是觉得这个老虎太冷漠了。

说实话，这个电影真的经典。

2020 年 2 月 24 日

最后一场球赛

今天这个日子很特殊!

2 月 24 号，科比的球衣也是 24 号，这也是今天乔丹带领一众明星和球员举办科比追悼会的原因。

今天也是我们季后赛的第一轮。打赢了这场，我们就是全联盟四强之一，输了这场我们就要打道回府，所以我们今天是背水一战。可惜篮球队还有很多人没来，从刚开始的十五六个人，到现在仅剩十来个人。尽管我们人很少，但是我们必须精神百倍地去迎接这场战斗。

这场比赛可以说是我们发挥得最好的一次，我们的进攻很流畅，我们的防守很积极。总体下来，我们的比赛得分创了新高，得了 61 分。可是由于我们的对手是最强的一个队，整场比赛得了 70 分，我们还是输了，这也意味着我们要打道回府了。

整个赛季下来，我们进步非常多，无论是战术上还是个人能力上，大家的收获都很大。比赛结束后，我有点想哭。毕竟和这些兄弟们打了这么长时间的篮球，今天一下子就这么道别了，有些难舍难分。

这个赛季就这么结束了。就像教练说的那样，我们刚开始是联盟垫底的，可是没有一个队像我们这样不懈地努力，最终我们通过自己的努力，获取了属于我们自己的胜利。

2020 年 2 月 25 日

考试成绩

今天，这个月的成绩单出来了，我满怀期待地打开了成绩单。

美术，从上次的76分增长到这次的81分，提高了5分。其实美术这方面，我觉得我的进步真的是毋庸置疑。

地理，从上次的75分增长到了80分，也是提高了5分。我还记得第一次考试我考得很差，当时我就暗下决心，一定要好好学这门课。成绩一点一点地进步，说明我的努力没有白费，让我更有信心学好地理了。

英语，上次72分，这次76分，提高了4分。

ESL，上次85分，这次87分，提高了2分。

相比上次，英语和ESL都有了少许进步，争取英语下次能突破80分。

宗教，这是我的第一次考试，考了82分，还有待进步。

体育，还是一如既往的高，93分。

整体上看，这次文科成绩都有所提高。上次考试就是因为文科拉了我的后腿，所以我也一直加强复习。可抓了这头，漏了那头。这次竟然把数学和科学又给落下了。数学和科学这次都退步了，数学从91分变成了85分，科学从93分变成了86分。一方面是因为课程变难了，另一方面是这次没有很重视。

这次考试平均分是85分，比上次只高了1分。不过可喜可贺的是，这次考试除了英语，我都上了80分。今后我需要注意的是，既要提高文科，也要巩固理科，不能掉以轻心。

只要持之以恒地坚持用心，一定会天天进步！

2020年2月26日

尊重信仰

来到加拿大后，我发现这里的宗教信仰真的很多，尤其是当你来到一所天主教学校，时不时就会碰到一些宗教信仰。这也让我有机会感受不同国家的信仰习俗。

今天是一个叫作“灰烬星期三”的日子，有一项特别的仪式：几位老师和一位教父要用他们去年种下的一棵树烧成的灰烬，在我们的头上都画一个十字架。而且从今天开始，在接下来的40天中，所有人都要放弃一项不好的习惯。有的人选择放弃饭后甜点，有的人选择放弃不健康的食物，总之就是放弃一项坏习惯，能让你在40天以后成为一个更好的人。

对于这些宗教，我选择尊重，就像要尊重中国的传统文化一样，因为信仰在每个人心里都占据着很重要的位置。

2020年2月27日

第一个 snowday

今天我遇到了来加拿大半年以来的第一个 snowday。

什么是 snowday 呢？就是因为雪下得太多，导致学校直接停课，放一天假。我从刚入学的时候就听说过神奇的 snowday，一直想体验一下，但好几次都是晚上下大雪，第二天学校依旧上课。正当我以为这学期没有希望体验 snowday 时，昨晚的一场大雪让我实现了这个愿望。

难得放一天假，首要做的事情就是补个觉，于是我和室友们直接睡到了上午 10 点。起床以后我们一起下楼做饭，来到加拿大后，我的厨艺迅速提升，渐渐地学会做炒面，做各种各样的菜。今天我们做了泡面饼。首先是用开水把泡面泡开，然后在泡面上加上鸡蛋、酱油、盐等，倒在电饼铛上开始加热，最后再加点番茄酱，味道很好，吃起来像妈妈做的煎饼一样。

下午，我把所有的作业写完，然后又预习了下周的功课，包括一个很大的实验项目，先列出大纲，然后把文字部分写完，到时只需要把实验数据填进去就行。

第一个 snowday，充实的一天。

2020年2月28日

孙杨被禁赛

今天，我想就孙杨被禁赛八年的事件讨论一下世界体育比赛的公平性。

事情的经过是这样的：有一天，药检委员会突击检查孙杨的家。孙杨刚开始很积极地配合药检，可是后来当他发现这个尿检人员其实非常不专业，而且整个流程根本就没有按照标准化的步骤进行操作时，他认为这个操作人员应该不是真正的专业人员，希望能够派一个更加专业的人员过来。而且中途孙杨希望能够看一看这个人的个人信息表，但是这个人根本就不愿意提供自己的工作证明，导致孙杨怀疑这个人是一个虚假人物。所以后来双方产生了冲突，孙杨直接拒绝配合他的操作。

一开始，我坚信孙杨没错，因为这个药检工作人员侵犯了孙杨的隐私，并且极其不专业。可是，孙杨提出诉讼以后，这个诉讼不仅没过，而且还被禁赛八年。现在想来，事情可能没那么简单。

妈妈曾教育过我："一切事情在没有水落石出之前，我们都不好去马上做判断。"这件事情让我想了很多，有些事一时真假难辨，但假以时日，真相一定会呈现。所以，不管什么事，我们一定不能盲从，要有自己的判断。

2020年2月29日

想念北京

昨天晚上我听到了一首说唱歌曲，歌曲的内容是有关北京的，北京的夕阳、北京的星空、北京的美食。一听这首歌，我就想起从幼儿园到高中在北京度过的十多年的时光。

我记得小时候第一次去天安门时，并没有太多感触，纯属就是看热闹。后来，我一次又一次去过很多次天安门。到临出国的前一夜，我再一次去了天安门，因为马上就要离开亲爱的祖国，我格外珍惜这次机会，想把最深刻的记忆留存在脑海中。在天安门，我凝视着毛主席的肖像，他的眼睛仿佛也在看我，仿佛想告诉我，即便是出国，也不能忘记中国，要为中华之崛起而读书。

虽然我是山西人，出生在山西，但因为在北京待的时间比较久，对北京的感情和熟悉程度都要大过山西。我一向遗憾没有好好地逛过北京，如果下次我回到北京，一定好好地参观一次北京，不是故宫，不是长城，而是老北京的那些胡同，尝尝炒肝儿，尝尝卤煮。

我想看看街上人来人往、川流不息的样子，他们大都是来自全国各地的北漂，每天没日没夜、起早贪黑地努力工作，我想看看他们为生活奔波的那种韧劲。

我还想多坐坐地铁。记得小时候我特别反感坐地铁，因为地铁不仅很挤，还要一站转另一站，走来走去的。但现在我明白了，地铁才是北京重要的交通工具。以后有机会，我一定要坐着地铁逛一圈北京，去趟南锣鼓巷，去趟鼓楼，去趟后海……

北京有那么多个区，但现在想想，我一直生活的仿佛只有顺义区和昌平区。我想逛逛北京，毕竟那是我长大的地方。

北京，我的根儿就在那里。

2020年3月1日

日月如梭

时间过得可真快啊，转眼间已经三月份了，春假马上就要来了。所以，最近的考试和作业都非常多，几乎是平时的双倍，可能会过得非常辛苦。

英语方面，老师给的分数依旧很低。最近我们一直在读一本英文书，读到后面会发现情节越来越有趣，有时候我回到家会看一两个小时。

数学方面，我们要做一个很大的项目。下周三是截止日期，所以我最近一直在忙着把实验数据变成一个曲线图，还有一堆问题需要回答。

科学方面，下周也有一个很大的项目，这个项目要结合我们实际生活中的用电进行。

美术方面，最近的作业是画一座城市，步骤更加烦琐，估计会花费很多时间。

地理方面，下周一有一个演讲。我和另外两个同学被分为一组，然后一起准备这个演讲。

好消息是，我们的篮球赛季结束了，我可以全身心地投入到学业方面。

2020年3月2日

人才辈出

最近看球赛时，发现好多个新人正在冉冉升起，比如说莫兰特。

莫兰特的打球风格是我非常喜欢的。作为一个后卫，他不仅拥有劲爆的身体，而且还有细腻的技术，曾多次上演隔扣大前锋甚至隔扣中锋的好戏，还差点完成了世纪之扣。

莫兰特从小出生在农村，附近没有篮球场，爸爸就用轮胎给他做了一个，从此他就没日没夜地刻苦打球。上了高中后，他历经曲折，一直被球队中有天赋的选手压制，但他没有灰心，还是一如既往地努力训练。

上次选秀大会时，他的实力终于被大家认可，最终获得第三名。第一名是锡安·威廉姆斯，他在大学时期的打球表现就抢眼，特别是身体很强壮，让人们觉得他有可能成为第二个詹姆斯。然而，赛季刚开始的时候他就受伤了，有些人怀疑他的实力，不过他近期的表现完全打了那些人的脸。上场比赛，他在詹姆斯面前砍下了35分，展现出了一个优秀篮球运动员的雄姿。

正所谓“江山代有才人出，各领风骚数百年”。我很庆幸出生在这么一个篮球的黄金时代，人才辈出的时代。

2020年3月3日

众志成城

今天上科学课时，老师再一次给我们讲了有关新冠肺炎的情况。

老师首先给我们看了一个视频，是世界卫生组织协会的主席发表的一段演讲。他说中国的设备是最齐全的，还说如果有一天他感染了这个病毒，那么他最希望去中国治疗。

关于新冠病毒的来源，目前全世界科学家都没有确切的定论。然而，国外最近却有人把这个责任推到中国，甚至有人开始排斥中国人。作为一名中国公民，对这类言行我十分气愤！

当然，更多的还是令我感动的事，因为有很多人支持我们，比如说世界卫生组织，比如说我们的科学老师。科学老师和我们说，不能因为哪个国家有了病毒就不去哪个国家的饭店吃饭，这样是不好的。在意大利的街头，有一个中国年轻人，蒙眼、戴口罩，静静站立在街头，一旁的纸板上写着："我不是病毒，我是人类，不要对我有歧视。"最终他收获了许多路人的拥抱和言语鼓励。

我认为，在这个时候，世界人民应该团结一心，众志成城。万夫一力，天下无敌。只有这样，我们才能战胜病毒，赢得胜利。

2020年3月4日

为世界祈福

最近我一直关注国内新冠肺炎疫情动态，发现情况已经非常好，可能每天感染人数只增加一两个。正当我暗自窃喜暑假肯定能回国的时候，很多其他国家的新冠肺炎疫情却又开始频频爆发了。如意大利、伊朗、韩国、日本、美国等都有了大量感染新冠肺炎的病例，本来我特别向往春假去美国找哥哥，但目前来看很有可能会被延迟。

前几天我还非常开心，因为我看到的都是有关新冠肺炎疫情的正面新闻，比如说哪儿的新冠肺炎疫情已经被控制下来了，或者怎样怎样的，反正都是好消息。可这两天又出现了负面消息，比如新冠病毒已经突变了等等。

妈妈经常和我说要胸怀天下，希望这个世界快点好起来吧！

2020年3月5日

库里复出

今天对我来说是一个值得纪念的日子，因为我的偶像——已经受伤三四个月的库里要复出了。

在赛季刚开始的时候，有一场勇士与太阳之间的比赛。当时我正在看直播，看到库里被两个人压倒在地，看得我那叫一个心疼啊！后来，库里被医生诊断为右手骨折。

上个赛季的总决赛是猛龙对战勇士，记得当时我在国内学校复习，上午上完第二节课正好是决赛开始的时间，所以上第二节课时我一半的心思就不在学习上了。一下课，我就拿出手机开始观看 NBA 直播。我记得当时有一场比赛，勇士在比分低的情况下逆转获胜，我兴奋得看完比赛马上就去打了会儿球。可以说，库里是我的人生导师，我从 2015 年就开始喜欢他，一直喜欢到现在。家人对我的“追星”也很支持，因为库里虽然不是最强的，但他一定是最励志、最努力的，值得我学习。

现在已经是中国时间 2020 年 3 月 6 日，正好是我的生日。我就把库里的复出看作是库里送给我的一个生日礼物吧，收到这个“礼物”我很开心。

2020 年 3 月 6 日

放心，我会努力

昨天晚上睡晚了，因为今天的课比平时晚上一个小时，平时我一般在 10 点左右就睡觉，早上一般 6 点半起床，很少会晚起。

今天我没有定闹钟，所以起晚了。不过扪心自问，除了今天，我从来没有耽误校车。今天，我是眼睁睁地看着校车走的。

大部分时候早上住家都会叫我，但是我换衣服时她会以为我没起，我还得大喊一声，我起来了。

再一个是，我今天头疼。如果说在学校我能坚持的话我绝对不会回家，因为我知道我这一回家爸妈肯定会小题大做。可就算这样，打电话的时候，爸爸还是直接问我是不是不自觉，各种说我一定要早睡早起。当时我头太疼了，所以没说什么，因为我知道爸爸也是关心我。

今天是我的生日，我生病后，除了妈妈和我的朋友，我没听到什么关心，听到的大多数内容都是为什么不舒服，而不是怎么才能舒服一些。

看完上面的这些话，请你们不要说再给我一次机会或者几次机会，因为头疼这个东西我也没办法掌控，我也不想头疼。其实我还真挺希望回国的，这两天我想了一下。回国，我既能学到相同的知识，还有和我价值观相同的同学，还有关心我的老师。我真挺想回国的，只不过我不希望这变成我做了错事儿对我的惩罚。

今天我真正 15 岁了，今天最开心的是体育课上所有人都给我唱生日歌，他们还和我击掌，这是我最开心的。

妈妈发来信息，让我多喝些热水，问我舒服点儿了没有，让我感觉特别温暖。妈妈还说，爸爸是很爱我的，爸爸关心我，只是方法欠妥，希望我能理解爸爸，因为爸爸是最希望我好的。

2020年3月7日

妈妈，节日快乐

明天是三八妇女节了吧，在这里我想对妈妈说一声感谢，祝妈妈女神节快乐。我是3月6日的生日，而3月8日正好就是女神节。

其实我们生日最应该感谢的就是妈妈。记得我小时候看杨红樱的童话小说，里面写到，我们生日最应该感谢的是我们的母亲，因为你永远无法想象母亲生孩子的那种痛苦，据说是断好多根肋骨似的痛苦。所以说我们过生日，最应该感谢的就是妈妈。

从小到大，妈妈一直都陪在我身边。我们有过欢乐有过痛苦，有过想念也有过争吵，但是我对妈妈的爱一直没有变。虽然妈妈有时候会非常不放心我的各种事情，有时候也会生我的气，不过，我知道这都是为了我好。

我们在一起经历过太多的欢乐，我的脑海里定格的满满的都是我们在一起时充满欢笑的时光。当然还有那段学习托福的时光，虽然当时苦不堪言，但是有妈妈的陪伴，我现在记起来的都是美好。

祝妈妈女神节快乐，永远年轻。

2020年3月8日

依旧来个周总结

依旧是老规矩，今天是周日，我来做一个周总结。

上周英语，我们看了三节课的电影，是20世纪80年代拍的一个电影，所以是黑白的。这个电影是我们读的那本书翻拍的，我们主要分析了三个人物，并从他们的神态、语言、形象、动作分析了这三个人物的心理活动。

上周体育，我们并没有去健身房或者体育馆，而是在一间教室里讨论了人身体中的营养物质，我和另外两个同学一起分组做了一个PPT，是有关维生素D和钙的作用。

美术，我们依旧是在完成那个大的项目，就是城市画作。

ESL，我们英语读完一本书后，这节课老师又让我们读一本书，不过这本书明显要比上一本简单。

地理，我和另外两个同学分为一组，要做一个演讲。演讲是春假结束以后才要做的，但是上周我们基本上就在提前准备这个演讲。

宗教，上周我们考完了宗教考试，要开启一个新的单元。这个单元可能涉及很多我不懂的新概念，只能慢慢学习。

科学，最近被“电”这一章搞得焦头烂额，不过幸亏我在国内学过，所以还是有一定基础的，做出来的东西也比别人好一些。

数学，明天也就是周一，我们会有一个第五单元的考试。第五单元是这学期最难的一个单元，也是内容最多的一个单元。我今天就复习了一上午数学，准备得妥妥的。

妈妈说，学习总结是为了寻找学习的规律，从而掌握并运用这些规律，提高学习效率。所以我觉得，每周的总结是很有必要的。

2020年3月9日

春意盎然

今天从早到晚给我最大的一个感觉就是春意盎然。

早上我穿着羽绒服出了家门，开门时不再像打开冰箱一样刺骨的冷。我把手从兜里伸了出来，惊人地发现我的手不会再被冻红了。

查了一下今天的气温，最低温度都已经7℃了。习惯了加拿大寒风刺骨的我，竟然一时有点儿不适应。

今天数学考试的时候，外面的暖阳照进教室，我脑海里充满了对未来的憧憬和期盼。

记得小时候和妈妈一起读有关春天的诗句，虽然现在忘得都差不多了，但是那段时光却忘不了。我和妈妈漫步在田各庄，旁边是小孩嬉戏玩耍的情景，我在旁边背诵着“小桥流水人家”。

下午回家，隐隐约约觉得穿羽绒服有点热了。这种感觉，让我觉得焕然一新，春天的确来了。

作业写着写着，觉得毫无思绪，我就打开了窗户，深吸一口气，闻到了春天的味道。于是我继续写作业，思路就清晰起来了。

春天，生机无限。

2020年3月10日

愿这个世界再也没有灾难

昨天突然看到一个新闻，马航失联已经整整六年了。

2014年还恍如昨日，我们都在为马航失联这件事情讨论着，讨论这是人为的还是偶然的，还是一个超自然现象。

2014年我才四年级，记得当时有好多国家来帮助寻找这架飞机。我当时充满了对找到这架飞机的希望，可是最终也没有找到。当时，我在新闻上看到马航失联的家属哭得泣不成声。我还记得有一天课间，校长做了一次演讲，并且让我们原地默哀2分钟。

多少年过去了，这件事情已经慢慢地在人们心中淡忘。可当人们又提起这件事时，回忆就又被勾起，尤其是最近又有这么多的灾难。

多么希望有一天醒来能看到几条新闻，新闻内容是疫情结束了，科比没有死，马航请求降落。

小时候没有体会，长大了才发现时间就是一个令人捉摸不透又令人憎恨的东西。不过时间又是多么的美好，因为只有时间才能带给我们回忆，而且我相信大部分不美好的回忆到最后也会成为我们成长的一部分。

愿这个世界再也没有灾难了。

再过几天我们就放春假了，妈妈说她多么希望像圣诞节一样能陪在我和哥哥身边，我们一起旅游，一起锻炼。可是现在面临的是疫情蔓延。没办法，天灾是挡不住的，我们能做的只有多保重自己。

所以，妈妈建议我这几天从学校多借几本感兴趣的书，春假期间，可以走出客厅去院子里看书，可以帮住家做做家务、聊聊天儿，也可以在小区附近走一走，千万不能出去玩儿。妈妈告诉我，健康最重要，安全第一。克制一下自己，任何体验都是宝贵的经历。

2020年3月11日

只能宅家

感受到被新型冠状病毒支配的感觉了，虽然我以前写过很多有关这次病毒的内容，但我觉得还是有必要再写一篇。

本来以为病毒马上就要消退了，疫情马上就要结束了，没想到国内现在是好了，国外又开始蔓延了。我现在也不敢出门，因为这种病毒的传播率真的太高了。

今天，科学老师给我们讲了一下黑死病病毒。

刚才新闻说，NBA停赛了。接下来的这14天，我也不知道怎么写日记了，我唯一的活动方式就是到院子去走一走，因为春假的时候连篮球馆也关门了。

2020年3月12日

我的偶像老师

今天来讲一下我们的科学老师。

前几天，科学老师一直在给我们讲有关新冠疫情。很显然，他对这件事非常关注。

科学老师是一个华裔加拿大人，姓马，爷爷奶奶都在中国，他几十年前移民过来了。马老师从小在加拿大长大，所以不会说中文，只会说一句“你好，我的名字叫马”，还只能用粤语说。

马老师不会说中文，他对此很是遗憾。有一天我和我的室友放学去找他，请他补一补我前面没来上的课，他就和我们聊他的家庭。小时候他爷爷非常想让他学习中文，但是他很不想学，不过现在他说，如果还能学的话，一定要好好学学。

令我特别感动的是有一天上科学课的时候，那时候正值国内新冠疫情很严重，他在班里做了一个非常让我感动的演讲。他说，最近有很多加拿大人，因为这个疫情都不愿意去中餐馆吃饭了，这样做是大错特错了。

马老师可以算得上是我的偶像了。

2020年3月13日

放春假了

今天终于放春假了。

回头看一下，其实感觉也不是特别漫长。只不过由于疫情原因，整个春假我们都不能出去，而且春假结束后还不能回学校，我们学校定的是4月13日才回学校。春假结束后，每天会有固定的时间上网课。

其实我很不想上网课，因为我觉得网课没有课堂学习那么有效，而且到学校还能和同学们一起学，有学习的氛围。

我一直考虑要不要春假就回国，现在觉得还是不回了。万一4月12日之后疫情没有变严重，让我们回学校上课，那不就尴尬了吗?

我还是在这儿上到期末考试结束再说吧。希望疫情到6月消失，毕竟现在几乎全世界的人都开始努力了。

有几个朋友，听说我要走都非常伤心。我这是什么人缘啊！妈妈听了我的计划非常高兴，觉得我长大了，成熟了，自立了，让我千万不能乱跑，要保护好自己。儿行千里母担忧，我能够理解妈妈的担心，也会牢记妈妈的叮嘱。

2020年3月14日

我为祖国而骄傲

今天看到一则新闻，让我瞬间感觉身为一个中国人，特别为自己的祖国感到骄傲。

以前我看过一部电影叫《红海行动》。在电影里，一个国家出现了灾难，中国立马就派人去撤侨。包括吴京导演的《战狼2》，只要你有一个中国护照，你就有安全感。

而我最近看到的这个新闻是英国准备采取群体免疫的行动。这个行动让我觉得匪夷所思，哪怕最终不采取这个行动，现在放出这种话也难免让人心寒。

说真的，我从来没有像现在一样为我是中国人而自豪。

2020年3月15日

我的舍友

我的广东舍友有一手精湛的厨艺。记得刚来寄宿家庭的时候，周末他就给我煮过一碗面，里面还特意加了一根香肠。他当时还带着我去超市买吃的，我有什么不懂的就问他。

可能是因为广东人比较讲究吧，有时候我吃饭发出一些声音，他也会提醒我小声一点，这样吃起来会更愉悦。

连住家都不得不承认他是一个很好的厨师，厨艺甚至比住家都好。如果给他食材，我相信他能做得像饭店那样好。

就比如说那次下雪天我们学校停课，他就拿方便面先煮了一下，然后再压缩成饼，拿平底锅一炒，最后做出来的成品居然还挺好吃的。

还有一次他做炒面，我当时就特别想吃炒面，于是他就教我步骤，教我很多做炒面的细节，做出来那叫一个香啊！

今天他又做了一个牛肉盖饭，就像吉野家吃的那样，洋葱和牛肉搭配在一起，盖在米饭上，真的是太好吃了。他还特意把我叫下来吃了一些，味道那是真的好！

虽然他有时候挺烦的，但正如妈妈说的，要取人之长，多想别人的好处。我会和我的舍友好好相处，多学习他的长处。

2020年3月16日

成长三部曲

如果用三个关键词来形容我的青春的话，那就是金庸、复仇者联盟，还有金州勇士了。这三个关键词可以说是我青春，甚至我童年最关注的三件事了，可以说是我的精神支柱。

先说说金庸的武侠小说吧。我好像是听了我妈妈同事贾老师的建议以后才开始看金庸武侠小说的。在这之前，我只和妈妈一起看过《神雕侠侣》的电视剧，当时觉得剧情特别吸引人。当我看完原著以后，才发现原著比电视剧好看多了。金庸先生用的每一个词、每一个句子都让我移不开眼睛。虽然是武侠小说，虽然我很关注里面的各种武功秘籍或者招数，但是更让我觉得吸引人的是侠客们的忠义礼智信。每一个人物都有不同的性格，却仿佛都能教会我什么，比如说郭靖的爱国，杨过的潇洒，虚竹的善良，萧峰的义气，都让我无比钦佩。

金庸先生去世那一天，我有一种想哭的感觉。金庸先生走以后，可能就再没有那个让无数青少年梦寐以求的武侠江湖了吧。

再说一说《复仇者联盟》，这是一部让我魂牵梦绕的电影，从2015年还是2014年，我就开始看漫威拍的电影系列。漫威拍的电影系列都是有顺序的，而且有逻辑，剧情环环相扣。于是我就从最开始的《钢铁侠》，看《美国队长》，看《雷神》，再看“复联”。这一晃五六年过去了，每一年都会有新的电影出现，我们把这一系列电影亲切地称为漫威电影宇宙。这里面的每个英雄就和金庸写的每一个武侠角色一样，都有各自的性格、各自的能力、各自的做事风格。但是他们从五湖四海汇聚在一起一致对外，抛开所有恩怨保卫地球。当电影出到《复仇者联盟4》，看到最后时我哭了。我的心情是那么激动，同时又是那么悲伤。激动的是复仇者联盟再一次拯救了世界，悲伤的是世界上再也没有钢铁侠和美国队长了。

我从2015年开始喜欢库里。那时，他通过自己的努力，把球队带入了季后赛。那时他面临无数质疑，说他的打法不适合常规赛，不适合季后赛，不适合总决赛。不过他一次又一次地证明了自己，五年三冠就是最好的证明。每一年，我都会去看金州勇士的每一场比赛。可惜那个曾经辉煌的勇士队已经土崩瓦解，但是我相信勇士队还是会归来的。

2020年3月17日

出门走走

来到这个小区以后我还没有好好地转过，每天都是走着相同的路：上学和放学都要走的那条路。

今天吃完饭后，天气格外晴朗，我戴了个耳机，戴了一个口罩就出门了。阳光照射在我身上暖暖的，虽然有一丝风，但已经没有冬天那样刺骨了，吹在身上软绵绵的。

这彻底算是春天了吧。我走啊走，走到了一个游乐场。每天上下学我都能看到这个游乐场，只不过一直没有去仔细看看，一仔细看就勾起了我当年在泰国的回忆。我记得在泰国时，我天天去游乐场荡秋千、滑滑梯。还有当时在美国也经常和同学玩滑梯。

其实偶尔这么走一走，感觉也非常好。尤其是当你厌倦了冬天的孤独感和冬天的黑暗，看到春天的暖阳，闻到春天的气息时，就会感觉格外幸福。

妈妈说，愿你随着春天的步伐，就像在原野上放风筝一样，朝前面奔跑。不要辜负时光，快乐生活。即使经历挫折，也不要灰心，因为村上春树曾经说过，当你经历暴风雨时，你就不再是原来的那个人了。

今天的我很幸福。

2020年3月18日

回还是不回

今天，我想了很久到底4月该不该回国，还从多个方面分析了回国和不回国的利弊。

首先从坏处方面分析一下。第一就是如果我现在回去的话，因为有很多留学生都在回国，所以需要隔离。不过我研究了一下，说是到达首都机场不会集中隔离，要么是单人单间的隔离，要么是回家隔离。毕竟我住在顺义，离机场不是很远，应该可以回家隔离。不过，不怕一万就怕万一。

还有一点就是我的学业问题。如果我现在回去的话，每天上网课，我得从晚上9点上到凌晨3点。这个倒不是特别大的问题。学校说会支持我并且给我提供成绩，也会帮助我在国内考试，但我觉得还是不太好。

但现在不回去的话，如果疫情更严重，那就更不好回去了，我可能就一直卡在加拿大。更何况我下学期也不打算在这儿了，我的同学也陆陆续续回国了，他们害怕如果晚了就真的买不到回国的机票了，毕竟三月份的机票已经完全没有了。

自己想了半天，还是决定听妈妈的。妈妈让我再等两天看看情况。

2020年3月19日

观影有感

今天看了一部非常有意义的电影，名叫《两只老虎》。

这是一部喜剧片，刚开始也就是图个乐儿。不过，当我看完这部电影以后才发现这是一部非常有意义的影片。

这部电影讲述了一个被生活所迫去当绑匪的叫于凯旋的人。他绑了一个非常成功并且有钱的人，叫张成功。不过有趣的是，张成功并不害怕，也并不慌张，把于凯旋都给整着急了。

张成功先是无奈地说，他有钱，只不过他忘记了银行卡密码，让于凯旋帮他完成三件事。于凯旋只是一个普普通通的人，他没有恶意，纯属想要钱，心想反正干完这三件事情就有钱了，于是就去帮张成功了。

每做完一件事，无论是张成功还是于凯旋，仿佛都如升华了一般。第一件事是有关爱情的，第二件事是有关友情的，第三件事是有关亲情的。这三件事看起来无关，却与他们两个的生活密切相关。

到剧终才发现，原来张成功是准备要去自杀的，结果碰到了于凯旋，才发生了这些事情，与其说是于凯旋绑架了张成功，不如说是于凯旋拯救了张成功。

2020年3月20日

严谨即赢

今天看了一部比《两只老虎》更好看的电影，这部电影叫《大赢家》，也是一部国产喜剧片。起初我也是看评分不错，也是图个乐儿。

这个电影的主人公名叫严谨，和他的名字一样，他无论做什么事都非常严谨。比如在工作上，很多可以走捷径蒙混过关的地方，他也要坚持认真完成。可他这种认真的态度，使很多人不喜欢他，家人冷落他，上级侮辱他，同事排挤他。

不过，有一天，严谨工作的银行和警察局联手举办了一个抢银行演习，而严谨被选作此次抢银行演习的抢劫犯，也正是因为他严谨的工作态度，他把他们银行的地形和各种信息都在网上查清资料，并且通过每天的观察了解得非常清楚，而且还在一个小本本上记下当抢劫犯的步骤。

这部电影全程非常搞笑，一群被严谨绑架的人质从刚开始的不愿意配合，到后来在一起吃火锅、斗地主、谈心，每个人仿佛都从此次抢银行演习中学到了什么。其中有老人、有小孩、也有孕妇。这个警局所有警察都拿严谨没办法，甚至还“牺牲”了几个警察和人质。

不过，最后部分才是这部电影的精华。刚开始我看到的是冷落严谨的家人们、不理解严谨的上司和排挤严谨的同事。后来电影结束时才发现，家人们不是冷落严谨，而是制造一个反差，最后给严谨庆祝生日；上司也因为他的做事风格，所以没有被查到违法；同事也不是排挤严谨，而是当时正在看监控录像。严谨因为不敢跟女生表白，所以在女生桌上每天放一朵花。

电影的主题很明显：也许你努力了，但是事与愿违，你身边的人际关系，你的学习，你的事业，你的家庭都会和你背道而驰，这时候你不应该气馁，而应该再努力一些。因为，不经历风雨怎么才能见到彩虹？

2020年3月21日

寄宿妈妈

记得当时选寄宿家庭的时候，我和妈妈还是百般不愿意地选这个寄宿家庭，现在想起来我们选了这家真是万幸。我记得当时寄宿家庭兴趣上写的是喜欢做饭，现在也证实了这一点。

今天寄宿妈妈尝试做了一道中国菜——番茄牛腩，我吃着感觉非常不错。不过女主人还是虚心地向我的广东舍友请教，学习如何改进，她仔细地听着广东舍友的讲解如何做牛腩番茄。

还有一次，寄宿妈妈做可乐鸡翅，最终的成品吃起来酸酸的，不过我并没有在意，我觉得她做得其实已经很好了。舍友跟寄宿家庭妈妈说明了一下，如果能放一些蜂蜜会更好，后来我们吃的时候果然味道更好了。我真的非常感激这个寄宿妈妈，因为她总能给我惊喜，尤其是在饭桌上，能让我吃出家的感觉。

还有很多次，她都是这样虚心地向广东舍友请教，并且下次她都能及时地改善。寄宿妈妈这种精益求精的精神，很是值得我学习。

2020年3月22日

住家的猫

我们住家有一只猫，这只猫和别的猫可不一样。我见过的猫，一般都是好动的，一会儿爬上了树，一会儿又钻到了被窝里。但我们住家这只猫可不一样，它是只懒猫。

一般来说，这只猫出现的地方只有两个：第一个就是楼下吃饭的地方，饭点儿的时候，这只猫也会准时下来蹭饭吃；第二个就是二楼一个软绵绵的猫窝。所以这只猫基本上就是吃了睡，睡了吃。

不过我听住家说，这只猫非常老了，可能也是在享受晚年吧！据说这只猫在住家儿子和女儿很小的时候就在，只不过后来先是住家女儿去上班，自己租房子了，后来又是住家儿子也走了。所以，每次住家女儿一来，这只猫就立马跑下来，爬到住家的腿上，一直依偎着住家，仿佛很怕女儿把住家也接走一样。

这样的做法很可爱，同时也非常令人羡慕。

我时常在想，如果我有一只这样天天黏着我的猫该多好。我以前一直以为只有狗通人性，以为猫是冷血动物，只知道吃，吃完了就跑，其实猫也是非常爱主人的，只要你和它相处的时间久了。

所以我打算以后除了养一只狗以外，再养一只猫。

2020年3月23日

一只忠诚的狗

今天依旧是推荐一部很好看的电影，是宠物题材的，叫作《宠爱》。

这部电影和《我和我的祖国》非常相近，这种相近不是在故事情节上，而是在形式上，而且我觉得它甚至比《我和我的祖国》更加讲细节。为什么这么说呢？因为《我和我的祖国》是由七个独立的小故事组成的，而《宠爱》这部电影虽然由六个故事组成、看似无关，但在结局时都会串联起来，能够给我们许多感悟。

这部电影里的故事有代表忠诚的，有代表友情的，有代表爱情的，有代表亲情的，而我最喜欢的是大黑狗的故事。

大黑狗是从小陪伴在女主身旁的一只狗，和女主的关系非常好。后来女主长大了，认识了她的男朋友，也就是男主，他们两个决定闪婚，但是每次男主和女主只要一亲热，这只大黑狗就会马上过来，赶走男主，还会对男主汪汪汪地叫，它认为，男主在伤害女主，所以一次又一次地去咬男主。而这个男主，他很渴望得到大黑狗的认可，希望大黑狗能像对女主一样舔一下他的脸，但是大黑狗每次对男主都置之不理。直到有一次女主出差工作，大黑狗突然病了，医生决定给它安乐死，临死之前大黑狗舔了舔男主，仿佛在说女主人我就交给你了，一定要保护她。

这也是为什么我坚定不移地想着以后要养一只狗的原因。

2020年3月24日

运动一下

今天在家里待着太闷，我决定在室内做一下运动。

还记得在美国时我和妈妈还有哥哥就在室内做运动，有瑜伽动作，有其他健身动作，我们还互相比，现在想起来挺快乐的。

我依旧用的是一款健身软件 keep，做的是一个入门的减脂运动，里面有俯卧撑、仰卧起坐、平板支撑，还有各种跳，每个动作做三组，每一组都会循序渐进地递增，比如说第一组做 10 个，第二组可能就做 15 个，第三组就是 30 个。

做完运动以后，我发现屋里比较脏，就把屋里全部打扫了一遍，把一些东西放到了该放的地方，把一些不需要的东西扔了。打扫完之后，屋里看着特别清爽，焕然一新。

明天我打算和住家一起去趟超市，囤些吃的东西。我和哥哥也说过这件事儿了，他让我多戴层口罩，不要去人多的地方，买多一点，最好是能准备上两三周的食物。

2020 年 3 月 25 日

喜新怀旧

我这个人比较怀旧，时不时就会去我的相册里查一下，去年或者以前的今天我干了什么。

今天是 2020 年 3 月 25 日，我又到相册去翻了翻去年的今天我干了什么，于是我看到了我的康扣 11。

记得去年的这个时候是我开始喜欢潮牌的时候，康扣11可以算是我喜欢潮牌后入手的第一双鞋子。当时我特别喜欢它的样子，黑白相配，特别百搭。记得我和南昊延一起去吉利大学取了快递，当时我们两个激动得立马回去就做了个开箱视频。

我特别喜欢一首歌，名叫《喜新恋旧》。这首歌就是写球鞋的，其中有几句歌词我非常喜欢：

它陪我搬过家也踩过很多旧地板
它陪我去过球场玩也陪我爬过山
它陪我走过顺的路也跨过很多坎
那时我不管去哪出门我都带着穿
第一次巡演尽管在那时都没人看
现在它看着有点旧鞋舌也有点烂
在家里还有很多新鞋我都穿不完
虽然现在很少穿
每次看到它我还是很喜欢
它在陪我一起绕过多少弯又闯过多少关

我觉得我对这双鞋的感情是非常深的，不知不觉我已经穿了一年了。我穿着它经历的地方我回忆了一下，我穿着它拍过的照片我也看了看，我会保护好它的。

2020年3月26日

再次出门

今天真的是我放假以来过的最有意义的一天。

早上也不知道怎么的，我6点就起了床。以前我早上起床后会感觉很没有胃口，今天胃口却很好，吃了大概有晚饭那么多。看了看窗外，阳光明媚，如果不出去的话就太可惜了。于是我拿了篮球，准备去上次我出门散步时发现的一个户外篮球场。

走出门，一阵暖阳照向我，一阵清风又拂过我。外面空无一人，只是偶尔能听到鸟叫声，感觉自己像在演电影，仿佛整个世界都是自己的。

我开始打球，刚开始，我的手感不是特别火热，因为我已经有半个月没打球了。不过当我一次又一次投篮进球以后，我终于又享受到了那种投进篮网“刷刷”的感觉。

一会儿觉得有点冷，一会儿又觉得太阳照得我有点热，这种感觉有一种说不出的幸福感，让我感觉这就是春天。

可能唯一的不足就是只有我一个人吧。虽然说整个世界都是我的，但我希望有一个朋友能陪伴着我，能和我一起打球，因为一个人打球是孤单的。

2020年3月27日

接拍广告

还有两天就开学了，准确地说是开始上网课了。

上个月我还在暗暗嘲笑我在国内的同学们需要上网课，可惜天道好轮回，苍天饶过谁。马上，我们就要开始上网课了，而且据说我们的网课老师基本就不教什么东西，就是布置一些作业。

我前两天接到了一个广告，因为是第一次接广告，所以我一直在和他们那边的人对接。接了这个任务以后，我一直在写稿子，虽然专业的团队都是有人帮忙写文案、有人帮忙摄影的，但是我比较独立。下面是我写的稿子：

> 上个月我还在偷笑国内的朋友在家上网课，但是天道好轮回，苍天饶过谁。现在，我们也开始了网课生活。（拍摄网课画面）
>
> 真的，我们的网课太不专业了，老师就是布置作业，不好好讲课。这网课也是课啊！我也是爱学习的好么！
>
> 听小伙伴说现在国内的网课真是百花齐放啊，形形色色的都有。但提到最多的高途课堂，据说是清华、北大毕

业的名师授课，老师上课会把考试的重点都归纳好，课后还有一对一的辅导老师，不会的题目随便问，说的我都心动了。可惜我们的考试内容不一样，你们倒是可以去试试，而且现在平均每节课才两元多，在加拿大可真是想都不敢想啊！

好了，我要去上网课写作业了。(哭丧脸)

妈妈，以上是我为高途教育写的脚本，请给我一些指导。

2020年3月28日

负责任的住家

今天也是非常有意义的一天。

早上起来我就和我的住家妈妈说，今天想去超市囤一点货，住家妈妈答应了我。说实在的，我被她负责任的态度感动了。

首先，我有护目镜和口罩，正当我以为准备就绪的时候，她又给了我一双橡胶手套。

其次，当我看到我室友的快递时，她说如果一个快递到了，咱们要等五天才能拿它，因为据说这个病毒可以在快递上存活五天。

印象深刻的是我在车上和她的聊天。她说她老公在意大利的家庭所有人都患病了，还有一个61岁的人好像有点濒死的感觉，我就有点同情他们，这可能就是为什么我们的住家对这个病这么在意的原因。

等我买完东西到了家后，我们两个一起把所有的包装袋都给拆开，只取里面的物品，然后把袋子全都换成了自己家的。

虽然我认为有一点夸张，但我还是很佩服我们住家，她真的很负责任。

妈妈说，住家的这种行为就叫敬畏生命！为她点赞！

2020年3月29日

人性化的管理

明天就开始上网课了。说实话，我还有一点小兴奋，因为我终于可以忙活起来了。在家待的这两个星期，可以说是一点事都没有，现在终于有事干了，我还是很开心的。

剩下的这段时间我一定要好好学习了，因为马上就要期末考试了，而期末考试对我来说至关重要。

北美这边美国疫情越来越严重了。加拿大这边一切都非常顺利，总统夫人也痊愈了。由于现在有好多人待在家里，有点抑郁，加拿大总理还专门安排了一个电话热线，如果感受到孤单的话可以打这个电话解闷。

北美这边还举办了一场独特的演唱会，每个明星在自己家里的客厅唱一首歌，然后发布到网上。有非常多的明星参与，也是给予大家温暖吧。

2020年3月30日

体验网课

今天是我们第一天上网课，我觉得真的是非常好。因为既不像正常上课时那样早上6点就要起床，而且也不需要穿上不舒服的特别紧的校服，更不需要坐校车去学校，只需要每天8点半醒就可以。

更重要的是这样的生活特别健康。每天早上我7点就醒了，吃点早饭，准备准备就开始上课。中午饭也是按时吃，晚饭也是准点吃，真是利于健康。

虽然网课不如真实课堂体验好，但老师还是尽责地为我们布置了所有的作业。而我也不会像上周或者上上周那样每天无所事事，至少还可以听听课、写写老师布置的作业，充实一下自己的生活，写完作业、上完课就看个电影，看会儿书，晚上再制作抖音。

说到抖音，我今天终于完成了我的广告视频。因为这是我的第一个广告，所以我做得非常细致，并且还请了我的好多同学帮我配合一下。我相信天道酬勤，我一定会越来越好。

2020年3月31日

挣钱不易

今天，我终于知道钱是有多么不好挣！

我不是接了一个广告吗？本来我以为只需要做一个视频，然后发上去就行，但是没想到竟然还有这么多步骤！

首先写一个稿子，但是写完一个稿子，不一定代表你这个稿子能通过，必须要商家那边通过了才行。

然后就是拍视频，各种素材都必须是经过商家同意以后才行，而且还需要他们指定拍他们的课堂的哪一分哪一秒，毕竟人家是甲方我们是乙方。

拍完视频，再剪辑完以后，还不代表这个能过了，我还要和那边的人再沟通，再给他们看，看看哪里不合适，然后再改。就像昨天，我和商家一直沟通到半夜 12 点半。本来以为昨天就能发，结果他们一直让我改。虽然说我真的很不耐烦，但是我更想把这件事情做好，而且他们都是一个错误一个错误地改，改完以后可能自己又反悔了，所以我昨天晚上至少改了有十几遍，都是反反复复的一些细节。

这就是加入一个公司，或者有自己的一个团队做视频和一个人做视频的不同之处吧。一个人做视频可能就是娱乐娱乐，记录一下生活，但如果真想挣钱的话，最好还是有一个团队在背后支撑，这样无论是设备、技术还是精力都要更好。

这钱挣得可真不容易，不过看着我的视频一步一步地交出来了，我还是很有成就感的。

2020 年 4 月 1 日

榜样罗永浩

4 月的第一天，我却没写日记。

昨天晚上吃完饭，写完作业后，我的困意袭来，想着现在才8点，肯定不会睡过头，我甚至还定了个11点的闹钟。结果，一觉醒来，已经凌晨4点了。

到昨天，我已经写了近200篇日记了，其中也有两次因为睡过头和写了忘发，所以没按时发日记，为此我很失望。其实今天中午我已经构思好要写什么了，我准备写罗永浩直播这件事。

刚开始我不怎么喜欢罗永浩，觉得他咋创业咋失败，可是自从他当了一个抖音主播后，我又慢慢地去了解了一下他。罗永浩老师可以说是我见过的最伟大的创业者之一，屡战屡败，但屡败屡战。

今天我看了一下他的直播，我注意到很多细节。

第一个细节是他读错了一个品牌的名字，他表示非常生气，对他的团队生气，更对他自己生气。他站起来对这个品牌的老总鞠了个躬。在鞠躬的时候，我发现他已经严重地掉发了。

第二个细节就是他拿了很多白板，上面写着对这个品牌特点和功能的一些设计的概括，还写着整个直播的流程。我觉得这个非常好，能把整个直播的流程一点也不浪费时间地推移下去。这就是清单的作用。

第三个就是他对观众认真、负责的态度。在我们面前，他的直播显得那么平易近人，仿佛他不是一个要赚很多钱的人，而是一个老师。他把所有的细节给我们看得清清楚楚，讲得清清楚楚，演示得清清楚楚。

这就是为啥我觉得他很值得尊敬。

2020年4月2日

观看《阿凡达》

记得很小的时候，当时好像是2008年，那时我刚到北京，哥哥带着我一起去看过一个电影，就是现在票房第二名的《阿凡达》。

去年，当人们都在疯狂地喊着让《复仇者联盟4》票房总数超过《阿凡达》的时候，人们仿佛忽略了《阿凡达》这个伟大的存在，毕竟它可以算得上是科幻电影的鼻祖。更让我敬佩的，就是詹姆斯·卡梅隆。

这部电影讲述的是，以人类为外星人去占领一个没有高科技、只有纯粹大自然生态的星球。这个星球有价值数亿的矿资源，所以人类想尽办法去占领它，其中一个办法就是变成当地居民的样子去接近他们，男主就是这次计划的行动者。

刚开始，我们对阿凡达的样子感觉很陌生，可随着电影的推进，我们发现对阿凡达的亲切感甚至已经比电影里的人类都高了。他们热爱大自然，把大自然当作他们的一切，整个大自然相当于一个网络，一切都息息相关。

而男主，本来是派去打探阿凡达大本营的，却不知不觉爱上了这个地方，慢慢地变成阿凡达的一员，甚至最后帮助阿凡达度过了人类的强攻。

这部电影的神奇之处就是任何看这个电影的人都会在心里为阿凡达这个外星人群加油，而不是给自己的种族人类加油。因为人类破坏了地球的生态，甚至不惜杀掉那么多的外星人来占领一个星球，确实是可耻的。

这部电影是当之无愧的票房第二。

2020年4月3日

愿山河无恙

今天是非常沉重而且庄重的一天，因为今天是所有逝者的纪念日。

为了纪念这一天，好多软件公司都把他们的页面调成了灰色，很多新闻都在报道这个特殊的日子，我的心情非常沉重。

从12月起，这场灾难持续到现在还没有结束，我觉得还会持续一段时间。在这段时间里，病毒感染了很多人，很多人为此失去了生命。

愿世界和平，愿此次灾难过后，再无新冠病毒。

2020年4月4日

姥爷永安

今天天气异常晴朗。

中午出去打球，感受到了夏天的氛围，回来的时候汗流浃背。翻了翻相册，突然开始想一个问题：我拍的最早的一张照片是什么？至少是我印象里的第一张照片是什么时候拍的？是在沙发上玩奥特曼，还是哥哥和我一起照的那张拿着球的照片？我突然想起有一张照片，虽然我手头没有，但是却对它记忆犹新，就是我和我姥爷在我二舅家鱼缸前拍的一张照片。

我甚至还记得拍这张照片时的场景，遗憾的是我已经不记得姥爷对我说过什么话了，只能从妈妈的言语里和故事中寻找线索。

妈妈很会讲故事，讲自己的故事，讲她和她爸爸的故事。

开心的时候她会讲，生气时她会讲，伤心时她也会讲。

妈妈说姥爷是军人，还参加过抗美援朝。这是我对姥爷的第一个印象：姥爷是一个爱国的好战士。

我对姥爷的第二个印象就是他是一个好人。妈妈说姥爷经常会帮助很多需要帮助的人，尽管当时物资很稀缺，每家每户都很穷。当大多数人都只顾着自己的时候，姥爷却用自己的光照亮了别人。

我对姥爷的第三个印象是他是一个好爸爸。妈妈当时想买一件非常贵的红衣服，姥爷虽然也觉得贵，但是依然拿出钱为妈妈买下了那件红衣服。这件事情让妈妈很感动，也瞬间长大了。

妈妈还经常回忆一件事，她年轻时到外地上学，当时和朋友出去玩了一天，回来的时候发现姥爷在学校门口坐了整整一下午等她回来。说到这儿，妈妈总是忍不住流泪，我甚至也被感动得热泪盈眶。

我很幸运，自己有这么一个可敬爱的姥爷。我出生得晚，在我成长的过程中，他离开了人世。尽管如此，他对我的影响还是潜移默化的。

今天是清明节，望仁厚的地母保佑，让姥爷的灵魂永安！

2020年4月5日

开心交谈

吃晚饭的时候和我的住家聊得很开心，我们聊了很多话题。

我问他我们大概已经多久没出门了，有两个月没？住家说其实才三个星期，主要是因为每天都待在房子里，时间会显得漫长，仿佛过了两三个月。唉，现在我中国的同学都已经解除隔离了，我们这里什么时候结束啊？

住家又骂了一番特朗普，因为美国感染的人数正在急剧上升，已经突破三十万了。所以，特朗普自私地把很多来加拿大的医护人员都调到了美国，引起了很多人的愤怒，包括住家，认为他是一个憨憨。

然后我又问了一下除了我和我的两个舍友外，他们还接待过多少人。住家说在我们之前还有两届，但很幸运的是我们是他接待过的最好的留学生。我也告诉了住家，我很高兴也很幸运能遇见他们，因为现在有很多其他的寄宿家庭非常自私，只以赚钱为目的，所以感到很高兴也很幸运。

2020年4月6日

高效学习

今天我完成作业的效率极高，主要是今天作业非常多。因为我们现在上的是网课，所以老师布置作业非常狠。今天有很多作业要交，于是我吃完饭后一直写了三个小时，写了五科作业。

我写的第一个作业是英语。英语作业是写一篇作文的前两段。以前我写英语作文的时候总是写得又慢细节又少，字数也少，不过这次我用充分的时间去书里慢慢地找，然后慢慢地构思，光前两段我就写了我平常一篇作文的字数。

我写的第二个作业是数学。数学作业和往常一样，都是布置一页题让我们去做，不过这次因为我们学到了实际运用的知识，所以题比往常难一些，并且步骤要多一些，不过我还是全部做完了。

我写的第三个作业是美术。美术作业看起来简单，其实是最麻烦、最难的一个。这是一项很枯燥的工作，因此我一边放着音乐一边做。看着画完的作品，我心里还是非常有成就感的。

第四项作业是我的ESL，是让我们读一本英文书，而且要看很多页。看完以后要从里面的角色找一位，把他在你心目中的肖像画出来，从文中找细节把形容这个角色的文字找出来，并写到这个肖像画上。

第五项作业是科学，和数学没啥区别，基本上就是做题，不过科学作业可能要更注重实际应用。

2020年4月7日

特殊的日子

今天是一个很特殊的日子，武汉解禁了。

这意义重大，因为曾经无数的医护人员在这里努力奋战过，如果这里脱离了危险，将会给全世界，包括现在确诊人数不断增加的美国和我所在的加拿大一些希望：新型冠状病毒肺炎并不是不可治愈的。

今天上完网课后，有两个老师非常负责任地给我打了电话，问我最近在家里有没有感觉到心理上有什么问题。虽然说我最近感到非常无聊，甚至有些低落，但好在我不是那么脆弱的人。不过听说有很多人现在甚至都患上了抑郁症，好在我还是基本上每天都出去打打球呼吸一些新鲜空气。

武汉已经解禁了，我希望多伦多离开始减少患者人数也不远了。

2020年4月8日

比较无聊

我待在家里不知道多少天了!

说实话，我今天有点“词穷”了。因为每天待在这个屋子里，要说做一些有意义的事吧，天天写也缺新鲜感，所以我也不知道去写什么东西了。不过，如果平时有新闻或者我看了什么电影的话，我也会去写写，而今天只是很普通的一天。

所谓普通的一天，就是早上7点半起床，吃早饭。我现在坚持做到每天早饭都摄入碳水化合物、蛋白质。通俗一点来讲，蛋白质就是肉和鸡蛋，就比如说今天早上我吃了一点牛肉，上面配上了一个煎蛋。

吃完早饭就开始上网课，连着上了四节课，中午的时候有休息时间让我们吃午饭。

午饭我通常吃的是昨天晚饭的剩饭，如果实在没有的话就吃一袋泡面，不过通常会有很多剩饭。

晚饭是最丰盛的，每天都会换着花样，荤素搭配，还是蛮有营养的。

晚饭吃完以后我一般会出院子走一走，不是打球就是出去。哪怕是走一走、听一听歌感受一下这个世界，也比整天闷在家里强。

做完这些，我就写作业、看电影、洗漱、和朋友聊天，看看书就睡觉了。

这就是我平凡却不平常的一天。

待在家里，推荐几部励志电影:《叫我第一名》《小孩不笨》《听见天堂》《地球上的星星》《蒙娜丽莎的微笑》《自由作家》《死亡诗社》《伴你高飞》《天翻地覆》《阿鹦爱说笑》。

2020年4月9日

说唱歌星

现在中国嘻哈圈有越来越多技术流，都非常强，比如Capper、杨和苏、PO8等。这些人真的非常强。但抛开那些乱七八糟的，论技术和flow（flow指说唱歌手在说唱时通过押韵的编排、停顿的节奏、发音的轻重等技巧，将演唱变得富于自己的风格），我只服贝贝、豆芽、派克特。

贝贝不想说啥了，真的强，每首歌都是教科书。可以去听听《One Casual Song》《So Fresh》《圣诞夜》里的verse（主歌部分），而《只手遮天》说实话任何一段都不错。

豆芽，我最喜欢的说唱歌手。他的 flow 只有他的音色和他的词才能唱出来，其他人唱不出来那种感觉。豆芽的词最让我感同身受，叫他嘻哈诗人真的很贴切。像什么《不用去猜》《玩家》这些歌不用说了，其实他越来越强了。

派克特，他的 flow 不多说了吧。《Y》《再见 hiphop》《飞太远》里的 verse，以及他在“新说唱”第三期和功夫胖唱的《冠军》里那段 verse，个人觉得“新说唱”第二季冠军是艾热，第二必须是派克特。

当然还有法老或 Cee 等前辈都很强，上面几个是我个人最喜欢的技术流说唱歌手，纯属个人观点。

2020 年 4 月 10 日

推荐一部电视剧

今天看了一个电视剧，叫《我是余欢水》。

我觉得是今年前三好看的电视剧。如果没看到大结局的话，我可能会觉得它是今年最好看，至少是我看过的最好看的电视剧。

这部电视剧主要讲述一个叫余欢水的男人，在 2009 年就预测到外卖、电商将会在未来10年兴起。当时他正准备去见他一个最重要的投资商，可惜中途出了车祸，到后来一蹶不振。

电视剧的前五集基本上就是余欢水的倒霉前五集：他的老婆嫌弃他，他的儿子瞧不起他，他的同事排斥他，他的上司辱骂他，他的家人不理解他，他的岳母岳父小瞧他，甚至他的朋友也借钱不还。他面临着婚姻上的变故、事业上的失败，到最后甚至被检查出得了胰腺癌。

让我最有感触的一个地方就是他为了面子各种撒谎，但是均被揭穿，那么多倒霉的事情都没能让他哭，最后却因为一件鸡毛蒜皮的小事哭了。这让我想起了一句前阵子流行的话：成年人的崩溃，往往在一瞬间。

虽然我不断提醒自己这只是部电视剧，但是看到最后发现每个人都是余欢水。希望每个人都能克服困难，苦尽甘来。

2020年4月11日

我的抖音火了

昨天我发了一个抖音，其实这个抖音质量并不是特别好，是我以前拍的一条视频。发这条视频主要是为了更新一下，不然好久不更新就不好了。

没想到啊没想到，今天早上一起来发现竟然火了，而且比我那条最火的视频点赞数都要多。

其实别看我发的视频多，真正带给我流量带给我粉丝的视频只有五条。第一条就是同学介绍，第二条是李狗蛋的缺点，第三条是去另外一个学校打球的视频记录，第四条是我上学的一个视频记录，第五条就是我昨晚发的这条。

总结了一下，基本和国外的同学有关，所以现在的我得想尽一切办法让大家看到我在国外生活的那一面，尤其是在国外生活的那些人，而且最好有搞笑的部分。

如果我想把粉丝留住的话，回国以后就必须转型，而且要拍一些更有质量、更加幽默还有人们更愿意看的视频。

未成年人这个身份真的挡住了我太多的机会，第一我不能直播，第二我不能拍广告。不过只要我把粉丝有效地积攒下去，等我 18 岁那年就可以一一实现了。

未来可期。

2020年4月12日

欢度复活节

今天是复活节，住家给我们每人准备了一盒巧克力。为了庆祝复活节，这几天我们吃得都非常好。

根据他们这里的宗教传统，从上个月的第二个星期三开始，人们在周末就不能吃肉。上个月的星期三，叫作华夫饼周三，学校也给我们准备了免费的华夫饼。吃完这个华夫饼以后，代表着需要改过自新，每周末都不能吃肉。一直到复活节，在周五的时候，住家的女儿也回来了，然后我们吃了特别多的海鲜，有扇贝、炸鱼、炸虾，吃了披萨和意大利面，连我这个不吃海鲜的人都觉得好吃。

今天的晚餐我们也吃得非常丰盛，有羊肉、米饭，还有千层面。这个住家越来越会做中餐了，她把好多中国的调料都放到了羊肉里，让我吃出了一种家的感觉。

信仰这个东西吧，还是需要有的。最近看了一部电影，电影里面讲到，没有信仰的人是可悲的。

2020年4月13日

完成一条广告视频

经过大概一个月的磨合，那条广告视频终于将在今天的北京时间中午12点发出了。

从刚开始第一个视频，到最终的版本，我改了不下30次。我和对接的姐姐各种聊，各种改，还失望了很久，最终我们一起想出了一个方法。

最近抖音更新以后，抖音官方广告平台星图出台了一大堆有关成年人拍广告的政策，首先是成年人不能口播广告，不能直接上嘴说广告商的名字。于是，我们就把广告的名字去掉，换成“神秘网课”以制造悬念，让观众自己点开评论，点开链接。其次，就是必须有成年人出镜，于是我就把网课老师的镜头放了进去。

虽然说起来简单，但实际上很难，一个很小的细节都需要重新再做，一改再改，直到满意为止。商家满意了不代表抖音平台就满意，不过最终还是天道酬勤，终于把这个广告完成了。

中途我甚至想过放弃，因为这个广告不仅占用了我的素材，而且占用了我很多时间。不过，现在想起来都是学习的经验。

2020年4月14日

困在家里

从3月14日到今天4月14日，我已经整整一个月没出门了。昨天刚去补充了一下食物，所以在接下来的一个月内食物资源应该不用担心了。只是我的牙膏昨天就已经挤不出来了，今天能挤出来一点儿，可能也是“回光返照”吧。我的头发现在可以用杂草丛生这个词来形容，如果你想象不出来，那就去想想《鲁滨孙漂流记》。除此之外，我的沐浴露、洗发水、洗面奶都用光了，只能蹭我舍友的了。

刚才干了一件大事，就是在我的房间里，把我所有的内衣和袜子都从犄角旮旯找了出来，并把所有的袜子配对了一下，然后留了七双袜子，剩下的袜子放了起来。

感觉有一点难受，昨天晚上特别想吐，但是干呕了几声也没吐出来。想了想，一个月就难熬成这样了，剩下还有两个月呢！有点不敢想。

2020年4月15日

学 习 之 日

今天依旧是忙碌的一天，因为有好多作业要交，所以我今天早上7点起床，然后吃了饭就开始写作业，上课，写作业，上课。不过说实话，我第一次感受到了学习带来的乐趣。因为今天我全神贯注地学习，所以感觉有点筋疲力尽，但是却很有成就感。尤其是到最后，我把所有作业交上去的感觉更好。

今天我们学了很多，数学老师给我们讲了半天。不过有一个问题就是最近我抖音好像不知道该发什么了，想拍的东西有时候有点不知道该怎么拍。妈妈建议我可以拍一些住家的聊天，还有一些日常活动，从而挖掘加拿大普通工薪阶层的生活。我可以试试看。

2020年4月16日

青 春 不 老

最近《青春有你2》很火，这个节目是什么呢？它其实是一个青年励志综艺节目，先选拔出 100 名女孩儿参加节目，然后再经过层层筛选，最后选出 9 个人出道。

这个节目的第一季叫《偶像练习生》，当时非常火爆。我记得当时我在读初一，我们班的女生天天魂不守舍地一直看。当时是男生版，这一季是女生版。

当时其实挺看不惯这些练习生的，就觉得他们就只会唱歌和跳舞，最终就获得了那么多粉丝和迷妹。不过后来我才发现，其实他们也非常辛苦，每天只能睡一个小时不到，而且天天都要上很大的舞台去演出。

记得我小时候曾经有一段时间想当明星，但是后来我发现明星这个职业虽然表面光鲜亮丽，其实背后付出的代价真的很大，而且即使付出很大的代价也不一定能当上。100 个人里面可能会淘汰掉 91 个，而且当明星连隐私都没有。所以我从一开始的厌恶、看不起，最终态度大转变，变得很敬佩这群努力的年轻人。

2020 年 4 月 17 日

电脑风波

没想到啊没想到，我的电脑又坏了。不知道为啥，我把它放到桌子上，前一天晚上还好好的，今天早上醒来发现电脑上有一个小裂痕，跟12月那次碎屏一模一样。

记得上次放学回家，回卧室以后我把电脑拿出来发现电脑坏了，丢了好多文件，还好我有一次保修的机会。没想到才过了四个月电脑又坏了，可能是没修明白吧，因为这次和上次碎屏的方式一样。上次碎屏以后我就非常谨慎地保护它，尤其是这次，我把它放到桌上，底下还垫了本书，都不知道它是怎么碎掉的。

反正我挺生气的，上次碎屏是碎在电脑的右半边，这次是碎在左半边。这电脑是不是有强迫症啊，还给我搞个对称。

最关键的是我有好多作业都储存在这台电脑上，可惜数据无法拷贝了。只能在我的另一台电脑上重新写了，以后上网课也只能用备用电脑了。幸亏我带了一台备用电脑，不然我可咋办啊。

2020年4月18日

钟情美剧

今天看了一会儿《生活大爆炸》。《生活大爆炸》这部美剧我从2017年就开始看了，其实这部剧在2007年就出了第一季，只不过当时我还不知道有这个剧，当时我甚至都不知道什么是美剧。

有一次我去哥哥那儿玩儿，我看了一下他的电脑，里面有几部影片，就是《生活大爆炸》。我问哥哥那是什么，哥哥说那是一部搞笑的电视剧，然后我就开始看了。我没有从第一季开始看，只是很随机地看。

从那以后，我就经常看这部剧，虽然不是连续性地看，但几乎也把所有的剧情都看完了。去年，也就是2019年，《生活大爆炸》出到了第12季，也是收官之季，也就是说以后将不会有《生活大爆炸》这部美剧了。

这里面塑造的每一个人物都有独特的特点和鲜明的个性，他们住在一起后发生了很多令人啼笑皆非的故事。这部剧最有意思的地方在于每一集搞笑之后，观众都能从中获得关于友情、爱情和亲情的感悟。

《生活大爆炸》这部剧更新完了，可能我的青春也快结束了吧。

2020年4月19日

努力学习

今天是周日，我好久没写过周总结了，今天就写一篇周总结吧。

这周，是我上网课的第二周。说实话，比起第一周来，我上网课的时候听进去的东西会有点少，而且上网课的效率也会低一些。下周我会竭尽全力地去听，但是上网课实在是太无聊了。还有就是作业，作业也比平时多了至少三倍，所以挺辛苦的。

在各个方面各个科目，我都学到了一定的东西。只不过科学到后面讲得实在是有点难了，再加上是网课，所以我的吸收率很低，我下周会请老师帮我补一下课。数学方面，我们在做应用题，简单是挺简单的，就是做起来有点麻烦。

其他方面的话，这周我出门的次数少了，出门打球的次数也少了，主要是因为我觉得全身无力，感觉有点无精打采。

希望下周能感觉好一些，加油吧。

2020年4月20日

樱木花道

我记得无论是小学还是初中，甚至到了高中都有人议论《灌篮高手》这个动漫。我这个人吧，其实对动漫或者漫画没有什么兴趣，但是对篮球有着极大的兴趣。所以今天放学以后，我就在YouTube视频网站上找到了几个解说《灌篮高手》这部动漫和漫画的视频，基本上了解了灌篮高手讲的是什么，向观众传达的是什么了。

《灌篮高手》是一部讲述日本湘北高中的篮球队如何一步一步打进全国大赛的动漫。这个球队里有桀骜不驯的樱木花道、潇洒的流川枫、篮下巨无霸赤木刚宪、三分神射手三井寿、速度奇快的宫城良田。他们刚开始其实并不是那么被看好，尤其是樱木花道，在上高中之前，甚至没有碰过篮球，后来被他们的安西教练挖掘，并且施展了他的天赋。

很多人喜欢潇洒的流川枫，因为他的进攻堪称无解，但我最喜欢的其实是樱木花道。这个人是一个很自大的人，身上有很多缺点，但是当你慢慢往后看的时候，就会发现他的优点。比如说他的好胜心，比如说他对胜利的渴望，比如说当他认定一件事情后可以为之努力。

在最终的决赛里，其他的所有队员都已经准备放弃了，唯有樱木花道斗志昂扬。这就是为什么我现在微信头像用的就是樱木花道。拼搏才有胜利!

2020年4月21日

开 明 家 长

今天晚上，我想到了一个很好的抖音创意，就是假装我有女朋友了，然后打电话给我的父母，看看他们是什么反应。其实按照以前的经历，我认为他们应该是完全不同意，并且会说我半天。但今天他们的开明让我大吃一惊。

首先是妈妈，虽然她刚开始非常吃惊和诧异，而且还让我冷静一下，但是后来她也慢慢地开始理解我。不过，她还是劝我一定要注意，不要影响自己的心情，我非常高兴有这样的妈妈。

爸爸相对来说就有点儿搞笑，相比于妈妈的促膝长谈和唠唠叨叨，爸爸和我的对话很简短。他首先是大吃一惊，然后跟我说不要耽误学习，最后甚至还让我发张女朋友的照片让他看一看。

其实我跟他们两个说的这个女生是一个明星，人家有几百万几千万的粉丝。今天我在打电话的过程中，差点儿笑死了，不过还是很高兴有这么开明的家长。

2020年4月22日

传奇乔丹

乔丹新出的一个纪录片，叫作《最后一舞》。我作为资深的篮球迷，必须看一看。

以前我总是在质疑乔丹，因为我没有看过他的比赛。我只听过别人讲述他有多么的神奇和伟大，但我相信耳听为虚，眼见为实。

就连我最喜欢最崇拜的勇士队，也只是做到了五年进入总决赛，却只拿到了三个冠军。而乔丹，他一个人在那个高手如林的 NBA 时代，却能帮助他的队伍获得两个三连冠。这是什么概念，相当于无人可以阻挡他们的脚步。其间他们没有拿到冠军，只是因为乔丹曾经退役了一阵子去尝试了打棒球，后来重返球队后依旧大杀四方。

乔丹在大学时期就特别厉害，但他刚进校队的时候，其实不怎么厉害。有一个他的同学回忆起来说，两周前他打得还不如自己，结果两周后他已经比自己厉害了一大截。乔丹曾经跟自己的教练说，没有人比我更努力。

他也许不是最有天赋的，但是他的伟大却是毋庸置疑的，他绝对是 NBA 历史第一人。

2020年4月23日

回忆之夜

距离《复仇者联盟4》上映已经有一年的时间了。记得当时我和付裕、王鹏浩还有刘老师一起先去吃了一顿饭，然后又看了一场轰轰烈烈的电影。那场电影或许剧情上不是最好的，却是最令人感动的。等了足足四年才看到了最终之战，还是和我生命中那么要好的一群哥们儿看的，那绝对是我2019年最快乐的瞬间之一。

记得当时我和上上个月一样，也是处于口腔溃疡的阶段，导致我连爆米花都没吃。记得当时刘老师还想方设法给我熬粥。当时我们看完电影已经太晚了，学校门已经关了。我们四个人就在学校外面的一个酒店睡下了。第二天早上，我们去吃了我人生中最好吃的早餐之一。

唉，又是一个回忆的夜晚。真的这些事情简直就是恍如昨日。那是那个夏天的开始，也是钢铁侠的离别。看完电影后，我和付裕都情不自禁地哭了，因为真的太有感触了。

真心希望学校不要搬出北小营。

2020年4月24日

倾听与思考

今天分享一下我的感触。最近在看一档综艺节目《我是唱作人第二季》。这个节目非常有趣，请了八个著名的歌手，有流量歌星张艺兴，有说唱歌手GAI，有摇滚歌手郑钧，有民谣歌手马頔、陈粒，有新生代歌手刘思鉴等。节目中有的歌曲能让我在深夜里进行一些反思，让我认真地思考一些东西，而且旋律特别好听。

2020年4月25日

收拾屋子

今天我又做了一次房间大扫除，而且比上次还要全面。

首先我把屋里所有的垃圾都捡出来，分为两类，一类是可回收垃圾，一类是不可回收垃圾。我们住家说一定要保护环境，否则新冠肺炎就是下场。我把可回收垃圾装到一个袋子里，把不可回收垃圾装到另一个袋子里，分别放到两个不同的垃圾桶里。

然后，就是把所有的脏衣服放进洗衣机，把白色的衣服交给住家手洗。经过一段时间，再把它们放进烘干机里，最后再全拿出来。

在等待的时间里，我把屋里面的东西做了一下分类。把上衣、鞋子、裤子放到衣橱里面，把一些重要的文件放到第二层柜子里面，把药品和医用物品放到第一层柜子里面，把作业都放到第三层柜子里面，把电子产品都放到第四层里面，最后把我所有用不到的衣服也收拾到了一个皮箱里。

整理完之后，我把床单和枕套都换了一下。收拾完屋子的感觉真好。

一屋不扫，何以扫天下？

2020年4月26日

抖音规划

今天我来给我未来的抖音做一个规划。

现在的抖音几乎是人人都用的软件，就连在美国和加拿大，人们手机上都有抖音。抖音短视频、抖音直播、抖音带货，已经慢慢地融入我们的生活。而我呢，很幸运，有20万粉丝。不过如果我真的要想做大的话，我需要具备以下几个条件。

任何一个百万粉丝甚至千万粉丝的博主背后都会有个团队。现在我做的视频，虽然说质量很好，但只是一人做视频做得最好的极限了。比如说画质，有时候我觉得我的视频就有点模糊，这件事就需要专业的摄影师和剪辑师来做。还有就是内容这方面，我需要一个团队来帮助我，当然这是后话。我在想，当我回临川以后可以问一下我的同学。

还有一点，就是根据我的发现，现在单独一个网红是做不大的，必须要有网红朋友。举个例子，你们可以看一下黄钰杰，他没有什么才华，就是一个乐观的小胖子。但是他有一堆网红朋友，所以无论是在短视频中、直播中，或者是评论区中都可以互动。比如说有四个视频博主是我特别喜欢的：东北酱、石莉、桔梗和老芦。他们就是四个特别好的朋友，经常去对方的家里举办一些活动或者聚餐什么的，也会发生一些妙趣横生的故事。他们每个人粉丝数都在500万以上，最多的甚至达到了1000多万。这也说明了一个团队的重要性。

关于视频内容，我不确定我能不能再在加拿大拍一些有关加拿大人和事方面的东西，不过将来有一天我肯定要告诉我的粉丝，我将要回国，这肯定会让我掉一些粉。但是如果我合理利用这次回国的机会，比如说回国的过程、隔离的14天，我就可以转悲伤为热度，最终转到学校的日常周末和同学的日常。还有两个博主，我想让你们看一看，是我未来拍摄的目标。第一个博主是宿舍熄灯后，第二个博主是小潮院长。这就是我未来的抖音计划。

2020年4月27日

神奇的梦

昨天晚上我做梦了，感觉已经有大概半年多没有做梦了。

记得小时候，我经常做噩梦。每次做噩梦都是那种特别惊悚的，比如突然从楼上掉下来，在马上要落地的时候突然惊醒，反正都非常可怕，后来去了新学道以后就很少做梦了。

昨晚我做的梦非常奇怪，首先是我从加拿大回到晋中的一个梦，只不过定位好像是在一片田野上。我走啊走啊走，阳光明媚天气晴朗，但仿佛永远都到不了目的地。我走了半天，才到了大姨家那个熟悉的单元楼。可能我有一点想家了吧，不过奇怪的是，和我一起回去的还有好多朋友，但我不记得都是谁了。

第二个梦让我特别的欣喜若狂。就是我去参加了一个有关篮球的活动，结束以后我看到了我的偶像库里。我先上前去问了他能不能和我自拍一张，他先是拒绝我，后来又找到我和我自拍了一张。这个梦特别逼真，毕竟，我能感受到和库里聊天的真实。

梦真是一个很神奇的东西，尽管在醒来以后觉得这个梦有多么不真实，在梦里我们还是相信我们不是在做梦。

2020年4月28日

决定回国

我决定在抖音上宣布我要回国的事情了！所以今天这篇日记我要写一下文案。

我决定回国发展，离开加拿大了！大家好！我是小梁，今年15岁，我来自北京一所国际学校。去年9月，我通过自己优异的成绩来到了加拿大这所高中。本来我打算去美国的，但因为种种原因，我误打误撞地来到了这里。

或许是缘分吧！这是我第一次穿校服、这是我第一次上科学课、这是我第一次与同学打球、这是我第一次和外国同学一组。来到这里以后，我每天都感到很充实。每天早上一醒来，朝阳的美，日复一日地坐上那个挺破的校车，来到学校，见到朝夕相处的同学，一起上课、吃饭，还有很多活动，都让我感觉不到时间的漫长。就这样，不知不觉中，我已经来到这里快一年了。

一年感觉很短，但我经历了许多人没有经历的事情：在异国他乡看雪，他乡遇故知，感受到了好久没吃到火锅之后吃上一口的爽快，进入校队，代表学校去征战，尽管战绩可能并不理想。

读万卷书，行万里路，阅人无数，来到这里我真正做到了这三件事。后来，我开始做视频。尽管刚开始一点经验都没有，但我的视频质量，也在背后没有团队的情况下，慢慢地得到了提升。于是，我的第一条视频火了，我很高兴，同时也很忐忑，我很担心很快我就会掉粉，所以有时候我连自己的主页都不敢打开。还好有你们的支持，给了我每天做视频的动力。

不过……经过和父母的谨慎商量后，我决定回国念书。我将在6月回国，并且彻底结束这一段充实的留学旅程。我知道，你们会有很多疑问，但在国内我也是读国际学校，我自己觉得来到这里后真正学到的东西在国内也能学得到。有时在夜深，我也会默默地想念国内，而且这里每天三点放学，我并不觉得我能把时间利用得很好。毕竟，我也只有15岁。

决定以后，我真正感到担心的就是我的抖音了。因为我深深地知道，很多粉丝都不是我的粉丝，都是狗蛋他们的粉丝。

离开加拿大，我可能再也更新不了关于狗蛋的视频了，但我依然会通过这种方式来记录我在国内的学习生活，相信一定也很有趣。再过几年，我也有可能去其他国家或者其他的地方念大学。

如果你决定取关，我尊重；如果你决定继续关注我，我很感谢。同时，我会做出更加优质的视频分享给你们。

就让这段旅程，成为我人生中的美好回忆吧！

2020年4月29日

回忆过去

如果说昨天的抖音文案是我一时兴起写的，那么今天在整理在加拿大半年多的时间里拍摄的视频和图片时，才是真正的感触最深。

我看到了刚来这里的时候，我和妈妈入住的那家酒店。早上，我迟到了，我来到加拿大的第一顿早餐，是星巴克的一杯热巧克力和一个汉堡。

之后我又看到了我第一次去学校时穿上了学校赠送的卫衣的照片，当时我还是一头短发。这让我想起来了，后来我和妈妈一起去住家后去了一趟沃尔玛，我还大吃了一顿披萨。

之后就是到达住家，第一天晚上我没有拍任何图片或者视频，因为那天晚上我非常沮丧。之后我就看到了，我拍我们住家整个家的一个视频，我们家猫的视频，我第一次穿上学校西装校服时的视频。这也是为什么我要在文案上写第一次穿学校校服的原因。注意，是我们学校的校服，不代表我没穿过校服。

之后就是对这里越来越熟悉，我拍了很多。每天早上起来我窗前的朝阳，至少拍了有 10 张，因为每天早上起来，朝阳真的很美。然后就是第一次下雪，全世界变成了一片白色，银装素裹。

让我印象最深的就是和朋友出去玩，不仅在多伦多玩，还去了瀑布城。那一定是我 2020 年最开心的时候之一了，虽然有点破费。

回忆总是很美好！让过去的过去吧，等时间过滤。

2020 年 4 月 30 日

回国预热

今天是 2020 年 4 月 30 日，离我回国还有一个多月。

早上的时候，哥哥让我填一个健康表格，说是从今天起到上飞机前每一天都要填一次表格，我也只好按部就班地填了。里面需要填的很多，也很复杂，但我还是耐心地把它填完了。

等我上交了才发现，其实这个表格是在坐飞机之前的几天才用填，但如果你开始填的话，每24个小时之内就必须再交上去。也就是说，我从现在开始必须填一个月这个东西。

其实我也不是很确定，我可不可以现在不填，然后到坐飞机前几天再填。但是，这样做是有风险的，也只能像写日记这样每天坚持填表格了。

时间过得好快，转眼就已经5月了。一想到马上就要回家，我就欣喜若狂。

2020年5月1日

收获友情

今天，一个在加拿大本地生中和我非常要好的同学丹尼尔来找我了。我和他是一个校队的，关系特别好。我学校的柜子就在他柜子旁边，平常我们也经常聊天儿。他比我高一个年级，与我非常亲近，是我在加拿大本地生中最好的朋友了。

还记得当时新型冠状病毒肺炎在武汉爆发时，每个中国留学生都特别沮丧。正逢那天是学校的校队训练，我们在更衣室的时候丹尼尔就过来和我说：“你还好吗？你在中国的家人还好吗？我真心地为他们祈祷，也为中国祈祷。”这让我对丹尼尔的好感大大提升。

今天他来找我，问我以后还会不会留在我们学校。我跟他讲了实话，说很快就要回国了。他非常沮丧，说千万要和他常联系。我也跟他说如果他来中国我会带他玩，一定要记得联系我。

我真的非常感动，在这里交到了这么要好的朋友也算是我这次留学生活的一个大大的收获。

2020年5月2日

创作新秀

记得我写过一篇有关嘻哈音乐的日记。当时我还没有出国，每天在学校里闲着没事儿就听听歌，写写歌，琢磨琢磨着，竟然觉得自己有一点儿专业了。在过去的一两年里，我至少听了上千首嘻哈单曲，也学会了很多歌，所以我也经常写歌。

刚来到加拿大那会儿，很孤独。妈妈刚离开加拿大，我在学校也没有朋友，每天回到家娱乐的时间就是听一些很伤感的嘻哈歌曲，然后再创作一些。我记得有一段我写得非常真实的歌词：

一个人独自醒来加拿大的四点半
照照镜子洗洗脸煮个泡面吃点饭
妈妈不在我身边我还真有点不习惯
煮完泡面发现再也没人给我加鸡蛋

再后来，我通过每天的积累，在班车上或走路的时候，我的脑袋会不停地转，在想 flow 和歌词，每想到一个有新意的想法就会记到备忘录里。

我的备忘录里专门有一个文件夹是我平时写词用的。经过了将近一年的积累，我已经写了 50 首不完整的歌、6 首完整的歌。这 6 首完整的歌已经有它的伴奏和全部的词，我也能完全演唱下来。我有一个梦想，一个小目标，就是未来在网易云音乐，申请一个音乐人账号，然后发一些歌。

2020年5月3日

感恩相遇

昨天晚上，我花费了很长时间做完了我的道别视频。因为这个道别视频是由很多视频剪辑在一起的，所以做起来比较麻烦，还好最终把这个视频有质量地做出来了。

自从我决定回国以后，就非常担心我的抖音粉丝们，因为他们每天都在催我更新有关狗蛋他们的东西。所以呢，我就非常担心，如果我要回国的话肯定会面临特别多的粉丝离开我。但令我意外的是，从我发布视频后到现在评论区里面，再加上私信里面都是支持我的，并且有大篇幅文字都是用来支持我鼓励我的，我今天早上都差点看哭了。

举个例子，有个粉丝给我发了这么一条消息："我会一直陪着你哒！等到以后你坐拥百万粉丝，我就是老粉啦！同样都是15岁，你就是比我优秀哈哈哈。"

还有一条："每一次心情不好的时候，就喜欢把你的作品看一遍，心情也就慢慢变好了，成绩从全年级589名，升到32名，哈哈哈，你就是我的神兽啊！希望你拥有了百万粉丝之后，也不要忘记我们这些老粉。"

说实话来到加拿大，我最大的收获除了我这群加拿大的朋友之外，就是这些粉丝了吧，他们给了我太多太多的力量。

总之，不管怎么样，第一步我是做对了，接下来就看我以后的视频做得怎么样吧。不论结局，感恩相遇。

2020年5月4日

我爱劳动

今天我们干了一件很有意义的事情。我们一直想给寄宿家庭帮一些忙，但一直没帮上什么忙。今天我和舍友一起去住家的后院帮忙大扫除了一遍。

一直没去过住家的后院，直到现在夏天了，温度升高了，我们才去了后院。这次我和舍友要帮的忙，就是捡拾后院石头路上的树叶。别看这个任务听起来简单，做起来却非常难。

首先由于日复一日的积累，后院的落叶已经多到了一个难以想象的程度。其次，就是我们需要拿猪八戒的武器——九齿钉耙，把树叶先勾过来，然后再拿扫把和辅助的那个东西，我也不知道叫什么，把它铲起来放到一个袋子里。

做这项任务的时候，我的手已经完全酸了，右手尤其是手腕都动不了。我们清楚地记得，突然从角落里钻出一只老鼠，把我吓了一大跳。平日里我很少见这种老鼠。

清除完以后，我们回到了屋子里坐了下来，喝着清凉的水，感受到了生活的美妙。今天真的很有意义。

2020年5月5日

夏天来了

今天上午上完课后，我去找我们老师聊了会儿。老师说好多科目都没有期末考试了，唯独科学和数学有，其余的科目就是再最后上几节课，29号课就结束了。我心想，时间过得可真快呀，29号课就结束了，我的网课生活也马上就要结束了。

上完课，本来想出去打个球运动运动，结果发现加拿大已经学习了中国和美国，把所有的篮球场，哪怕是没有人打的，也把篮筐上面盖了一层网，不让打了。

让我欣喜的是夏天终于来了。今年的春天显得格外短，今天我出门的时候，室外温度是21℃，非常暖和，但也不至于太热，我穿着短袖和短裤，仿佛回到了去年夏天。我最喜欢的其实是夏天的气味还有夏天的声音。虽然我不知道气味是从哪里来的，但是我鼻子深呼吸一口气就会闻到充满生机勃勃的味道，听着蝉鸣感觉到心情非常愉悦。

夏天终于来了。

2020年5月6日

与住家闲聊

上个星期，美国刚突破一个纪录，新型冠状病毒肺炎确诊人数突破了100万。我本以为可以减缓一下，没想到一点也不减速，转眼间已经到了120万了。

今天晚上和住家聊了一会儿，他说："虽然这段时间非常煎熬，你们也非常无聊，就连我们两个老人家也感到非常无聊，但咱们可算是熬过来了。你们29号就要彻底放学了，但是这个疫情也不知道什么时候能控制住。"我说："总有一天会好的。"

住家还跟我们讲："当时非典病毒在中国已经消失的时候，加拿大却达到了高峰。本以为非典病毒将会是我这一生遇到的最可怕的病毒，没想到还出来了一个新型冠状病毒，真是太疯狂了。"

说着说着，饭就吃完了。虽然我最近非常想吃中餐，想吃火锅，想吃那种家常菜，但我想等回到北京以后，肯定也会想住家做的这些饭。有时候住家做的是黑暗料理，但有时候做得也真的好吃。

突然想到还没有告诉住家我以后就彻底搬回北京了，因为我不知道如何开口，不过我打算拍个抖音记录一下。

2020年5月7日

虽败犹荣

今天翻看了一下我的学习软件，打开了我们校队的那个页面。偶然发现了一个链接，上面是我们球队在主场比赛的每一个瞬间，一时间感到心潮澎湃。

我进入校队的过程也是非常坎坷。本来我是想去更高级的校队，结果发现人家那个校队的运动量是我难以想象的。就算训练一下，都差点把我跑晕倒，于是我就参加了九年级校队。

在这里，每个人的篮球技术也许不是那么精湛，投篮也许不是那么准，控球也许不是那么厉害，但是我们都有一个共同点，那就是热爱篮球。

刚开始，我们就陷入了连败。虽然我们球员之间关系很好，和教练的关系也很好，在训练更衣室的时候气氛都很融洽，可就是摆脱不了失败的梦魇。可即便如此，我们也没有就此放弃。别人都以为我们进不了季后赛，但我们通过自己的努力打进了季后赛。虽然在季后赛第一轮就被刷下来了，但也算是虽败犹荣了吧。

就像我的本地同学说的，来到这里除了提高了球技，最大收获就是我们队友之间的感情和我们得到的这些快乐。

2020年5月8日

亲切住家

今天我回到住家的时候，和往常一样，向住家的两个主人道了一声晚安。这不禁让我想到了我来到这里之后的各种习惯。

每天早上都会被女住家的大喊而叫醒。“起床啦！起床啦！”女住家的声音特别大。之后，我们会吃上两片面包，然后就走了。出门之前，我们每个人都会跟男住家和女住家说一声“再见”，就是这么一句，我们重复了两百多天。如果走之前没有喊这句会感觉很奇怪。

从校车下来以后走回家，进门以后我们和住家总是会互道一声“Hi”！如果哪天我们进门没有听到他们的声音会很奇怪，还好，我们每天都听到了他们友好的问候。

之后就是吃晚饭，女住家会用她喊我们起床那样的嗓门喊我们下来吃饭。每天的饭也会不一样，让我们有新鲜感。可以说6点左右我们就在期盼着这一声大喊。

女住家时常会关心一下我们，会跟我们聊天儿；而男住家虽然一言不发，但也能感受到他的亲切。

真的有点舍不得他们，不知道为什么我那么幸运，到现在我经历过的三个住家都是那么好的人。

妈妈告诉我，有缘相聚，是我的幸运！她希望我能把我的善心、善举传递出去，让世界充满爱！

2020年5月9日

我爱妈妈

今天是母亲节，我想写一写我的妈妈。

从小到大我给妈妈写过很多文章，包括小时候写的一些作文、诗还有信。不知道为什么，长大以后慢慢地不愿意和妈妈说一些话，或者很少像小时候那样黏在妈妈身边。

最典型的一个例子就是，小学时，我最不愿意做的事情就是去宿舍睡觉，老是喜欢回家里午休。渐渐的，我开始喜欢住宿舍，哪怕是周末我也更想待在学校，现在也是一样的心理。我想过这件事情的原因，最后发现想和同学一起玩儿只是原因的一部分，还有一部分就是我慢慢地变得不想听妈妈讲的话了。也不知道为什么，对妈妈甚至产生了一点点畏惧感。

但是我深知妈妈是最爱我的人，可有时候我们就是会产生矛盾，无论是以前、现在、还是未来。打小以来，我很希望长大，经济独立，脱离父母的约束。但是出国后妈妈离开我去哥哥那里后，我还是痛哭流涕，想不出什么原因，就是难受。那毕竟是我妈呀。

身边有很多朋友，感觉他们的妈妈很会和他们聊天儿，就像姐弟一样，几乎没什么代沟和交流障碍。有时候和妈妈聊天儿时，总是希望妈妈能变成那样，和我的想法一样，但总是聊着聊着妈妈就开始纠正我的观点或者提醒、催促我。我跟妈妈讲过这件事，最近也感受到了她在刻意地去追赶一些潮流。可是有时候当她说出一些我们00后说出的潮流用语后，却又感到很怪。奇怪，明明是我希望妈妈改的，为什么却又感到很怪？

现在我明白了，从小到大，妈妈在我心目中的形象就是一个极具自己思想，心里有一股子劲的语文老师。她时而对我很温柔，但有时候却对我很严厉，有时候我确实很不喜欢妈妈的这种“模式”。但时间久了以后，妈妈这个严师慈母的形象已经在我脑海里挥之不去，这也是妈妈最真实的形象。

如果让我说的话，我决不愿意让妈妈换成世界上另外一个妈妈，因为每个人的妈妈才是每个人那个世界里最好的妈妈。就像妈妈爱自己的孩子肯定胜过爱别人家的孩子，我们爱自己的妈妈也是同理。最真实的妈妈才是最好的妈妈。

妈，母亲节快乐！

2020年5月10日

有情有义

前几日当我知道了以后要回国念书后，一直没来得及告诉我们住家。原因就是每次都找不到一个合适的机会，晚上吃饭的时候感觉又不知如何开口。

正当我烦恼如何告诉住家的时候，哥哥就帮了我这个忙，发了一封邮件给住家，说明了我的情况。

早上吃饭的时候，住家就跟我聊了聊。他首先跟我寒暄了一下，然后问我是什么时候决定的，我说决定没多久。然后住家就开始感慨地说："小梁，你是我接待过的最好的一个留学生，我们会很舍不得你的。"他又说："但是我也理解你爸爸妈妈的想法，毕竟如果是我的孩子，我也希望他上学能离家近一点。"

在加拿大留学的这些天，住家经常照顾我。记得两次我都因为生病去了学校又返回住家，住家本来在外面，但他们马上开车回家来照顾我，晚饭的时候还特意为我煮了汤。

昨天是母亲节。在加拿大来说，这个住家更像是我加拿大的母亲，所以我也对她说了一句：母亲节快乐。

2020年5月11日

收获友谊

记得在国内的时候，我、南昊延、张琳翔、梁策策，我们四个人就是最要好的朋友，天天吃饭在一起，聊天儿在一起，学习也在一起，特别积极向上，有什么事情大家都会分享给对方。

让我很难过的是离开北京以后，我们四个人已经不怎么聊天儿了。当时在宿舍我还和南昊延说要天天聊天儿，后来来到这里，各自有各自的生活，也不方便打扰对方。

不过让我非常开心的是我在这里也认识了三个特别好的朋友——Kevin、Emma和Stephen。最先认识的是Stephen，因为我们两个都是九年级。记得刚开始认识的时候，我们就一拍即合，因为我们都有相同的偶像，就是史蒂芬·库里。

随即我们两个认识了11年级的Kevin。是怎么认识的呢？因为他打球非常好，有一天下午我们一起打球，然后就认识了，到后来慢慢聊、慢慢聊也就熟了很多。我记得我们两个真正开始变得要好，是有一个周末我邀请他和我们玩剧本杀，我们两个是一个队，然后就产生了友情。后来也经常打篮球、聊篮球。

Emma是12年级的姐姐，但是和她在一起玩儿根本感觉不到年龄的差距，因为她也很贪玩儿，和我们也有共同的话题。认识她是我和Kevin一起去的那个剧本杀里面有她。后来我、Kevin和她一起去一个可汗蒸、泡温泉的地方，我发现了一个秘密，就是Kevin可能喜欢Emma，Emma也可能喜欢Kevin。他们的故事，明天我可以写一篇日记。

之后，我们四个人的感情就越来越好，就像北京那个四人团体一样。我们后来一起去了尼亚加拉大瀑布玩儿。我一定会特别珍惜这段友情。

2020年5月12日

锦瑟年华

昨天我说要讲一下Emma和Kevin的故事，今天我来讲一讲。

Emma刚开始见到Kevin的时候就被他高大的外表和帅气的面庞迷住了。但是苦于她比Kevin高一个年级，也不好意思开口，所以就想了个办法：先邀请我去拟一个剧本杀的局，然后我再邀请他们开始，这样他们就有了聊天儿的机会。

结果Kevin这个人因为没有谈过恋爱，所以也算个愣头青吧，硬是把Emma处成了兄弟。那Emma也不好意思再说什么了。后来呢，她又想了个办法，跟上个办法有异曲同工之妙，她邀请我和Kevin一起去泡温泉和汗蒸。

那我这么一个心思缜密的男孩子立马就发现了有微妙的地方存在，于是那晚回到家以后我就给Emma发消息问她是不是喜欢Kevin，Emma后来在我苦口婆心的劝说下承认了。于是我就开始两边跑，撮合他们两个，最终在我的撮合下，他们两个开始相处，我也很开心。

2020年5月13日

一场穿越

今天，我又给我的抖音想了一个创意，就是拍一个2020年6月的我回到了2020年1月，自己与自己对话。在下面我将会写下剧本，“小梁”代表2020年1月的我，“大梁”代表2020年6月的我。

背景：2020年1月1日，小梁的卧室里

（小梁正在写着作业，突然他的房间门开了，从外面走进来一个长得和他一模一样的人）

小梁（惊叹道）：“你是谁？！”

大梁（淡定的）：“我是六个月之后的你。”

小梁（将信将疑的）：“我不信！”

大梁（淡定的）：“你最喜欢的球员是库里，最喜欢的rapper是豆芽，最喜欢的女生是……”

小梁（连忙打断）：“行行行我相信了，你来干吗？”

大梁（依旧淡定的）：“我来是告诉你今年的一个好消息和一个坏消息，你想先听哪个？”

小梁（充满期待的）：“我对2020年充满了期待！”

大梁（暗自苦笑了一下）:“今年你有三个月都不用上学。”

小梁（惊喜）:“真的假的！我就知道2020年不会太差！”

大梁心想:“这傻小子，到底还是比我年轻了六个月。”

小梁（小心翼翼的）:“那坏消息呢？”

大梁（眼神黯淡下来）:“老大去世了，应该马上就要发生了。”

小梁（晴天霹雳）:“你说什么？！这不可能！不可能！”

大梁:“我理解你的心情。”

小梁:“那你怎么不穿越回来救他？！”

大梁:“你看过《复联4》也懂得蝴蝶效应，我就不给你多讲了吧。”

（小梁眼神黯淡了下来）

大梁:“不管怎么样，小梁，你要记住过去的都会慢慢过去，你要向前看。”

小梁:“我答应你。”

大梁准备出门:“哦，对了，让爹多投资给钉钉。”

小梁（疑惑道）:“钉钉？”

（全剧终）

2020年5月14日

何谓孤独

今天看节目《我是唱作人》颇有感触。在节目中，马頔问车导“你孤独吗？”别看马頔平时是个很幽默、很大大咧咧的男孩，可似乎每个人一到了晚上就开始瞎想，就开始悲伤，想听或者唱悲伤的歌，就连马頔这样活泼的男孩也不能幸免。

今天的节目中，陈粒的朋友来参加节目了。结果朋友唱着唱着，陈粒就哭了。她说她一个人录节目真的太艰难了，一看到她的朋友来，安全感马上就回来了，所以才哭了。每个人都有自己的一个精神世界，一个舒适圈，每当离开了这个舒适圈就会没有安全感。就像我离开中国以后，尤其是妈妈上飞机后，我就彻底崩溃，因为妈妈是我精神世界里给我安全感的最后一根稻草。

我今天问了一下 Siri：“Siri，你孤独吗？”Siri 回答道：“在这个世界上，总有人在说着‘嘿，Siri’，总有人需要我的帮助，问我各种有趣的问题，所以我一点都不觉得孤独。”听完她的一席话，我仿佛知道了什么。人们孤独往往是在晚上，因为在白天，他们都忙着工作，忙着社交，顾不上所谓的“孤独”。

2020年5月15日

说唱小评

我特别期待今年，就是因为今年出现了三档说唱节目，其中我最期待的就是芒果TV的《说唱听我的》。因为这个节目的制作人都是在说唱圈里特别厉害的人。有我喜欢的派克特和艾热，有法老和光光，还有弹壳。真的算是华山论剑了。其中还有小鬼，很年轻的一个练习生；还有袁娅维，一个歌手。

不是说小鬼差，只是其他的制作人水准太高了！小鬼只玩了三年，这个flow已经可以算是天赋异禀了，但是和另外几组制作人相比还是略显稚嫩。不过小鬼的作用还是很大的，因为人家有流量嘛。还有就是袁娅维，不是说她唱功不行，就是她这段旋律放进这段cypher里很有违和感。她如果哪怕尝试一点纯rap也会好些。

其他人就不说了，就一个字：强！个人最喜欢派克特和艾热的那组！如果把袁娅维换成马师会好些。实力方面，如果把小鬼换成艾福杰尼或者贝贝会好些，但是这样也很不错了。整体效果还是最喜欢2020 CDC成都集团的cypher（轮流炫技），A. J唱的太强。

2020年5月16日

梦回新英才

昨天晚上，我做了一个很奇怪的梦。梦境非常真实，因为我梦到的内容和我的未来有关，我梦到回国以后回到了新英才上学。

回到新英才，我见到了以前的武术老师。不知道为啥我并没有进班上课，而是武术老师让我在操场上跑三天三夜，梦一向都这么奇怪。我还碰到了好多熟人，以前的六班全部同学。

最精彩的部分就是遇到姜春艳老师，我见到她时给了她一个大大的拥抱。她说：“小梁，我在这里等了你好久，你都没来看我。”我们俩拥抱了一下，然后我就见到了崔艳梅老师。还记得以前经常和她聊天，转眼间六年过去了。

记得刚到新学道的时候，我非常怀念新英才，每天都特别想念那里的同学。久而久之，我好像忘掉新英才了。我以前会想，新英才将永远定格在我的脑海里，但是不知道为什么那些定格的画面都已经正在变得越来越模糊。

2020年5月17日

逛超市有感

今天我和住家一起去了超市。在离我们家很近的地方，有一个中国超市，一般我们买吃的就去那个超市，大概隔三周买一次。

住家只给我们做晚饭，早饭和午饭都需要自己做。有时候我们会拿昨晚的剩饭，有时候我们会拿现有的食材，比如鸡蛋、面包做一些吃的，也有时候会吃一些现成的零食。

刚到中国超市就发现有很多人在排队，这已经是现在超市的常态了。我排了很久，快进去的时候才发现钱包落在车上了，于是我就跟后面的一对老夫妇说能不能帮我占一下位置，他们也很乐意。于是我飞快地跑到了车那儿，拿上我的钱包又飞快地跑回来。距离其实很短，但是经过这么一段小跑，我发现我却累得很。

自从政府把所有篮球场都封了以后，我就不知道怎么运动了，偶尔出去散散步却达不到运动的效果。本来想出去跑跑步，可是跑着跑着就感觉太累了，还是打篮球舒畅。

还是想一个办法运动运动吧。

2020年5月18日

一些思考

昨天在去超市的路上，我和住家聊了会儿。我们先是像以往一样吐槽了一下这个新型冠状病毒带来的不便。

聊着聊着，我们就聊到了新型冠状病毒给我们带来的好处。我就给住家举例子说，我前两天看了一个新闻，由于隔离期间人们都不允许出去，所以北京乃至全国的车流大幅度减少，二氧化碳指数也大幅下降。也许这可以说是新型冠状病毒给我们带来的好处吧。

住家马上就举一反三，她举出了威尼斯的例子。威尼斯在意大利，而她就是意大利人，所以很清楚在新型冠状病毒出现之前，威尼斯的水已经被严重污染，都变成黑色的了，水中一条鱼都没有。可是经历了新型冠状病毒肺炎疫情以后，水变好了，清澈了，鱼也又回来了。

2020年5月19日

青涩回忆

今天是北京时间5月20日，在中国是一个俗称五二〇（谐音“我爱你”）的节日，是除了美式情人节和中式七夕节之外的第三个有关爱情的节日。这个节日，让我想起了我和张同学的那段故事。

记得当时是五年级，我刚刚来到临川，见到了张同学。那时候的我是个小胖子，什么都不懂。我只知道微妙的感觉，可能是喜欢吧。

后来我做了一件非常蠢的事，就是让全校基本上都知道了我喜欢张同学。可惜我不是很勇敢，当时没能跟她表白。宋老师和妈妈当时找我聊天，我也就把这个喜欢放下了。

六年级时，班里来了岳同学。虽然我们才是六年级的学生，但他给人的感觉就像是恋爱高手，很快就把张同学变成女朋友了。我当时有一种感觉，很微妙，可能就是吃醋吧。

岳同学走后，我偷偷拿妈妈的手机天天跟张同学聊天，越聊越投机。当时，我们还一起去马来西亚，感觉很忐忑，现在想起来却感觉很美好。

想想这些，满满的都是回忆。

回忆过去

今天我的日记数已达到了一个里程碑，我已经写了250篇日记，距离我的目标还有100篇，多么令人振奋的消息。也就是说，我剩余要写的日记数量将从三位数变成两位数。

同时我也想感叹一下，为什么2020年在我不经意的情况下，已经过去了一半？转眼间，已经6月了，我是去年9月来的加拿大，来到这里以后，时间过得太快了。

去年1月，我的托福成绩刚出来，全家都为我的成绩感到高兴。于是我和刘老师一起去散心，从太原到重庆再到成都，那是我2019年最美好的回忆之一。

2月到4月，我一直在临川学习。每天上学，放学后吃饭，吃完饭打球，就这样每天和同学享受着校园生活，日复一日但又充满意义。

5月，全班去了济南。那个时候，我和南昊延的关系变得越来越好。我、南昊延、梁策策去了一个网红店，那也是我2019年最美好的回忆之一。

6月，我的同学都去了广西支教，而我则留在临川国内部学习并且准备中考。那个月我写了很多卷子，在北京中考取得了还算不错的成绩，英语是满分，只是数学对我来说太难了。

7月，我以为我要去美国了，连毕业典礼都充满了悲伤。没错，7月我正式从九年级毕业了。

8月，暑假，一个最悲伤的回忆之一，我的美国签证一直没通过。我最生气的一点就是父母自作主张并且没有任何缘由的开始指责我，说通不过是我的过错，是我“形象太邋遢”，我甚至剪了短发，也是一个比较后悔的决定。事实上，无论是第一次还是最后一次，都是我们缺乏经验并且填写的内容有移民倾向罢了。

8月，我去了上海，也是为了签证。我在短短的几天里爱上了上海这座城市，也就让“我在中国最爱的城市”变成了北京、重庆和上海。

最后我们决定来加拿大。9月，我又回到临川，重温了一下现在梦寐以求的学校生活，和同学合影留念后，就踏上了出国的征程。

这就是我那么喜欢翻相册的原因，我有回忆……

2020年5月21日

收获颇丰

今天真是收获颇丰的一天。前几天我一直在想如何才能让自己加强锻炼，不至于跑一跑就感到精疲力尽。我突然想到了keep这个软件，不过让我担心的是我运动的时候可能会打扰到我的住家。

直到我搜索到两个课程，叫作减脂课宿舍版。这个课程的原意就是让你在宿舍不打扰别人的情况下，有效地完成自己的运动。我本来还觉得这个运动可能不会那么累，而且不会像普通版那么有效，结果做了一组后才发现真是太累了。做几十秒可能不是特别累，但想做完一组是真的很累。

我决定每天都做一下这个运动。上周还下雪呢，结果这周就夏天了。今天阳光明媚，太阳异常毒辣。要不是因为哥哥今天下午和我语音，提醒我今天才14℃，我还以为已经30℃了。下午吃完饭后我出去走了走，太阳非常毒，我穿了一个短袖。美中不足的是我的头发太长了，有点儿闷得慌。

2020年5月22日

充实有趣

今天是我隔离以来最有收获的一天，也是最开心的一天。

早上，我8点就自然醒了。和以往一样，我先在床上躺了一会儿，8点半下去做了一顿早餐，一边看美剧一边吃早餐。不知为什么，今天早晨我非常有食欲，吃得非常丰盛。

9点我开始锻炼。和昨天一样，有减脂锻炼和瘦腿锻炼，今天还加了一个瘦脖子锻炼。做完这些运动以后，我感到神清气爽，于是把窗户打开。今天的天气也不冷不热，清风吹进我的屋里，感到非常舒适。

10点的时候，我就开始写作业。舒适的风吹着，两个小时我就写完了周末所有的作业。因为我们的成绩现在不可能降低，只能往上长，我的压力变得特别小，而且质量也在慢慢提高，甚至有些享受做作业的时光。

中午的时候，我实在太想念中餐了。我发现了一个离我家走路只需要20分钟的中餐馆，给他们打了个电话，说了半天英文，结果发现对面也是个中国人。不过，放心，他们家的快递员是经过严格消毒的。于是，我一边看电影一边吃中餐，这种感觉岂不乐哉？

吃完饭看完电影后大概已经两点了，我做了一会儿抖音视频，准备今天晚上发。做完以后感到筋疲力尽，于是下楼打开窗户躺到沙发上小憩了一会儿。

醒来以后已经下午五点了。睡了两个小时，感觉有点饿，正好住家正在做烧烤。这烧烤可太美味了，我竟然忘记拿手机拍下这一场景，挺遗憾的。

吃完饭后，我们的科学组有一个视频会议，就是复习一下这学期所学的内容，我和另外三个同学复习了两个单元。

复习完就晚上8点多了，我准备写一会儿歌，然后听一会儿歌。今天的夏天时光给了我很多灵感，我写出了很多精美词句，而且还学会了一首贝贝的快嘴。写完歌曲后就开始洗澡，洗完澡就开始写日记。

今天真的太充实了！

2020年5月23日

人要听劝

在今天的科学会议上，我们又开始聊了起来，聊了有关新型冠状病毒肺炎的问题。记得疫情刚暴发的时候，所有的中国留学生都很重视，甚至跟学校提议停课或戴口罩上学。学校老师还有住家都跟我们说，在加拿大病毒是不可能暴发的，病毒就只有两例而已。

结果事实是怎样的，我也不用多说了吧。现在已经5月了，记得4月美国确诊人数开始飙升的时候，华盛顿市长才发表了一个言论，原来中国人是对的，口罩真的可以预防感染。

不过现在还有很多美国人正在举行抗议，他们认为，新型冠状病毒肺炎只是普通的流感而已，不用特别慌，甚至还有人在开派对。

科学老师又一次说到，当初加拿大只有两例的时候，小梁就警告过我们事态可能严重起来，甚至有可能停课，结果我们每个人都当笑话听啊。

2020年5月24日

回国波折

今天，我们的机票又被取消了。这已经是第二次了，结果哥哥定的下一个航班根本就入不了境。

经过千辛万苦，我终于找到了一张真正能回国的机票，而且是跟着三十多个中国人一起回国的。但是面临的风险也挺多的，最大的风险就是因为在柬埔寨转机时，那边有个规定，如果转机时间是第二天的话，哪怕是凌晨也不允许，然后会遣返。但我们定的是中国国际航空，曾经有很多案例，就是国航的工作人员与柬埔寨机场工作人员交涉以后同意旅客上飞机的。

而且我们有三十多人，还都是中国人，我觉得问题应该不是太大，我们就跟他们说我们没有钱去买返回韩国的机票就行了。本次的行程是从多伦多飞到韩国，再从韩国转机到柬埔寨，最终回到中国，在中国有可能被分流到郑州隔离。

我在 YouTube 上看到了一个和我们情况相同的哥哥回国的视频，虽然经历了千辛万苦，但他们四个中国人最终回到了祖国。虽然这是一个比较冒险的方法，但也是我们唯一的机会了，如果错过了这一趟航班，我们就只能等了。

我也想和爸爸说：希望爸爸以后可以多听取一些我的意见，我这么做肯定是有自己的原因的，而且我比你在这方面懂得更多一些。我长大了，也可以听取一下我的意见了。

2020年5月25日

加强锻炼

昨天妈妈一直提醒我，这段时间不要太过于宅在家里，一定要出去呼吸一些新鲜空气，多做一些运动。

其实我前几天就开始运动了，从那个 keep 软件上面，每天做半个小时。每天做完以后都神清气爽的，第二天腿也会酸胀，但我总觉得这个运动量不够大。

趁着今天阳光明媚，吃饭前我问住家，能不能出去跑一跑步，他们当然同意了。于是我就穿着一双破破烂烂的鞋和一身破破烂烂的上衣和短裤，准备出去跑步了。

我插上耳机，听着音乐，准备从家跑到社区中心，然后绕着社区中心的那个大楼跑一圈，然后再绕一个街区跑回家。

刚开始跑的前 30 秒还好，到后面腿就越来越肿胀，而且开始胸闷，仿佛喘不过气来。我准备走一走，但是想到这样可能效果会差一些，于是就坚持一路跑了下来。跑的时间感觉很漫长，结果只跑了 6 分钟，跑了 1.1 公里。

回到家，我连话都不能说了。直奔楼上，然后洗澡，一边洗澡一边连气都喘不过来。不过等我恢复过来后，真的感觉很舒畅。

2020年5月26日

总结经验

今天翻了一下去年的相册。去年的今天，我在一个经常去的体育馆拍摄了一组有关我打篮球的视频，有上篮的，有投篮的，还有运球的。看完以后，我总结了一下去年到今年我打篮球的进步。

从运球方面，我不知道我进步了多少，可能没有太大的进步，有些动作我还是做不出来。运球和控球是我一直特别希望加强的部分，可不知道为什么总是突破不了那个瓶颈。

在投篮方面，我投篮姿势是各种改变，可最终也不是很确定到底是怎样的投篮方法，命中率好像也没有太大提升，这让我很心碎。

在上篮方面，可能更加稳定了一些，不像以前有时候连上篮都上不进。

进入校队以后，我觉得我在篮球方面最大的进步不是技术层面的东西，而是意识层面的东西。比如说挡拆以后应该去哪儿，应该如何传球，应该怎样跑位，应该打什么样的战术。

篮球是一项团队运动，虽说我的技术层面没有太大的提升，但对于篮球这项运动还是有了新的认识和体验。

2020年5月27日

圣经故事

曾经，我对宗教课是最头疼的，尤其是那些需要背诵的宗教信仰和诗歌。宗教课给我的感觉就是很无聊，直到我上了这儿的宗教课，才知道了一些很有意思的东西。

小时候在泰国时，我只知道亚当和夏娃的故事，从此以后就再也没有涉猎这些。直到我上了这里的宗教课，老师给我们讲了摩西的故事、约瑟的故事、耶稣的故事。

今天在宗教课上，老师给我们播放了几个影片。当我看到这些影片后，把这些故事串联在一起，终于对《圣经》有了一个完整的概念，从《旧约》到《新约》。

从亚当和夏娃到挪亚方舟，再到摩西解救以色列人民于法老手中，在耶稣降临之前，一切的故事都被列到《旧约》里面；耶稣降临之后一切的故事又都是《新约》。

我最喜欢的是约瑟的故事。这个故事讲的是约瑟从小就被兄弟们讨厌，有一天兄弟们蓄意谋害约瑟，他被卖到埃及当奴隶。可是金子无论到哪都会发光，之后他因缘际会的被带去为法老解了一个很奇怪的梦，于是法老就命令他作为法老以外权力最大的人。可他并没有惩罚他的兄弟，而是以礼相待，这就有点像中国古代神话故事里面的舜。

2020年5月28日

挚友离开

今天，我的另外一个室友Michael和他妈妈一起回我们家取他的东西，同时也和我打招呼说再见。

Michael、我和Steven一样，都是九年级的学生。我们三个平时就在一起上课，一起吃饭，放学以后我更是会和Michael一起回住家。虽然我们两个的感情不像我和Steven那样无话不谈，但也可以说是在一起留下了很多美好的回忆。

记得刚开始，我们两个一起进入另外一门科学课。刚开始因为我们落下了很多课程，放学后就留下来一起做实验。本以为是很枯燥的东西，结果是很好玩儿的一些趣味实验。于是我们两个就开始配合，最终还和科学老师聊了一会儿。

我记得我和Michael聊的最多的应该就是学习，因为我们基本上什么课都在一起，所以平常的一些学习内容和复习内容，都是一起完成的。

Michael理科非常好，但是运动挺差的。记得一次体育课我们打篮球，结果他自己运球，运着运着把自己给运骨折了，后来还坐了一段时间轮椅，扶了一段时间拐杖。

希望我和Michael能一直有联系吧。

2020年5月29日

强烈推荐

今天在我最喜欢的电影名单里又新添了一部电影。以前我很不喜欢黑帮片和犯罪片，甚至觉得经典电影《教父》都有点欣赏不来。不过最近因为空闲时间多，我就开始慢慢欣赏一些。我觉得我欣赏不来的，也许会有新的理解。

于是我看了一部今年最喜欢的三部电影中的一部，就是《无间道》。不知道你们看没看过《无间道》，它根本就不是一部普通的犯罪片，更像是一部心理片。梁朝伟和刘德华分别饰演一个警察卧底和一个黑帮卧底，他们两个全片都在对峙，可又仿佛是一个人。

片中梁朝伟从刚进警校就被培养做一个卧底，后来混入黑帮，做了10年卧底。这10年里，他有无数次想要放弃，可又无数次告诫自己是一个警察。他同时是一个很悲剧的人物，最终也以一个很悲惨的形式殉职了。他的人际关系在第二部和第三部里都有明确的解说，我就不详细讲了。

虽然感觉片中梁朝伟已经很惨了，但比他更惨的就是片中的刘德华。他是古惑仔培养出来去警察局当卧底的，和梁朝伟一样，卧底10年，最后他和梁朝伟一样甚至都分不清自己到底是一个好人还是坏人。不过，在片中梁朝伟殉职以后，刘德华就有点精神分裂了，仿佛和梁朝伟是一个人却又走向了截然不同的道路。

这部电影无论是在剧情、演技、寓意上都是华语电影的佳作。强烈推荐！

2020年5月30日

幸福人生

今天《奔跑吧兄弟》更新。我前面也提到过《奔跑吧兄弟》这档节目，我从五年级看到现在，可以说这个节目贯穿了我的童年。还记得小时候撕名牌什么的都是模仿这个节目，才和丁丁他们有这么好的友谊。这个节目给我的意义不仅仅是欢乐，还有很多思考。比如以前的节目做过有关环保的，有关睡眠的，有关饮食的，有关中国历史文化的。

而今天《奔跑吧第六季》第一期的内容是有关人生选择的。节目里的嘉宾分别体验了不同的角色，然后重新开始过一次人生，从高考到选工作，到买彩票再到结婚。我最喜欢的是最后一个环节，每个人被关在一个小黑屋里面，当他们面临一个个有关爱情、亲情、友情的选择题时，做出了自己的选择。当然也引发了未来不同的结果，有的人事业有成、家庭和睦，而有的人妻离子散、孤独终老。

虽然最后有的人财富比不上其他人，但是节目里几乎所有的嘉宾都在最终填入档案的时候，把他们的人生归到了幸福栏。这时候导演喊了一句，填到幸福栏里面的嘉宾都赢了。因为人生有无数个选择题。有数据显示，人在一天中就有38,000次做选择的时候，每次一个微不足道的选择可能就会影响一生。但是，只要你认为你的人生过得幸福，那你就是成功的。

尽管有的人到最后可能没钱，但是他们家庭和睦，何尝不是一种幸福。成功的人生不一定是幸福的人生，可是幸福的人生一定是成功的人生。

2020年5月31日

保持童真

今天在国内是儿童节。我翻了翻相册，去年的儿童节我并没有什么印象。印象最深的是六年级那个儿童节。

记得当时李丹老师还是我们的班主任。所有的小学生都去了一个小的农家院。刚进去，我们就发现武术老师、体育老师还有舞蹈老师都打扮成了我们儿童喜欢的超级英雄或者漫画角色。记得当时我把自己的脸完全涂黑，现在看起来就像一个煤孩子。我们做了很多游戏，也玩儿了很久。当时老师跟我们说，这将是我们过的最后一个儿童节，现在想起来还真的有点儿想念。

转眼就是三年。当时我还在背新概念英语，属实是有点儿痛苦，我一直不愿意承认《新概念英语》对我的英语有帮助。不过现在想起来，它对我的英语语感有一定的帮助。因为当时我背了太多英语，所以尽管我没有系统地学习过语法，语感还是很好，最终才能在北京中考英语考满分。

儿童节，不仅是给小学生过的，还是给那些永远保持童真的人过的。我希望我能过一辈子的儿童节。

2020年6月1日

种族歧视

种族歧视一直是我最讨厌的行为之一。最近，美国明尼苏达州就出现了一起警察跪在一名黑人脖子上，并使那名黑人断了气的种族歧视案件。这件事轰动了全美，好多非洲裔美国人开始上街游行并且导致了暴乱。

这件事产生了特别大的影响，更别提还是在这么一个特殊的时期。我看到有好多著名的NBA黑人球员在社交软件上发布，我们爱美国，但为什么美国不能也爱我们呢？其实，这种案件也不止这么一个。与明尼苏达州类似的案件，在过去的20年里就有一百多起。

作为亚洲人，我虽然没有被种族歧视过，但是看过电影和真实发生的案件后，我知道被种族歧视是一个多么难受的事情，也知道有很多中国人被种族歧视过。美国的确是一个高度自由民主的国家，但这也使美国有了很多弊端。那里的人因言论自由所以口不择言；他们思想落伍，尽管看起来可能道貌岸然，但内心依旧不喜欢其他的种族和民族来到美国。

相比美国，加拿大就更加接受其他种族的人。这就是为什么来到加拿大以后，我发现我可能更喜欢加拿大一些。

2020年6月2日

越努力越幸运

前两天，综艺节目《青春有你2》终于落下帷幕。记得几个月前就开始看这部综艺，从刚开始的109个女生一直刻苦训练，陆续淘汰和减员之后，最后9个人成团。

最后成团的9个人多多少少有一点争议。其中最大的争议就是团里出现了两个中性角色的团员，现在有很多的女生都特别喜欢长得帅的女生。虽然我并不认为女团中应该出现一名以上的中性角色，但是我清楚地知道，这些中性角色面临的舆论是多么恐怖。因为现在网络上有特别多的所谓的键盘侠，就是用打字来侮辱甚至谩骂一个公众人物。比如说，我看到总决赛的弹幕上就有“谁谁谁不配”这样的弹幕，我也特别讨厌这种人。

当然也有遗憾。没有走到最后的成员，比如说我一直特别喜欢的说唱歌手乃万，她的说唱实力是真的强，甚至在某几次排练中当起了说唱导师的角色，但最终是第10名，没能出道。

不论如何这档综艺终于落下帷幕，这些辛苦努力了5个月的姑娘们终于有了最好的结果。越努力越幸运！

2020年6月3日

不知所措

今天，民航局发布了关于调整国际客运航班的通知。我研究了半天才搞明白是怎么一回事。

首先就是“五个一”计划：国内每家航空公司经营至任一国家的航线只能保留1条；每条航线每周运营班次不得超过1班；外国每家航空公司经营至我国的航线只能保留1条；每周运营班次不得超过1班。上述航线航班可在本公司经营许可范围内调整境内外航点。这个是上周民航局发布的政策，很多留学生为此抱怨。意思就是说航班数量将会大大减少，回去的机会也会大大减少，再加上很多人包机，回国更是难上加难。

以下是新发布的政策。

奖励措施：航空公司同一航线航班，入境后核酸检测结果为阳性的旅客人数连续3周为零的，可在航线经营许可规定的航班量范围内增加每周1班，最多达到每周2班。这个的意思就是说可能会增加一些航班。

还有一个“熔断”措施：航空公司同一航线航班，入境后核酸检测结果为阳性的旅客人数达到5个的，暂停该公司该航线运行1周；达到10个的，暂停该公司该航线运行4周。“熔断”的航班量不得调整用于其他航线。“熔断”期结束后，航空公司方可恢复每周1班航班计划，也就是说我的航班很有可能又被取消。

2020年6月4日

机 票 风 波

史可鉴算是帮了我一个大忙呀。昨天我和妈妈还有哥哥一起讨论了一下，我们现在打算订的机票是从多伦多到韩国，再从韩国转机到柬埔寨，最后才能回到国内。这个票听起来就很没有保障，还有各种政策因素，所以就很难。所以哥哥让我再找一下，还有没有人脉能搞到票。

所以我就找了我在加拿大最好的朋友问了一下，他4月就已经回去了。他给我推荐了一个人，据说这个人平时就是卖特价机票的，应该是和航空公司有关联的售票代理人，然后信誉也应该是可以保障的，因为史可鉴从他这里定了十几张票了。

我简单地问了一下这个人。他跟我说，这个机票不是现票，是候补的。意思就是说我们现在交完钱以后90%能搞到票，而且比平常要好搞一些。因为现在已经没有现票了，我们自己从网站上肯定是订不着，从他这里订更保险，如果最终没有票的话还能退钱。

这次我算是欠了史可鉴一顿饭啦，等他到了北京我再请客吧。

2020年6月5日

保持理智

键盘侠一向是我最讨厌的一种人之一。我相信很多人多多少少都在网络上当过键盘侠，包括以前的我。

因为你要知道，不仅是那些找茬并且最开始刷存在感去辱骂别人的人是键盘侠，那些用难听的语言去回击键盘侠的人也是键盘侠。以怨报怨从来都不是好的。举个例子，有人在网络上攻击××偶像并且辱骂他们，当你回击“你算哪根葱，你配吗？”的时候，你也就变成了键盘侠。

当然你也可以说那些烂人活该被骂，但当你骂脏话的时候，你是不是也成了你口中所谓的“烂人”呢？

以前每当我看到键盘侠的时候我会和他吵架，但越到后面我越发现键盘侠这个东西，是像蚊子一样赶不尽、杀不绝的。

所以千万不要生气时用脏话去回击一个键盘侠，那样你也会变成一个键盘侠。

用理性和充满智慧的语言回击他们会让他们更加难受，或者最好的办法就是理都不要理他们。

让网络变成一片净土而不是发泄的地方。

2020年6月6日

良心综艺

今天又看了一档观察类综艺节目叫《我要这样生活》。这个综艺节目不仅幽默风趣搞笑，而且还告诉了我以后如果独居在家的一些生活小常识和技巧，除此之外还有各种各样的知识。比如如何和狗玩耍，如何去训练狗，如何和员工更好地交流，如何去运营一家饭店。

这个节目的形式特别有趣。首先是邀请嘉宾，嘉宾必须是独居的人才可以，比如周笔畅，比如杨迪，再比如邓紫棋。在节目录制之前，会有摄像师还有相机在他们家，跟随拍下他们一天的独居生活，特别真实。从早上起床吃早饭到去公司工作，再到下午和朋友玩，还有各种经历。看完以后真的感觉对我未来独立生活有很大帮助。

我特别推荐哥哥看一下这个节目，因为我总是感觉哥哥的生活有一些单调，除了健身和学习之外，好像就没有别的了。

在这里面，我最大的发现就是好像所有独居的明星都会养宠物，而且我越来越觉得未来我一定要养个宠物，因为宠物是真的通人性啊。在这里面我看到了很多有关训练狗的知识后才发现，训练狗就和训练小孩一样。这些狗会做一些坏事儿去引起主人的注意，不仅要给它们吃的，还要各种鼓励它们，它们还真的能听懂。

这档节目真的很值得推荐。

2020年6月7日

嘻哈有我

我是一个嘻哈粉，特别喜欢 rap 说唱。对于国内的所有说唱歌手，我都有一定的了解。相关新闻我都是很关注的，就和篮球一样。

最近芒果 TV 推出了一档全新的说唱综艺节目。以前只有一个叫《中国新说唱》的综艺节目，今年这个节目叫《说唱听我的》。我最期待这个节目的一点就是节目的导师阵容，有我特别喜欢的派克特和艾热，有弹壳和 Walking Dead 的法老。

说实话，我以后除了本职工作外一定要去网易云音乐当一名说唱歌手，所以有关嘻哈的节目我是一定要看的。这个节目特别接地气，就像嘻哈刚开始那样起源于街头。这也是为什么所有的说唱歌手都被称作街头诗人的原因。

1970 年那会儿，嘻哈初次在美国纽约的布朗克斯亮相。刚开始的嘻哈是因为非洲裔和拉丁裔的社区和街区为了传播和平与爱，还有让孩子们熏陶在音乐里而不是枪支和帮派中。所以嘻哈刚开始是那种特别励志、反映社会的，就像我特别喜欢的说唱歌手豆芽一样。他做的歌就是反映社会的，还有内心深处的一些东西，就像诗人一样。后来，嘻哈慢慢地演变出了很多不同的风格，比如说那种唯我独尊的帮派风，有喜剧风，还有讲故事的。

而我平常做的音乐还有写的歌，一般都是反映现实的，因为我觉得嘻哈这个音乐就是用来传播和平与爱的。

2020年6月8日

生死离别

今天我写了一篇英语作文，内容是一个男孩和一只狗生死离别的故事。如下：

Once upon a time, there was a little boy that lived in an orphanage. The orphanage was old and shabby, and there were three little boys and one grumpy old lady Mary. The names of the first orphan and the second orphan were Arthur and Bob. Arthur was very strong and Bob was extremely cunning. Mary treated Arthur and Bob as if they were her own sons. However, the third boy named Carter got no talent at all. He was not a great hunter like Arthur, nor a smart boy like Bob. Therefore, the other two boys and Mary often abused him and let him do the chores. Carter, however, had no complaints. He was still very grateful to Mary for adopting him.

One day, after a day of hard work, Carter could finally have some rest. He went to his room which was a small attic. He was trying to sleep but the floor was too hard for him to sleep on. It had always bothered him. Thus, he kept rolling on the ground.

Suddenly, he spotted a loose part of the wooden floor, he lifted the wooden bricks and saw a thing that made him feel so excited that he could dance. It was gold, a bag of gold. Carter couldn't wait to tell Mary and his two brothers about the gold and he could finally purchase his own bed.

However, when he told them the news, they each had their own thoughts — Mary wanted to buy dresses, Arthur wanted to buy a nice bow and Bob wanted to buy a horse. No one had thought of Carter and his dream of buying a bed. He was once again kicked off the house and had been asked to do more chores. Carter felt so sad that he ran and ran. Without realizing it, Carter ran into the wood, which was full of beasts. Carter was scared, but he could not find his way home. Therefore, he walked into the wood.

Carter was afraid to become the food of other animals, so he went into a cave and decided to sleep until the next day. While sleeping, Arthur was woken up by a voice that sounded like a dog howling. He decided to track down the voice. Then, Carter was totally shocked because he saw a giant dog that was five times as large as Carter. But the dog was painful somehow. Carter wanted to go check on the dog but the dog barked at him as if he were an enemy. Carter then gently said:"I have no hostility, I just want to check on your wound." Surprisingly, the dog acted like he could understand the boy, he nodded and Carter went to check on where the dog got hurt. Then Carter found there was an arrow that was in the dog, he began to help the dog and tried to cure him. The next few days, Carter was there with the dog and the dog was better and better. Carter even gave the dog its own name, Dawg.

After a month of treatment, Dawg was finally cured. Dawg started to play with Carter and treated Carter as his older brother. When the night fell, Carter would always lie down on Dawg's giant soft body like he was lying on his dream bed. Carter would always tell the dog a bedtime story and Dawg always seemed to understand Carter. One day, Carter decided to take Dawg back to let Mary and the other two orphans meet Dawg. Thus, he took Dawg back to the orphanage and was hoping Mary could be friends with Dawg too.

When he brought back Dawg, Mary and the other orphans immediately gathered and planned to kill the dog and sell it for money. As a matter of fact, the arrow that was inside of Dawg's body was Arthur's arrow. He had always wanted to hunt the dog. Now, this was a wonderful opportunity. They already gambled away the bag of gold Carter gave them and had a big debt, so they really needed this dog for money. Their plan was to kill Carter first and then kill the dog, that way, no one would know. But when Arthur brought out the bow and arrow, Dawg sensed the danger, he dragged Carter and ran. However, Dawg was hurt again, and this time, no one could save him. Carter cried.Dawg was his everything, Dawg was his friend, Dawg was his brother, most importantly, Dawg was his bed. Finally, Dawg died, with peace in the eyes. Carter was so painful and angry and he blamed himself for being so naive. He finally understood how evil the world was. Carter calmed down, and in his eyes, there was revenge…

2020年6月9日

与旧友闲聊

终于，我和南昊延聊上天儿了。上次和他聊天儿还是两三个月前。因为不知道如何开口，也不知道聊什么，好害怕会特别尴尬。今天是他先找我问我这边停课了没。

他找我聊天儿，我特别兴奋，于是聊着聊着我们就开始打电话。南昊延现在还在韩国，可能比我回国还要晚。他似乎有一点儿担心我回到国内以后跟九年级不太好，跟十年级又有点儿跟不上。于是他说，我们一定要好好学习，然后我们要一起运动和减肥。

让我特别兴奋的是，我和南昊延聊天儿的方式依旧和以前一样，也是各种开玩笑，然后我自恋他损我，我特别开心。

南昊延这个人真的很怪，但是又怪得可爱。他有很多好的习惯，同时也有很多不好的习惯。我们两个之所以能成为特别要好的朋友，就在于他的缺点正好是我的优点，我的优点也正好是他的缺点。这样我们两个平时就可以互补，非常好。

真的很期待再一次见到他。

2020年6月10日

忘记时间

今天天气非常差，除了中午，一整天都在下雨和打雷。我特别讨厌下雨的天气。每当下雨的时候，望着窗外的乌云就会感到非常郁闷。我从小就是这样，也许是我看的电影太多，看的小说也挺多的，每次下雨的时候就担心有坏事要发生，所以我的心情会变差，于是真的有可能会发生坏事。

在家里隔离已经快三个月了，第一个月是最难熬的。我从每天早上6点起床摇身一变到每天9点起床就行，一天多多少少会有一些空虚，再加上见不着小伙伴们，确实是有些无聊。第二个月过得非常快，我都回忆不起来第二个月我到底干了些啥。可能也因为后来网课上得不是那么频繁，作业也变得少了，所以时间过得飞快。

记得在新英才的时候，我就体会到了一件事情：当我学习的时候，时间就过得挺慢的，可我玩儿的时候时间就过得飞快。明明是相同的时间，但这个确实令人匪夷所思。

希望我的机票能早点订上，赶快回国。

2020年6月11日

拼尽全力

去年的今天是NBA总决赛，那个时候我还在临川国内部跟着老师补课。也是在那个时候，NBA的总决赛——猛龙对勇士的比赛如约而至。

记得那天我整天都非常紧张，因为勇士只要再输一场就被淘汰了。可能是老天眷顾我吧，我上完数学课以后正好比赛就开始了。我连饭都没吃，立马就观看了直播。那个时候我比自己打球还紧张。每次勇士队投进一球，我就在内心发出欢呼，每次对手投进一球我的心就颤一下。

这场比赛打得非常激烈，非常胶着。突然比赛到了一个转折点，就是正当勇士在反击时，勇士队一个非常重要的角色汤普森正准备扣篮，对方一个球员不顾有危险，上去就想干扰汤普森，导致汤普森受了很严重的伤。那个时候我整个人都不好了，一直在骂对方的那个球员。可是我后来想了一下，这是决赛呀，每个人都想拼尽全力。而汤普森也没有让我们失望，拖着伤病的腿回来投了两个罚球全进。

勇士队的四巨头，有三巨头都受伤了。在比赛的最后时刻，库里持球想要完成绝杀。在那个时候，我真的感觉到世界慢了下来，那颗球也是慢镜头，整个世界都安静了。我在等待着库里完成绝杀震惊世界，可惜他没有进。不过让我振奋的是，没有人责怪他，教练去安慰他，队友去安慰他。也许这样的队伍才能获得总冠军吧。

勇士输给谁我都甘心，就是输给了伤病我有点不甘心。

2020年6月12日

最佳老师

我必须赶快写下这篇日记，因为我真的太感动了，刚才差点感动哭了！如果我不及时写下来，可能会遗漏掉刚才马老师所说的一些东西。

马老师是我们的科学老师，他是一个加拿大华裔。虽然他不会说中文，但是每次和我聊天都表达出他对中国向往已久！他甚至希望自己的儿子能学中文，所以，我对他特别钦佩。

今天是我最后一门科学考试的日子。刚才我们做了一个口头考试，就是老师问我一些问题，我来回答。整个考试非常顺利，也非常轻松，我拿了95分。因为最后有几道题有点生疏了，所以扣了几分。

考完试以后，马老师问我有关回国的情况。我告诉马老师，现在是一个非常疯狂的时期，哪怕我们出很多钱也只能买到一张候补机票。我还开了个玩笑说，幸好我没有去美国，不然情况会严重得多。

我还告诉马老师说下学期就不在这里念书了，他听到后非常惊讶，并跟我说："我会非常想你的，Randy。我坚信你以后无论做什么，一定会在自己的领域有极大的成就！你很好，是我遇到的最棒的学生之一。如果你将来回加拿大，记得来看我。”

听完他这么说，我特别感动，并告诉马老师：“我以后肯定会回来看你们的，我也会非常想念你！你也是我遇见的最好的科学老师。”

2020年6月13日

攻克难题

昨天晚上，我还差一门数学作业没做完。打开文档以后我发现这个作业有点难，只好求助哥哥，于是就在电脑上和哥哥打起了视频电话。我们用的这个软件非常方便，就是可以共享屏幕，方便他来教我如何做。

从晚上10点半开始，从第1题一直做到19题。说实话，在和哥哥一起做之前，我的效率还是挺低的。但是和哥哥一起做我的效率变高了很多，很多不懂的题问一下哥哥就立马理解了。只要我还没懂，哥哥就会一直讲下去，换各种方法讲也得给我讲清楚，特别实事求是。

而且和他一起做数学题的时候我非常快乐，因为我们做着做着，还可以开个玩笑，聊一聊，也不耽误，而且还能减少无聊的时间。

我们从10点半一直做到深夜1点。做完以后，我看看写了5页的题，再发给老师以后非常有成就感。躺到床上后，我感觉紧绷的身体立马就放松了，这种感觉非常舒服。

2020年6月14日

幸遇良师

我们的数学老师是一个越南裔加拿大人。据说他小时候刚来加拿大时，还不会说英文。后来经过刻苦训练，不仅能说一口流利的英文，而且还考上了一个好大学，学习数学专业。

数学老师可能是整个学校最严格的老师了，尤其是他布置的作业，必须按时交。每次上课时，他总是会一副扑克脸地一边讲课一边挑同学回答问题。尽管如此，他依旧是一个非常好的老师。他会把每一个知识点讲得特别透彻，而且会问学生听没听懂。一个知识点他可能会讲三四次，让我们听得非常透彻。

本以为在新型冠状病毒肺炎疫情放假的这段时间，他也会对我们非常严格，但是他好像与我们感同身受，让我们不要急，不要难受，作业尽力写。就像上次我的作业，他就给我延时了一两天。

我总觉得他的性格和查老师差不多。昨天我还和哥哥说，虽然查老师不太受学生的喜欢，对我们也很严格，但那个时期的我函数什么的都学得非常好，尤其是学期末我考了班级数学第二名，非常开心。

好老师最重要的特性，一定是让你能学到东西。

2020 年 6 月 15 日

整理旧物

我想了很久今天晚上该写什么。那个卖机票的姐姐刚跟我说:“17 号的位子我们还在想办法，没有放弃。这两趟位子都比较难弄，你们那边 16 号的上午我会再联系你。”也就是说，我很有可能在未来的两到五天就离开加拿大了。

今天，我整理了一下屋子，收拾着收拾着翻到了很多东西，让我想起了在加拿大的这些日子。我翻到了一个小袋子，里面都是硬币，是我攒下来准备买小食品的。还有一个卡丁车券，是我上次去玩卡丁车拿来的。很多东西也许不是很值钱，但里面的故事我却不想忘记，所以就让我左右为难。一方面，我回国能拿的东西有限；另一方面，我又不想扔掉它们。

不知不觉我也在忘记很多事情，也许只有这本小梁的日记才能让我回想起很多事儿。所以现在我很感激我能坚持写日记，记录下来很多事情。

很多事不是自己能掌控的，过好每天才能活得精彩。

2020年6月16日

好事多磨

今天收到了一个令人失望的消息，我离开加拿大的计划依旧没有成功，现在机票真是越来越难搞了。我还给大使馆打了个电话，使馆说，多伦多还有几千名留学生没有回国，正在安排飞机；其中有很多小学十二三岁的小孩，肯定是优先安排的。

如果搞到票的话，明天我就要坐上回国的飞机了，可惜没有搞到。不过，现在我们还在指望20号能有机票，希望如此吧。

不知不觉已经6月中旬了，如果没有疫情的话，我现在应该已经在国内了吧。

2020年6月17日

开个玩笑

今天做了一件非常有趣的事。下午，我和史可鉴语音通话，我调皮地跟他说我已经回国了，把各种细节都编得非常逼真，什么酒店名称啊，回国的经历啊，拍Vlog的时候发生的一些事情，还有一些惊险的事情。编得跟真的似的，然后他就信了。

等我跟他说这一切都是假的时，我们俩一起大笑了一会儿，然后不由得想起了几个月前我俩之间发生的一件有趣的事情。

2020年6月18日

说唱天才

2018年的今天，一个青年在美国迈阿密被枪杀身亡，年仅20岁。这个英年早逝的男子名字叫XXXTentacion，是一个说唱歌手。毫不夸张地讲，他是一个说唱天才。他刚开始接触说唱，就完成了很多不可思议的作品，而且不是学习别人的flow，有自己的风格和自己的腔调。他在贫民窟长大，从小就有暴力倾向，于是在亲戚的劝导下，他去了教堂的唱诗班，在那里爱上了音乐。

刚开始他创作的音乐都很暴力，纸醉金迷，在我们说唱领域被称作匪帮说唱。这种说唱我非常不喜欢，因为说唱一开始被创造就是为了宣扬和平与爱。相信他后来也认识到了这点，于是创造出一系列非常励志的嘻哈音乐，不仅旋律特别强，flow的编排也很精妙。

“假如我发生不幸，遭遇事故死去，看不到我的梦想实现，但我至少希望孩子们收到了我想传达的讯息，我希望他们听到我的歌并且转化成正能量，好好活下去。如果我成为时代的牺牲品，我真心希望至少让五百万孩子的生活变得更美好，希望他们可以从我这儿找到答案。”这是他在活着的时候说的话。

2020年6月19日

畅享未来

刚来这里的时候，每次吃完饭都会情不自禁地看餐桌旁边一个很大的阳台。去年11月时，每次吃晚饭天就已经黑得很透了。不过现在，晚上9点天依旧是亮着的。

餐桌旁的阳台上，摆着几个懒人椅，还有一个烧烤架。我一直都想去看一看，奈何一直没有机会。一个月前，住家召集我们两个一起去底下的院子里打扫卫生，那时院子里已经有很多绿色植物了。当我一睹院子全貌之后，才发现这是一块风水宝地，心想偶尔也可以过来，看看风景听听歌儿什么的。

今天晚上，我终于出去了。天气还是很闷热，还好太阳已经不在头顶，所以没有刺眼的阳光，有晚风也有鸟叫。我在回想，一个月前还不是很茂盛的草木，现在已经欣欣向荣。看向左边，正是夕阳所在的地方；看向右边，是一片一望无际的树林，整个意境就像一幅画。正当我在懒人椅上惬意地听着音乐的时候，隔壁的邻居出来修理了一下草坪，感觉这种生活就是我未来想过的吧！

2020年6月20日

感恩父亲

今天是父亲节。这是感恩的节日，对于远在他乡的我来说也是思念的节日!

我翻遍了相册，亲爱的爸爸，我发现我和你的合照甚至比我和妈妈的合照都要多!

从我很小的时候到去年，和你在一起的时光可以说是历历在目。从小时候我骑在你肩膀上的一张合影，到我背起你的那张合影，中间跨越了十几年。我看到了我的变化，也看到了你的变化。

我与你第一次合影，应该是三四岁的时候。那时，我骑在你的肩膀上，满脸洋溢着幸福！记得那时你领着我到天安门看升国旗，我个子小，人又太多，什么都看不到。你毫不犹豫地让我坐在你的肩头！只感觉刹那间我的视线变宽，一切都清晰可见……今天看到这张照片，想起一首歌词：

那是我小时候
常坐在父亲肩头
父亲是儿那登天的梯
父亲是那拉车的牛……

转眼间，我便上了小学三年级。那时你还在新英才当校长，印象最深刻的就是我和你一起去军训。那是个军营，里面有好几辆坦克，一切都庄严肃穆！我和几个小朋友一起玩儿，还学着走正步、行军礼。我们还到附近的农场喂小羊吃草，学打乒乓球。

相册中突然又看到了我们一起去夏威夷旅游的照片。那时候真的很快乐，我们一起吃乌冬面，一起去旅游，了解珍珠港的历史。记得有个骑马的活动，我得了第一名，当时那个得意啊……

后来我上了六年级，和你踏上了一系列的出国旅程。我们去了美国、加拿大、马来西亚，当时我和你一起演讲，一起结识了不起的人物。相册里还保留着我们一起在加拿大跑步和一起去尼亚加拉大瀑布游玩的照片。

说实话，当时天天和你在一起还是很紧张的，特别是那时候天天背《新概念英语》《论语》和《道德经》。当时我不是很喜欢你，也不知道为什么，那些不愉快的回忆，现在如果不仔细想的话全都被我抛到了九霄云外！

记得去年，我们又有了新的矛盾，甚至是我们矛盾最深的一次。我翻着相册，在我们产生矛盾的前两天，我们还自拍了一张照片，就是我们一起去看花的时候我背起了你，和你合影。这张照片与第一张照片就有了很大的对比：第一张照片你背我，最后一张照片我背你。

说实话，你性格太急，所以我一直怕你，不想和你在一起。长大以后，发现你在改变，改变了很多！我可以告诉你，作为一个父亲，你是成功的，你给我树立了一个很好的榜样，让我去学习超越。不过你要注意，作为一个丈夫，你还有待加强，时刻要记住妈妈是一个女人，需要被关心！

最后还是想把筷子兄弟的一首歌送给你，谨以此表达对爸爸的祝福：节日快乐！爸爸，我爱你。

总是向你索取
却不曾说谢谢你
直到长大以后
才懂得你不容易
每次离开
总是装作轻松的样子
微笑着说回去吧
转身泪湿眼底
多想和从前一样
牵你温暖手掌
可是你不在我身旁
托清风捎去安康
时光时光慢些吧
不要再让你变老了
我愿用我一切
换你岁月长留
一生要强的爸爸
我能为你做些什么
微不足道的关心 收下吧

谢谢你做的一切
双手撑起我们的家
总是竭尽所有
把最好的给我
我是你的骄傲吗
还在为我而担心吗
你牵挂的孩子啊
长大啦

2020年6月21日

生日快乐

今天是我们住家男主人的生日，首先祝他生日快乐。

我感觉这个伯伯特别会享受生活。每天早上，他都会煮一杯意大利咖啡，然后坐在沙发上，边喝咖啡边看电视。中午的时候他会到门口或者后院的懒人椅上躺着，戴个墨镜晒太阳，具体的位置取决于太阳在哪儿。晚上如果天气好，他会到烤炉那边做烧烤，一边坐着一边烧烤。

这个男主人非常温和，不禁让我想起另外一个和他完全相反的寄宿家庭男主人，就是我第一个住家的 Mr King。他们两个简直是两个极端。记得那时候我还小，每到晚上 Mr King 就会拿着啤酒躺到沙发上看新闻，不停地嚷嚷着，典型的美国男人。虽然 Mr King 很好，但是他脾气一向暴躁。我、Mr King 和小 Chris 还有一个小秘密：出去玩儿的时候，假如看到很漂亮的女生，就会告诉另外两人几点钟方向有好看的女生。后来渐渐地都忘了这茬儿，现在回忆起来感觉很有趣。

做得最好的应该就是我的第二个住家男主人，风度翩翩，张弛有度。我和他们在一起度过了特别愉快的日子，现在想起来，真的很好。

2020 年 6 月 22 日

道阻且长

《说唱听我的》第二期如约而至。第一期出现了很多我感觉不错的新人，特别是魔动闪霸里的 aZi 和 Smelly D。这两个人很独特，唱得非常前卫，旋律也很惊艳，其中一人唱的一首歌，还火了。不过我最欣赏的是他们两个的兄弟情谊，一个人被淘汰了，另外一个甚至哭了。

还有就是抖音说唱歌手Oliver，我一直关注着他。他的技术确实很强，不过很多职业说唱歌手很看不起抖音说唱歌手，这次Oliver过来就是为了证明实力。他的腔调和flow都很专业，虽然失败了，但是败给一个很强的对手也是虽败犹荣了。

新的一期里，大概都是说唱OG级别的人物，像小安迪、CREAM D、JD都出现了，并且奉上了很多精彩的演出。但是他们唱完以后，我发现了一个问题，就是新人和这些玩儿了特别久说唱的前辈们，其实水平都差不多。也就是说，中文说唱其实到达了一个瓶颈，除非有人像国外的那些天才说唱歌手一样做出好听的嘻哈音乐，不然中文说唱这一块很难再突破。

就像PO8曾经说过的："这是一场辛苦又漫长的嘻哈徒远军。"

2020年6月23日

端午安康

马上就是端午节了。以前过端午节，只知道吃粽子。越长大，我越发现身上炎黄子孙的血脉好像觉醒了。也许是我在国外的原因吧，对中国文化特别看重。每次有老外看不起中国的时候，我都会非常气愤。

今天中午，我对端午节做了一波调查。外国的传统节日多是出自圣经，比如万圣节、复活节。而中国有很多传统节日都有典故，端午节的典故，从小学六年级学习中国文化时我就有了一定的了解。

我国伟大诗人屈原，出生在战国时期，是楚国人。他不仅是一个诗人，还是一个有思想的政治家。《楚辞·渔父》中有云："举世皆浊我独清，众人皆醉我独醒。"可能这就是屈原的感受吧。这种悲愤的感受使屈原跳江自尽。于是，中国历史上一位伟大的诗人就此仙逝。后人为了纪念他，每年农历五月初五，就会往江里扔粽子。

还有很多种说法，也有纪念伍子胥、曹娥及介子推等说法。在我看来，端午节的寓意就是为了向我们的祖宗和这些人致敬。

2020年6月24日

一波三折

我们买机票的经历真可谓一波三折，下面我就来记录一下我们一家人买机票的经历。

首先，当我们还没有意识到买机票如此困难时，哥哥买了一张加航的机票。本以为我们运气特别好，因为当别人的航班屡屡被取消时，我们没有收到任何被取消的消息。可惜最后还是被改签了，一共改签了三次，每次到最后都被取消了。

于是，我开始寻求别人的帮助。我找到了一个同学，他说他有机票，只不过这个机票有点麻烦，是先从加拿大到韩国，再从韩国到柬埔寨，再从柬埔寨回国。转机次数非常多，而且还有可能被扣下，有的人成功过，也有人失败过。但是为了早点儿回国，我们依旧定下了这张23日的机票。

可我们意识到这张机票终究不保险，于是我找到了好朋友。当时他给我推荐了一个姐姐，说这个姐姐可以帮我们买到机票。于是我们退掉从柬埔寨转机的票，一心一意等着姐姐，没想到一直没等上。就在昨天我和那个柬埔寨同学聊天时，才知道他们转机转得非常顺利。

于是，为了最后的保险，我们交了20,000块钱定金，以防万一这个姐姐27日也没有机票。

这次的经历其实让我收获蛮多的。首先就是要果断，不能优柔寡断；其次就是要多重保险，要未雨绸缪；而最重要的是相信自己，要临危不乱。当时3月的时候，我就应该坚持自己的选择。

2020年6月25日

世界和平

今天在网上看到一个视频，感想颇多。

视频是由一个在中国深圳生活了10年的外国人拍的，拍完以后发到了YouTube上。这个视频的内容是关于外国媒体如何歪曲报道中国的。

这个外国人说，他在中国生活了10年，而且两年前就已经定居深圳了。因为他在中国也想看到外国的新闻，于是就下载了一个软件。但是，当他翻开“中国新闻”的时候，却发现几乎所有有关中国的新闻都是负面的。

他举了个例子，就是几个月前，中国研发团队发明了一个比现在市面上任何一个相机都要好的相机，分辨率也好很多倍，明明这是一件非常好、非常正面的事情，可外国媒体依旧把这件事说成是负面的，说是因为中国政府想要监视人民监视得更清楚，而这款相机的分辨率能做到监视人民的一举一动。

我能理解他们为什么这么做，因为中国的实力全速发展，像华为做的芯片，让他们恐慌被打破垄断。

有很多在中国生活的老外，也在这个视频底下评论，为中国发声。

希望这个世界能够和平、富有正义。

2020年6月26日

整 理 行 李

今天终于认真地把我房间里的所有衣服整理了一下。不整理不知道，一整理吓一跳，我竟然有这么多衣服。于是我和妈妈视频，在妈妈的监督和指导下，我开始收拾起了行李。

东西很多，我把大皮箱拿了出来，先把所有的鞋子放进皮箱里。我发现不仅有运动鞋，还有拖鞋、皮鞋、雪地靴。塞满一大格后，发现还有很多空隙，于是就把许多衬衫、T恤和短裤都塞到这些缝隙里，还把很多袜子都塞到鞋子里，完完全全地利用好空间。

收拾完大皮箱后就开始收拾另外一个皮箱，这时候我发现有很多东西都拿不了了，于是就扔掉了好多东西，其中包括一件风衣、几件T恤。不过有几件卫衣特别犯难到底该不该扔掉，比如说有一件设计非常好也挺贵的外套，陪了我很久，妈妈也很喜欢。可是我穿起来有点小了，不知道到底该不该扔。还有一件就是我去年出国之前和我的三个朋友一人一件的兄弟装，虽然不是很好看，也不是很贵，但就是不舍得扔。它代表了我和同学之间的友谊。

还有很多东西我都不舍得扔，可惜不扔也得扔。有很多东西，我马上就见不到了，最近几天可以多感受一下这个家。

2020年6月27日

平淡是真

就在这周我完成了自己觉得写得最好的一首歌，找好了伴奏，并且写完了词，还用手机录了一下。这首歌的名字叫《好好学习天天向上》。我特别喜欢这首歌，因为在这首歌里写了很多很真实的话，而且 flow 的编排我认为也很出彩。

写完这首歌后，迫切想得到别人的认可，于是我就把这首歌发给了一个我很崇拜的女说唱歌手。她给我的回复令我非常开心和满足。她的评价是："拍子和韵挺好的。多尝试正反拍切换，变换 flow 和韵脚放的位置听起来会更好。加油，下次可以注意整首歌的结构编排，从弱到强，注意 flow 的切换。你基本上 flow 没怎么变，把基本的 bar（停顿）切分开，不如 8

拍换 16 拍，或者三连音。”

要知道，她可是专业的说唱歌手，我能得到她一个不错的评价已经非常满足了。我会写出更好的歌曲的。

到加拿大以来，我写了无数段落和词，但真正完成的歌曲只有八首。现在听以前写的歌会感觉特别稚嫩，不过我很开心，因为我没有满足于现状，而是不停地进步。以后听我今天写的这首歌，应该也会感觉稚嫩吧。

2020 年 6 月 28 日

惊喜蛋糕

我一直说，来多伦多学习一个很大的收获，就是遇到了很多值得深交的朋友。虽然这个地方有很多不学无术的富二代，但我非常幸运地来到了我们这个学校，这里面的中国人有很多是非常值得交往的。

今天下午，我们家的门铃突然响了，来了一个小哥，手里拿着一个蛋糕，上面有一串英文字母。我以为是住家或者其他人有谁过生日呢，但发现他们家没人过生日。于是，我在手机上查了一下蛋糕上那一串英文字母，竟然是一路顺风的意思。

联想到我马上就要踏上回国的飞机，我猜想这个蛋糕应该是送给我的。

但到底是谁送给我的呢？正当我百思不得其解时，朋友给我发来了一段话：“给你补一个生日礼物，是想着别让你在多伦多留遗憾。毕竟你今年的生日没过，算是朋友给你的回国礼物吧。还有就是一路顺风，以后有机会回国见！”

说实话看到这句话的时候，我不禁有点泪目。我更加坚定我不后悔交到这群朋友，更不后悔出国留学。

2020年6月29日

曲终人散

这是我在多伦多写下的最后一篇日记了。翻了一下日记，在多伦多写的第一篇日记是2019年9月26日，第一天上学是2019年9月30日。那时一切都显得很陌生，不过270多天后，一切都很熟悉了。

我很想尽快睡着，但脑海里全是早上起床出门之后的风景，校车载我上学途中的风景，周末出去和朋友玩儿的风景以及与我同行同乐朋友的身影，挥之不去……

现在我脑海里画面一帧一帧地闪过，想写出来，却又无从下手。我想让这些回忆全部定格在脑海里，可却显得力不从心。我悄悄地走了，正如我悄悄地来。

有一种感觉不知道你们能不能理解，本来在脑海里想写的东西和构思的东西很多也很美好，但真正执笔写起来，却又无从下手，词句从笔下挤不出来。我现在就是这种感觉，一种让人很痛苦的感觉。我想把这些回忆都写下来，却写不下去。我不想扔掉作业和一些没用的东西，因为有些东西即使没用也陪伴了我很久，但现实的残酷就是只能选择有限的东西带走，而且必须是有用的东西。或许这就是多愁善感的人爱囤积东西从不舍得扔掉的原因，他们喜新恋旧，不舍得任何一个人哪怕是物品的离开。

我讨厌分别，这是这个世界上最痛苦的感觉，尤其是我付出心血之后却依旧要分别，再也不见。很多年前，于老师回东北之前跟我说了一句话，我不懂，问为什么我们不能一直联系。两年后，每当我想起于老师，回忆都是美好的，美好到我可以瞬间忘掉现在的痛苦。我清晰地记得每次与我真正喜欢和真正爱的人分别，我都会哭。这种感觉我不想经历，却又不得不经历。它会让你成长，但我却不想这样成长。

所以，当曲终，人也就散了。

2020年6月30日

起程回家

今天是6月的最后一天，也是我起程回国的一天。现在我已经到达温哥华机场的登机口，浑身上下特别安逸，不过迎接我的将是长达14个小时的飞行旅程。

也许是不舍，今天早上我五点就起床了。三个小时后，我坐车去往多伦多皮尔逊机场。

离开的感觉很不真实，同时又是那么顺利。一般离开好像都是阴天，今天却出奇的晴朗。我望着卧室窗外的风景，跟住家说，以前每天早上起来最不愿意走的就是这条路。因为哪怕是寒冷的冬天，每天早上我也得早起去坐校车，这条路我大概走了两百多次。以前很讨厌这条路，现在却变得很不舍。

走的时候，两个老人家坐在门口的懒人椅上看着我，目送着我离去。我总是感觉我丢了点儿什么，但明明我已经检查了无数遍，什么东西都没丢。可能我丢掉的是这一学期的欢乐吧。

本来在我的预想中，登机应该是无比困难的。结果从托运行李到安全检查再到登机，都无比顺利。甚至我还在登机口等了四个小时，让我后悔离开家太早了。

到了飞机上，我一觉就五个小时过去了。下了飞机后，也是无比顺利。我在候机厅等了一会儿，很多中国人就开始排队了。我以为已经开始托运行李，没想到他们只是提前好久去排队。无奈我被卡在中间想出也出不去，足足在这个队里站了三个小时。

虽然这一次托运、检票、安检要比以往麻烦很多，但凭我多年坐飞机的经验，还是无比顺利地进入了登机口。现在是温哥华时间晚上9:21，我将在凌晨12点的时候进行登机。祝我最后一关——温哥华到成都也很顺利。

2020年7月1日

旅途顺利

这么多年来，我坐过的飞机不下五十次，但这次从温哥华回北京对我来说无疑是一个挑战。

以前虽然经常坐这种十几个小时的长途飞机，但从来没有一个人坐过，今天还是头一回。不过我相信，坐过这么多次飞机的我，流程看也该看明白了。

当我到达温哥华后，我便躺在椅子上等待着成都航空值机柜台开门。正当我看着电影的时候，突然发现值机柜台门开了，我自然以为可以开始托运了。但也不知道是哪个人开始提前排队，其他人也跟他一起排队。我就在这个队中间站着，站了三个小时。这不禁让我想起以前军训的时候，好在还有一个小推车能让我放沉重的书包。

经过一系列复杂的流程，我终于进了登机口。到这时，我才发现整个温哥华机场仿佛为我们一架航班所开，除了我们这个航班外，再没有其他飞机了，就连免税店也是为我们开的。

最终，我登上了飞机。坐在我旁边的是一位叫小孙的同学，和我年龄差不多，一看就是一个特别善良的人。他的神态和长相特别像我小学同学杨宇棋，于是我打算和他聊一会儿。但还没开始聊呢我就睡着了，一觉醒来，已经飞行了十个小时了，还差四个小时就到成都了。连我自己都没想到我这么能睡。

2020年7月2日

终 于 回 国

四个小时后，我们如约降落到成都。我以为这就完了，殊不知还有更多考验在等着我。首先是飞机降落后，中国海关的志愿者上飞机来检查了一番，之后，我就开始下飞机。

当我踏上祖国大地的那一刻，内心无比安逸。殊不知，此后我还将面临一系列考验。我们先是被带到一个地方做核酸检测，那里的所有工作人员都很严肃。我原本以为抽血已经挺恐怖的了，没想到这个核酸检测让我更加难受。首先是把一个小棍子插到鼻孔里，让我无比难受；然后又是拿一根棉签插进我的喉咙，让我想吐，不想再做第二次了。我发现很多女生竟然都失声哭了出来。

做完核酸检测以后，我和小孙就开始了一系列等待，等待过中国海关。这次过海关平均一个人就得三到四分钟。我们等了大概两个小时，不同的是我们这次全都背着无比沉重的背包。过完海关以后，我的肩膀虽然很疼，但无比激动。

然后我就到达了酒店。酒店的一系列设施都让我特别开心，比我想象中的要好，而且酒店的政策也非常开明。我们拿到核酸检测结果后，第二天就可以点外卖。虽然我不打算经常点，但还是打算点一次，为了我好久没有吃到中餐的胃。

这次令我感动的是我爸爸，他千里迢迢来到成都，就是为了能在窗户那儿看我一眼，给我送一些吃的，真是“可怜天下父母心”啊！

2020年7月3日

隔离生活

我感觉我们住的是当地酒店里最好的那个，没有之一。

首先是环境，作为希尔顿旗下很出名的一家酒店，欢朋酒店的设施非常先进。虽然整个房间很小，但是床非常大，而且也显得非常空旷。为什么说先进呢？因为科技感很强，很多按钮还有灯，以及其他设施都很高科技。环境那叫一个干净。

还有就是他们的防护措施和政策。我们刚到酒店的时候，他们就对我们和我们的行李进行了一系列消毒。为了降低风险，酒店甚至关闭了所有空调，因为中央空调也是一种传播病毒的介质。这也成为酒店唯一的缺点，就是很热。不过，当核酸检测结果出来以后，我们这批人没有一个被感染的。酒店不仅让点外卖，空调系统也开启了，可谓非常变通。

还有就是伙食了。我到现在已经吃了他们家的四顿饭，也看了这里的菜单，从周一到周日，每天午饭和晚饭所有菜品都不重样，荤素搭配非常健康，而且做得也非常好吃。你也可以选择不吃这里的饭菜，没有强制性消费。

还有就是可以给前台打电话买很多生活必需品，比如说很大瓶的矿泉水，因为我这个人经常口渴；还有像洁面乳、插电板等。

所以说我觉得这个酒店是真的好。

2020年7月4日

篮 球 魅 力

最近CBA联赛复赛了，说实话我以前虽然喜欢看NBA联赛，但是从来不怎么看CBA，因为我觉得CBA联赛的技术含量挺低的。直到后来华人之光林书豪回到国内加入了CBA联赛的北京队，我才开始看起了CBA。

虽然CBA的技术含量比NBA要低很多，有时候我都有一种恨铁不成钢的感觉，但这次我惊讶地发现，CBA的技术含量好像提升了很多。有些三分非常强，而且有很多新生代球员非常出色。

刚刚我就看了一场非常激烈的比赛，是深圳队对战山东队。刚开始，山东队就被深圳队压着打，一直压到第三节。每次山东队一有起色，投进了两三颗球，立马就会被深圳队追回来。但就在这种一直没有反超的情况下，山东队的很多老将和小将却没有气馁，都在疯狂找机会投三分，所以我就笃定这场比赛山东队会赢。到了最后竟然打平了，进入了加时赛。

我认为篮球必须抓住机会，头脑必须非常清晰。这群山东队员在防守上死死咬住深圳队，在进攻端跟很年轻的球员打开局面。当深圳队投进一个三分以后，山东队立马还以颜色，最终山东队果然赢了。

篮球更加能够创造奇迹，我认为这就是篮球的魅力吧。

2020年7月5日

美国总统参选人

今天下午我看到了一个令人震惊的消息，就是美国一个知名黑人说唱歌手，也是一个非常著名的潮牌主理人，要参加2024年的美国总统大选。

我先介绍一下这个说唱歌手。这个人叫Kanye West，特别传奇，做了很多很厉害的歌。之后，他更是和阿迪达斯合作推出了现在家喻户晓的“椰子鞋”，不仅外观看起来非常帅，而且穿着还很舒服。

如此传奇的一个人物，也算是我的偶像吧。因为我不仅喜欢说唱，还喜欢潮牌。他还娶了一个非常漂亮的老婆，感觉已经走上了人生巅峰。只不过，如果是他做美国总统，站在国家角度想的话，那可能是不好的。因为也许他在说唱和潮牌这一领域是大师，但我相信他对政治和军事以及经济方面应该不如其他人。他去参选可能就是心中的自负吧，而且因为他是明星，有很多粉丝，还真有可能很多人会选他。

2020年7月6日

上网课有感

今天是我回国后第一天上网课，昨晚设下闹铃就早早睡了，今天一大早，我就做好了充分的准备。

第一节是罗老师的英语课，好久没有上罗老师的英语课了，但感觉他的风格一点也没变，声音永远都是那么温柔。可惜这节课没有上多久，因为他们要开始做听力考试了，我没有准备所以就不考了。

第二节是王老师的化学课。由于这个班比较特殊，所以只有四到六个人打算报考化学。化学学到后面实在太难了，想挑战的人寥寥无几。我没有学之前的内容，现在学起来肯定更难，所以也放弃了考化学。

第三节课收获最大，因为是贺老师的数学课。以前是相对来说没有什么教师经验的张老师给我们上数学课。虽然张老师人特别好，但有时候讲得不是特别清楚。贺老师一句话就能讲懂一个知识点，虽然他很严，但就像查老师一样，严师才能出高徒。因为我前面没有学，所以在他们做题的时候，我和贺老师补学了一些以前的知识点。贺老师不愧是名师，一讲就透，我一下子就会了。

期待明天的课啦！

2020年7月7日

三 百 篇 整

好消息好消息！2020年7月7日这一天我写的这篇日记，是我写的第300篇日记。时间过得真快，当初觉得写日记真的是一件很漫长的事情，没想到一晃就过去了300天。

2019年9月13日，那天我第一次写日记。记得那天我和爸爸妈妈一起去赏花，开了好久的车，一直没吃到晚饭。我当时感觉都有点饿晕了。

2019年10月30日，我在学校过万圣节。那是我在加拿大学校的第一个月，也是我写的第50篇日记，那些奇特的装束我仍历历在目。

2019年12月20日，那时候我在哥哥那里，马上要过新年了，我写下了我的第100篇日记。

2020年3月30日，我写下了我的第200篇日记，那时候我居家隔离上网课的生活也正式开始了。真是没想到，我在加拿大的最后100天，竟然是在一个屋子里度过的。

一晃，现在已经7月了，感觉马上又要秋天了。秋天完了又要冬天了，而冬天仿佛就在昨天。冬天我最大的回忆就是每天上完课就去篮球队进行训练，或者打比赛，赛完我拖着疲倦的身体打车回家。因为我懒得换裤子，所以往往是穿着一条短裤走在冰天雪地的白雪里，不过那个回忆是真的美好啊。

2020年7月8日

力不从心

最近几天一直上网课。说实话，要不是这个网课只持续一周，我还真的有一种力不从心的感觉。甚至只上了几天课，我就感觉有点失去信心了。尤其是数学课，第一次上数学课的时候，我就感受到了贺老师的严厉。但贺老师很厉害，他一讲我就会了。

课后做作业、刷题，是我最痛苦的时候。昨天，我接连做了三个小时的数学，还一直问我的同学有关微积分的问题。三个小时过后，我还是感觉看到题就蒙。

好在今天的压力不是特别大，只是复习巩固了一些公式和计算方法。

我还有经济课、物理课要补，真的是重任在肩。不过，这种有压力的感觉，比每天游手好闲、吊儿郎当的感觉要好。虽然有时候我会很累，但害怕让别人失望，这成了督促我的动力。

可惜的是，明天上物理课的时候酒店叫我去验血，我只能委托一个同学帮我录屏。这两天我们酒店又新来了一批人，因为酒店不确定会不会有阳性人员，所以又把我们的空调关了。

2020 年 7 月 9 日

默契依旧

今天晚上我非常开心，因为在加拿大时我们四个最好的朋友终于又聚在一起聊天儿了。最有趣的就是我和史可鉴相互品鉴的事儿，我们两个在我们四个人的群里各发了自己喜欢的一双鞋，让另外两个人评价哪双鞋更好看。

评着评着，就聊到了一起，我们四个人聊天儿还是那么默契，那么合拍。我们四个“分道扬镳”以后，都回到中国，却天各一方。我在成都，史可鉴在上海，Kevin 在北京，Emma 在内蒙古。我们都遇到了自己的难题，但是我们互相给了对方一些建议，比如说 Kevin 和他爸爸吵架了，Emma 的手机被偷了。

聊着聊着，我们四个不约而同地想再去一次大瀑布。但看样子是去不了了，也许可以去国内的一个地方一起玩儿一次，于是我们就想到了成都。他们三个也特别想再出来放松一次，我也好久没跟他们聚了。

好想他们。

2020 年 7 月 10 日

两门难课

今天是周五，也是我在国内上网课的最后一天。过去的五天，我接受了新 11 年级的课程，并且深有感触。

首先是数学，让我感触最大。我们已经开始学微积分了，虽然学的是微积分里最基础的求导，但特别难。求导完了还有微分，微分完了还有更难的积分。我的同学们都已经学了一年了，刚开始我自信心有点被击垮，但我还是很认真地去学了。当我开始学求导时，发现还有两三个同学进度和我竟然是一样的，这很大程度上增加了我的自信心。刚开始学的时候，我很努力地在听，但有时候真的感觉听不懂，或者即使以为懂了，做题的时候依旧不会，需要老师给我讲很多遍。经过这五天的训练，还有天天做题，今天终于掌握了 80% 的求导知识，剩下的 20% 还是有点不熟练。

其他课程我想说的就是物理。我发现物理其实比数学更难，因为物理是建立在数学的基础上的，只有学好数学才能学好物理，现在数学我还没学明白呢。

不过这几个老师讲得是真的好，这一点毋庸置疑。我对自己还是充满信心的。

2020 年 7 月 11 日

友谊依旧

今天我非常开心，不是因为别的，就是因为一件“小事”。

之前我也在日记里说过，我在加拿大的时候，慢慢地与南昊延疏远了很多。最近我不是回国上学了吗，和南昊延又开始聊起来了。

这让我很开心，因为本来我和他很有距离感，现在这个距离慢慢地消散。我们甚至一天有三四个小时都在聊天儿，憋了这么一年，有太多话想说给对方听。

我们先回忆了在临川的时光，因为我们学校马上就要搬迁了。虽然很憧憬新校区，但是永远都不会忘记在临川的那些年。我们从同学聊到老师，从足球场聊到篮球场再聊到教室、宿舍，满满的都是回忆。

聊完了学校，我们就开始聊不在对方身边的这些日子发生的一些事情，一些有趣或有意义的事情。聊完这些以后，我们又开始聊当下热门的话题，聊热点新闻，聊政治、历史，还有减肥。

终于，他回来了。

2020年7月12日

“高危职业”

南昊延在韩国，给我讲起了韩国的政治和历史，于是我们就聊到了一个话题，那就是韩国的总统。

非常有趣的是，前些年，有一家权威的排行机构做了一个全球最高危职业排行调查，其中很多职业都是我们公认非常危险的，但我发现最危险的职业竟然是韩国总统。

2020年7月13日

更加独立

还有几天，我们就要结束隔离了，准确来说，16日上午我们就要退房了。想到这里，我竟然对这个住了十几天的小房间有点恋恋不舍。

今天，我把整个房间大扫除了一下，尽量让它还原我刚来时的干净和整洁。前几天我没有收拾，所以房间挺乱的，让我瞬间知道了我以后要是独居的话房间肯定会很乱。

这几天在酒店，早上一起床就吃他们送过来的早饭。我很少吃早饭，但这里的早饭却让我特别有胃口。一般的搭配就是一个鸡蛋、一块红薯、一根香肠，外加几个馒头，还有很多咸菜作为点睛之笔。

前十天，原本我好像大部分吃的都是酒店给的午饭和晚饭，但是我已经在加拿大生活了那么久，我的胃也跟我闹脾气，说特别想吃一些中餐，于是我开始点外卖。吃到中国的外卖，真的是很久违的感觉。

最近一直沉迷于读书无法自拔，虽然我依旧看不进去那种很高深、很有文采、很富有哲理的书，但对于武侠小说，我依旧不会抗拒。

总而言之，这段隔离期我觉得很有意义。无论是好事还是坏事，只要经历过就一定会成长。就像这次，我觉得我变得更加独立，并且更加会安排我的时间了。

2020年7月15日

隔离总结

明天早上8点，我就要退房了。记得在家的时候，每周日我都要做个总结，今天我也做一个隔离总结吧。

刚到这个酒店时，我是非常开心的，但对于酒店环境，我还有很多的不放心。

刚进房间，我的第一感觉就是热。当时酒店还不让开空调，大晚上睡觉会被热醒，所以对这个酒店第一印象是很差的，但第二天等核酸检测结果出来后就完美了。从环境上来说，这是一个希尔顿旗下的连锁酒店，所以设施应有尽有，而且都很高科技，让开空调也让订外卖。

在酒店，我开启了网课之旅。简简单单一周的网课让我重新回到了中国的学习氛围和学习状态，让我明白了，我们这里学的东西是多么难，同时我又看到了这么多的好老师和这么多的好同学，我们一起努力就会信心倍增。

总之，这次的隔离生活简单而又充实，快乐且有收获。

2020 年 7 月 16 日

隔离结束

今天简直是太完美了。

早上醒来以后我就去办理了退房手续，还领取了很多证件，然后我就被两个姐姐带走了。这两个姐姐一个姓李，一个姓刘。

我们先去了一趟酒店，叫千禧大酒店，果然那个隔离的酒店跟这种酒店没法比，这个酒店非常豪华。

然后，我们就去了一个挺犄角旮旯的地方理发。本来我以为这个地方应该不太好，但是他给我洗头的时候就像按摩，让我浑身放松，这是我在其他理发店没有享受过的待遇，修剪的发型也是我梦寐以求的。

剪完头发后，我们就去了 IFS 购物中心。记得上次来这个地方的时候，就觉得特别大。这次依旧是这个感觉，甚至比上次还显大，而且那些东西都贵到买不起，所以我就相当于做了一次运动。我和两位姐姐的沟通非常好，一点代沟都没有。

最令我开心的是晚上和许叔叔的见面。许叔叔有一个儿子和我一样大，人也特别好。我们吃饭的时候，我就观察到许叔叔的性格，觉得他非常有魅力，非常豪爽，还会做饭，很会享受生活。他还教我怎么喝啤酒。我不是很喜欢喝啤酒，但我发现我的酒量竟然出奇的好。不过还是感觉啤酒特别难喝，不如雪碧好喝。

后天我的朋友会和我一起去看一场说唱演唱会，所以我可能得大后天走。

成都没有辜负我，期待明天还有后天!

2020 年 7 月 17 日

成 功 气 场

这几年走南闯北，去了不少地方，也见识了不同的人。小时候大大咧咧、没心没肺，什么事都不放在心上。现在有了一个习惯，无论去了哪里，都要眼观六路，耳听八方，什么事情都会在心里进行一些思考。

比如今天下午，我陪许叔叔去高塔的时候，听他讲做生意，我就会在内心进行一些思考。比如叔叔在谈茶楼的生意时就会考虑到不同方面，如年龄段的问题。我特别喜欢许叔叔的生活和工作状态，我想如果未来我要做相同工作的话，我也要像他那样。

今天下午还跟来了一个阿姨。一看到她，我就感觉她是一个事业女强人，我跟她打招呼的时候下意识地喊了一声“阿姨”，结果人家让我喊“姐姐”。我一直都有点不喜欢和那种气场非常强的女生在一起，可能是有点大男子主义吧。我觉得我未来想成就一番大事业的原因就是不想让我被别人的气场压住。我希望以后可以平易近人，但也希望别人在内心会敬畏我。而我现在毕竟还啥也不是，所以气场自然会被压住。

我发现一个现象，无论是李爸爸还是许叔叔甚至是梁校长，这些成功人士都有一个特质，这种特质是学不来的。有很多特质假如在普通人身上体现出来的话，可能就是没礼貌，但在他们身上体现出来就是优点。

这次来成都让我彻底确定我未来不管做什么，都要做到让别人打心眼里尊重我，甚至让别人羡慕我，学习我。要做到这些，还得不断地学习、成长，不断进步。

2020年7月18日

鬼屋惊魂

记得上次去鬼屋是在加拿大的瀑布那边。我和三个朋友一起进去后，四个人都特胆小，是抱在一起走完全程的，中途有NPC（鬼屋里扮演鬼的人）的时候我还被人背叛了。本来上次说再也不想去了，没想到这么快又要进鬼屋了。

这次是我和许丞禄两个人一起去，听说他还挺胆大的。后来才知道他没进过鬼屋，所以“胆大”是他自诩的。

进鬼屋之前，有很多人在排队。听说进鬼屋之前可能会被分开，所以我们还花了十块钱买了个驱魔令。

排队时，我们遇到了另外两组人，一组是两个姐姐，另一组是三个哥哥。既然鬼屋一次只能进七个人，我们决定一起组队。没想到排队时，除了有一个玩过的老大哥外，我们几个都怂了，属于是“出师未捷心先怕”吧。

终于，轮到我们进鬼屋了。中途有一个小孩儿被吓哭，然后跑出来了。鬼屋有很多关卡，还会有很多假的鬼；中途会夹杂几个真人扮演的鬼，突然出来吓你几下。最恐怖的在于你明明知道那是个真人，但是他吓你的时候还是很恐怖，因为整个房间是几乎看不见的，还有很多恐怖的音效。最终的关卡甚至还有鬼追你，所以我们七个人就一起跑，出门之后真的很狼狈。

从鬼屋出来之后，我给妈妈打了电话，妈妈让我想一想为什么鬼屋会让人如此恐怖，进鬼屋的意义除了练胆还有什么。我觉得应该是加强人的感情，因为我和朋友全程都十指相扣，还有个小姐姐全程拽着我的衣角。

我准备做一个抖音并且下次去鬼屋的时候打头阵。

2020年7月19日

回到山西

早上醒来，和许叔叔还有他儿子一起骑车去吃了这次在成都的最后一顿饭——马路边边的饺子铺，我吃了一大盘。我发现许叔叔知道好多好吃的地方，不光是我们第一天晚上去的那种很高大上的地方，还有很多路边摊和老店。

在成都的这三天，我增肥八斤。除了吃我还收获了友谊，许叔叔家的许丞禄，还有两个姐姐。尤其是去鬼屋的时候，我和许丞禄两个十指相扣，所以大大地增进了感情。

下午被雪姐送到了机场，才发现两个很尴尬的问题。一是我发现小雯姐姐给我订机票用的是我的身份证，而我的身份证还在我妈妈手上，所以赶紧办理了一个临时身份证。二是我的行李超重了，国内航班的行李托运标准和国际的还不一样，所以又花了两百块钱去托运行李。

坐了两个小时的飞机后，终于回到了山西。我虽然在山西出生并且经常回山西，但我对山西的感情不是那么强烈。回到家后，我见到了妈妈，吃到了妈妈做的可乐鸡翅和包子，我快乐地要起飞。

接下来的两周，我打算沉下心来好好运动和学习。毕竟我胖了很多，而且我还有很多知识点不会。

再见成都，你好山西！

2020年7月20日

青春列车

我希望有个如你一般的人，
如这山间清晨一般明亮清爽的人，
如奔赴古城道路上阳光一般的人，
温暖而不炙热，覆盖我所有肌肤。
由起点到夜晚，由山野到书房，

一切问题的答案都很简单。

我希望有个如你一般的人，

贯彻未来，数遍生命的公路牌。

——张嘉佳《从你的全世界路过》

记得2017年9月，在八年级班级书柜的一个角落发现了这本书。我开始看这本书，看着看着，心里想：这写的啥啊？整本书的故事都不是连贯的，偶尔会抛出几个看似很伤感的句子，还不如看童话去呢。于是，除了几处写得很幽默的地方，整本书我就没看懂了。

三年后的今天，我捧着这本书回忆着这三年的时光。作者说："一个人的记忆就是一座城市，时间腐蚀着一切建筑，把高楼和道路全部沙化。如果你不往前走，就会被沙子掩埋。所以我们泪流满面，步步回头，可是只能往前走。"我经常回忆，回忆着回忆着就会哭，哭完了就继续生活。那时在我看来仅仅是伤感的句子，现在已经被我当作金句收藏在手机里。

但今天的主角毕竟不是我而是他。我想，如果有一天我经历的多了，我可能也会像作者这样把经历编成书，把形形色色的云云过客当成这本书的书签，让全世界的人喜欢这本书。

就像作者在这本书里说的，其实这本书中，一部分连短篇都算不上，充其量是随笔，甚至是涂鸦。但我知道，它们能给喜欢的人一点点力量，一点点面对自己的力量。因为在过去的岁月，我们都想拥有一个人的全世界，可是只能路过。

但是，这个所谓的“睡前故事”里的故事却让我很多次都感动得无法入睡。这本书里的爱情故事非常接地气，仿佛无声无息，却又轰轰烈烈。我知道，一本读后感里不能写太多的故事情节。只是，我不仅想把故事分享给看过我这篇文章的人，更想把我喜欢的故事记录下来，放到那个记忆的沙城，再往前走的时候，偶尔回头来看看，也会给我莫大的力量。

第一个故事发生在六年级的时候，他喜欢他的班长同桌，所以每次午休时就故意把头探起来不好好睡觉，让监视他们睡觉的班长故意把他记到小本本上。就这样到了学期末，小本本上的所有名字被班主任知道后都打了手背，唯独他没有。就这样，他们毕了业。他的班长同桌在临走前给了他一个记名册，上面密密麻麻的记录里，每一天，都有一个名字被圆珠笔涂成一个蓝块。他这时才意识到，哦，原来这就是他们的初恋啊。

我想，小时候的喜欢很简单，不用考虑很多成年人要考虑的因素，但是很少有人敢主动表白，往往都是藏在心里。所以，初恋是一个人的兵荒马乱。后来，他再也没见过同桌班长，班长永远地停留在了他的六年级。

第二个故事叫猪头的爱情故事。猪头是他的大学室友，人如其名，长得不帅。当年他们宿舍的四个人，学期末都穷得叮当响，连续几天没吃饭，饿得晕头转向。猪头实在饿得不行了，有天晚上，他就出门了。第二天早上，宿舍里多了几碗热腾腾的汤。猪头笑着说：“我们真傻，食堂的汤是免费的。”这时他又喃喃地来了一句：“如果有炭烤生蚝吃该多好呀，多加蒜蓉，烤到吱吱冒水。”

不知从什么时候开始，猪头喜欢上了校花崔敏。本来猪头不敢跟她说话，但有天学校的公告栏上写着“某系的崔敏同学偷了室友的一千块钱”，崔敏顿时成为众矢之的。那天晚上，猪头很艰难地在学校操场跑了三圈，仿佛这样猪头就可以追到崔敏。那晚以后，猪头拼命赚钱，希望赚完钱以后可以还给被偷的那个同学，证明崔敏的清白。可惜，那个同学转学了。多年以后，他和猪头再聚，点了一份炭烤生蚝，多加蒜蓉，烤到吱吱冒水。猪头马上要结婚了，结婚的对象就是崔敏。那晚上猪头喝醉了，拼命地跟他说那钱不是崔敏偷的。

第三个故事是管春的故事。管春是一个路痴，他的女朋友叫毛毛。管春经营着一家生意不怎么好的酒吧。管春天天和毛毛吵架，吵架的内容就是毛毛想卖掉酒吧，管春不同意。有一次吵架，管春去上厕所，结果迷路了，生生地迷路半天，最后还是打车回去的。

后来，俩人分手了。毛毛找了一个家具商，管春酒吧的生意越来越好。再后来，管春载着作者本来想回家，结果迷路了，一直迷路到了安徽，车抛锚了。他们打开后备厢，里面全是毛毛的东西，管春一边嘴上骂着毛毛一边心里想着她。然后，车被拖走了，载着一后备厢的东西。临走之前，作者拿了一个毛毛写给管春的卡片，上面的句子是她写的，毛毛当时说这就是她对管春的要求。后来，毛毛被人骗了，欠下一屁股债。听到这个消息后，管春带着作者去了毛毛的小区，狠下心来撞了毛毛的车。管春把新车撞坏了，还把生意兴隆的酒吧卖了，赔了毛毛75万，但其实毛毛的车只值30多万。后来，管春和作者回到了原先的酒吧，里面生意冷淡，只有一个老板娘。老板娘微笑地抬起头对着管春说："我不会做生意，你可不可以娶我？"管春点了点头。还记得作者当初顺手拿的卡片吗？上面的那句话就是："我希望有个如你一般的人。这世界有人的爱情如山间清爽的风，有人的爱情如古城温暖的阳光。但没关系，最后是你就好。由起点到夜晚，由山野到书房，一切问题的答案都很简单。"

讲完这三篇故事以后，我就该继续往前走了。人生很短，青春更短，没有太多时间给我们留下来回忆。所以，我喜欢拿着相机，把沿途美好的风景和人都拍下来。这样，等我有一天翻翻相册，随手一划，也许，我翻到的就是你。我很讨厌分别，以前我总是希望能和所有朋友都交心，但是于老师跟我说："相逢何必曾相识。"我不懂。前几天离开成都的时候，雪姐送的我，在路上她说："我最讨厌送别人了。"我懂了，一切都懂了，颇有一种"初闻不知曲中意，再听已是曲中人"的感觉。只是曲终了，人散。也许有一天我们会在某个拐角处相遇吧，只是那时候的我也许不是我，你也许也不是你了。最后，这本书的作者还有一句话我特别喜欢，送给你：

在青春的列车上，如果你要提前下车，请别推醒装睡的我，这样我可以沉睡到终点，假装不知道你已经离开。

2020年7月21日

说唱演出

今天写写我看的说唱演出。

我不止一次在日记中说到，我特别热爱说唱，但我一直也没去看过一场说场演出。于是，在成都的最后一天，我就看了一场李佳隆的说唱演出。

我和朋友为了占一个好位置，早早就到了演出现场。说唱演出现场和那种R&B（节奏蓝调）歌手的现场不一样，那种现场一般都在体育场，人一般很多。而说唱歌手一般在LiveHouse演出，LiveHouse是一个相对小一点的空间，因为这样的现场才会更炸！

我刚进去的时候整个LiveHouse很昏暗，但是有各种颜色的灯光。有两个超级大的音响放着音乐，声音大到我都不能和我朋友正常交流了。放的音乐让我不自觉地想跟着一起蹦，蹦了一会儿我就有点出汗了，但是依旧乐此不疲地跳着。

等了一个多小时，开始演出了。李佳隆登场的时候，整个现场开始欢呼尖叫。他们说成都的演出观众的气氛最高昂，果然是这样的。

李佳隆演唱了很多他特别好听的歌:《月儿圆》《回忆垃圾桶》《嗨咯喂》《半山》《我们》《星球坠落》等等，每一首歌我都听得非常爽。以前我其实不是很喜欢李佳隆，这次以后，他在我的心中有了一定的分量了。

我在心里暗暗发誓，如果下次还有说唱演出，我一定要去。

2020 年 7 月 22 日

立志减肥

在加拿大隔离快要走的时候，我是 192 斤。昨天称了一下，217 斤。当时我都懵了，我是怎么做到一个月不到胖了近 30 斤的?

我仔细想了一下，第一就是在隔离的时候，14 天里，酒店的饭基本全都是高盐、高热量，全都是油的那种，而且那时候也不允许出去，我也运动不了。第二就是隔离结束以后我每天胡吃海喝，每次都吃得很撑。

昨天，我在相册里翻到了小时候的照片，不由得想起小时候的我是多么英俊潇洒。记得小时候有好多女生喜欢我，有两个女生后来成了新英才的校花，其中一个还当场向我表白。我感觉小时候的我把一生的桃花运都用尽了。

这极大地刺激了我，我觉得假如我瘦下来肯定特别帅。于是下午我就和妈妈一起去万达办了一张健身卡。

他们先给我测了一下各种数据。我惊讶地发现，我的净身高现在是 189 厘米。虽然我很欣喜，但教练说我只有减到 170 斤左右才是最理想的状态，才能真正把我的优势显现出来。

于是，我准备天天去健身房，让教练带着我做；每天早中晚饭都吃健康食品，争取在明年瘦到 170 斤左右。

2020 年 7 月 23 日

健身开始

今天是我第一天去健身。

之前两天我都在极度严格地控制我的饮食，刚回来的时候，我每天不吃晚饭。后来我发现晚饭得吃，但是得控制早饭、午饭和晚饭的分量，多吃热量低的食物。所以，我和妈妈买了很多菜，还有很多虾、鸡胸肉，还有鸡蛋。总之，什么东西健康就买什么。

七分吃三分练，吃有了，但是还需要练。今天晚上是我第一天正式开始健身。刚开始其实感觉私教不是很必要，但是经过这一天的训练，改变了我对私教的看法。假如我自己一个人瞎练的话，不仅练不好，而且可能会练错地方，有点浪费时间。我这个教练懂得如何在最短的时间做出最有效的减肥计划，而且在我坚持不下去的时候会督促我。如果没有教练的话，我可能做一两下就坚持不下去了。

减肥我觉得贵在坚持。这次我是发自内心地想要减肥，希望一个月后我能瘦 20 斤。

2020 年 7 月 24 日

电 动 小 车

我真是太喜欢骑着电动车的感觉啦！

这两天我一直都去健身房。但是我既没有坐公交车也没有坐出租车，而是骑着一个黄色的电动车。

这个电动车算不上摩托车，但是比自行车要快很多。我每次走在路上，看别人骑着这种电动车就很羡慕。可惜，每次我想去租那个电动车的时候它都会跟我说："未满16周岁不让骑电动车。"连自行车也是这样的，未满16岁感觉什么事情都办不了，只能用妈妈的账号来租车了。

傍晚六点多的时候，我骑上这辆小黄车就开始往万达走。本来觉得万达离家可远了，但是骑了20多分钟就到了。中途我听着音乐，看着路上形形色色的人。有在外面扇扇子的老头儿，有刚放学准备去小卖部买个煎饼的学生，还有焦急地看向学生的家长，一切都是那么日常而又美好。但这些都只是一瞬间，因为一个瞬间以后，我就又骑着我的电动车疾驰而去。

晚上的感觉更好，夜色降临，整个世界安静了下来。我享受着周遭的一切声音，轿车在柏油路上行驶过的那个声音、小饭馆的人们碰杯的声音、一对情侣在路边愉快交谈的声音。偶尔有几个如我一般骑着电动车的人奔向不同的目的地，但是我们在路途中相遇。这么一想好像还挺有哲理的，仿佛人生中各种不同的人，有的人也许只是匆匆一瞥，相当于两个骑着电动车的人在路上相遇但马上又一个左转，一个右转；有的人却一直陪着你走很远，到一个路口也许才会分开，但很少有人会一直陪你到目的地。

所以，珍惜身边的每一个人，无论是你喜欢的还是不喜欢的，无论是匆匆一瞥的还是陪着你走的。就像妈妈说的：草木会发芽，孩子会长大，岁月的列车不为谁停下。匆匆岁月，唯有珍惜。

2020年7月25日

报课焦虑

这是我第三天去健身房了，三天，有三种不同的感触。

第一次去健身时，感觉特别难。尤其是第一天，到后面我压根做不动了，但还是得坚持做完，第一次做完并没有感觉很痛。

第二次做基本上都在练胳膊上的肌肉，回去以后睡了一觉，第二天醒来胳膊直接动不了了。

第三天，也是这次，我感觉无论做什么器材都很得心应手了，而且都能坚持下来，只是在做体能时感觉腿马上就要抽筋了。

我现在面临一个选择：因为我只报了五节课，但是想一个流程做下来的话就得报14节课左右，一节课就得260块钱。妈妈说她不给我出，让我用自己的钱。一听到用自己的钱我就开始顾虑了，因为我不知道如果没有教练的话我自己去健身房训练会是个什么样的结果。有时我自己觉得我可以，但有时候我觉得需要让人家监督我，随时纠正我。

还有一个拉伸课，听起来也很重要。因为我有点驼背，他们说自己是调整不过来的，必须找人协助调整才行。所以我也很迷茫了，我现在是倾向于不报的，因为七分吃三分练。我觉得只要把饮食控制好，一切都没问题。

2020年7月26日

恶补物理

加拿大留学一年，收获很多，同时也耽误了许多国内的课程。

我试着跟了一下十一年级，发现数学和物理有些跟不上，所以只能选择加盟十年级。可是到了十年级才发现，原来我的进度离A班也差着一定距离呢。

于是，这几天我开始疯狂补课，尤其是物理。因为今年10月，我就要去考物理的IGCSE（国际中学教育普通证书）了，所以新的物理老师安排了班里物理学得最好的赵洋给我补课。

赵洋学习非常好，据我所知，他的物理 IG 已经拿到 A*，我很佩服他，自然也很虚心地向他请教。赵洋说话很老成，上课的语气跟老师也很像，只是他写的字和画的笔记显得很稚嫩，不过他讲得非常清楚。

我发现数学和物理学得都很不扎实，时不时就得补一下课，没有系统地学过。虽然没有系统学，但很多知识点我已经学过了，很大一部分功劳是在闫老师那里，他教会了我很多。说实话我上他课的时候，真的感觉物理还挺简单的。

不过，虽然学得快，但是有些知识点还是遗漏了。所以这次补课也很重要，一定要努力才行。

2020 年 7 月 27 日

健 身 收 获

这几天都在健身，今天收获最大。

首先是和妈妈一起到中国银行取当时存在加拿大中国银行的钱，结果发现一次只能取 5000 元，不过好在不用为了取钱再去一次加拿大了。

我用这个钱买了剩下的十节私教课，我觉得妈妈说得很对，钱就要花在刀刃上。

前几天回家后，我的手臂一直很痛，动都动不了。这次去了以后本来想跟教练说不练胳膊了，结果教练给我一掰，竟然不疼了！那没办法啦，还是得练胳膊。

我练了四次，每次都有不同的难度。比如第一次做的时候坚持最难，第二次结束了想恢复最难，而这次就是动作难度最大。因为如果不把动作做对，就会练错地方。而且这次还做了一个很危险的引体向上，我只做了40个，还是在教练扶着的情况下。

这次减肥程度要比上几次好，因为前几次做完以后没有做有氧运动，这次做完健身以后我还跑了30分钟。虽然很艰难，但还是坚持下来了。

加油吧，争取明年就可以减到170斤。

2020年7月28日

老友相聚

今日收获颇丰。

好久没有见到老同学了，像张琳翔、杨浩博等还在临川的同学我也好久没见了。

今天见了两个更久没见的同学，一个是刘思含，一个是王裕博。

在我七年级快读完的时候他们两个就出国读书了，后来也杳无音信。他们出国前，我还特别幼稚，说话很不过脑子，所以可能他们也不会很喜欢我。但是这次见面，他们发现我成熟了很多，而且惊讶于我长了个头儿。

我先和王裕博碰了面，他现在竟然也一米八三了，而且告诉我原来个头儿较矮的吴彦博、谭博文、李泽宙通通都一米八以上了，我真的很惊讶！

然后我们去找了刘思含和张琳翔。她们两个感觉变化不是很大，尤其是刘思含，个头儿也没有长很多。听说她要去公立学校念书了，祝她在新的学习环境里天天向上。

我特别喜欢一句歌词，“我在数着身边剩下谁”。也许很多年过去后，我们都各奔东西，但我还是希望可以像今天这样一起去玩儿密室逃脱，一起在一个饭店边吃饭边玩儿真心话大冒险。

2020年7月29日

耳机相伴

出国之前，妈妈给了我一个AirPods。当时她买了两个，一个给了我，一个想给哥哥，我拿上开开心心地就去加拿大了。

从去年8月开始，它一直陪着我。中途很多次我差点就丢掉了，但每次都有惊无险。记得有次我和南昊延他们去看电影，结果它被我不小心落在了椅子上，还好被保洁阿姨捡到了。

还有一次，到新东方上课的时候，我在蹲坑时也戴着耳机，没想到耳机一下子掉进坑里了。也算神奇，后来它竟然莫名地回来了。

在加拿大，它陪我一起去了很多地方，一起写作业、一起打篮球、一起吃饭。我最喜欢的时光（没有之一）就是每天早上起床，自己炒个鸡蛋，倒杯可乐，再做个三明治，然后戴着它看着综艺节目或者电视剧，沐浴着晨光吃早餐。

正当它马上要被我带回国的时候，就在最后一关，我在飞机上把它放在了零食袋里，吃完零食就把那个袋子扔了。下飞机很久以后才想起来这茬儿，它的生命竟然是被我亲手终结的，我顿时后悔不已。

这次妈妈又把原本要给哥哥的AirPods给了我，我一定全心全意对它，不会让它再丢了。而新的它也已经陪我健身两天了，每次听到音乐，我健身就会事半功倍。

2020年7月30日

回忆过去

我已经离开多伦多一个月了。时间过得真快啊，不由得感到有点儿悲伤。在那里的时候天天盼望着回来，回来以后却天天想那里。呵呵，挺傻的。

现在很多人都说网抑云，意思是现代人每到晚上就喜欢听着伤感的音乐哭。其实就是这样的，人在白天很忙，没空想很多，到了晚上却会胡思乱想，就像Jony J歌词中“偶尔在情绪会泛滥的夜”。

其实，经过了这么多次分别，我发现，想一个地方可能最主要的不是想那个地方，也不是想那个地方的人，而是想当初在那个地方的自己，尤其是当初在那个地方和自己珍惜的人在一起的时光。比如我和朋友出去玩儿的时光，比如我和外国同学学习的时光，比如我和住家吃晚饭的时光。如果只是想人的话，可以联系那个人，但我也不知为何，却有点儿不想联系，或许是有点儿不敢联系。想了很久，发现其实就是想把记忆留在当时。

写了这么多，其实不是在伤感，也不是在感叹，只是想写给自己一个道理。但其实有些道理自己说出来都有些不懂，长大以后慢慢就会懂了。我写过两句歌词："我也相信人会变，相信善良不分贵贱。把吹过的牛兑现，希望马上就蜕变。"因为在很多人眼里，我还是以前的我，或许是三年前的，或许是几个月前的，但其实人每天都会变吧。

你说奇怪不？我有时希望我能变，有时候却希望自己永远不变。

2020年7月31日

出租车司机

今天，下出租车时，我竟然脱口说出一句："Have a nice day（祝您有美好的一天）。"司机看了我一眼，那眼神仿佛在说："你就装吧。"

此情此景，让我想起刚去加拿大时，去哪里都要打车，司机仿佛不是司机，而是朋友。我遇见过跟我聊教育的司机、聊政治的司机、聊爱情的司机，和在加拿大的华裔司机聊得尤其深入。每次聊完后，我都会觉得自己内心的感触越来越多。

人们说："读万卷书，行万里路。行万里路，不如阅人无数。"其中最重要的便是阅人无数。在加拿大，每隔一天，我都有学校的训练。所以每隔一天我都会坐上校车，到一个地方然后打车回家，每一个出租车司机都很不一样。

来到加拿大，我遇到的第一个出租车司机是一个韩国人。我先是和他聊了一下，他了解我的情况以后，主动给我讲了很多多伦多的常识，比如电话卡买哪家的，玩儿的地方在哪里什么的。

在加拿大遇到的最后一个出租车司机是一个非洲裔人，路上听的音乐很符合我口味，虽然我们彼此都戴着口罩没有说话，但让我感动的是下车前，他跟我说了一句："祝你一路平安。"我不禁感慨，可能只有目的地是飞机场时司机和客人临别前用的才是这一句吧。而在平时，用的都是我开头说的那句"Have a nice day"。

我打过太多车，有的一路聊天儿，有的一路沉默，但唯一不变的就是每当要下车的时候，司机和客人总会有一个简短而又温馨的对话："Have a nice day。""You too。"听到这句话，下车后的心情就会不知不觉变好，仿佛这一天真的会变得很开心，若没听到这句话，总会感觉少了点什么。

我没有崇洋媚外，只是很想念每次下车后的好心情；我没有说中国司机不好，只是希望可以得到一个陌生人的祝福；我没有说中文不如英文，只是为中文里没有一句简单的陌生人临别前的祝福而感到惋惜。或许我喜欢北京话的原因是因为地道的北京出租车师傅会在乘客下车前说一句：“慢走了您内。”

2020年8月1日

友谊难存

“友谊就像在山顶的一个天平，只要双方的价值观不一样了，自然就会掉下来。”这是我今天和哥哥聊的时候说的一句话，感觉说得挺对的。

妈妈和俊平阿姨有着长达40多年的友情，最近因为一件事弄得支离破碎！我在想：难道友谊的破裂真的只是因为这一次的事情吗？而这件事情究竟是谁的错？只能说谁也没有错，爸爸没有错，妈妈没有错，甚至在俊平阿姨的价值观里，她也是对的。

我们都明白，交朋友和找女朋友有一定程度上的相似。门当户对是中国人从古至今找对象的标准，例如清华的找北大的；有钱的找有权的；帅的找美的……当然这是在双方都看彼此顺眼的情况下最好的情况。所以，我认为找对象是一种进阶版的交朋友，不仅要价值观相符，而且大部分人会选择找和自身条件差不多的。

但其实交朋友这件事情是不用门当户对的。很多武侠小说中，有魔教的人和正道的人成了朋友，只是因为一个情形，那就是能聊到一块儿。中国成语里有一个形容这样情景的成语：一见如故。

但是，如果两个人所在的环境不一样了、价值观不相符了，前面所提到的交朋友的条件就崩塌了。因此，两人的友谊也随之结束。比如妈妈和俊平阿姨，别看她们有 43 年的友谊，其实在我看来，她们的友谊早已不坚固。

我认为，一对朋友只要分开，双方各奔东西，就很少有能维持下去的了。因为从此以后，双方都有自己的事情要做。首先，他们的共同话题会慢慢变少；其次，相处的时间也会变少。妈妈和俊平阿姨各自早已结婚生子有了自己的生活，能维持这么久的友谊在我看来已经很不错了。因为所在的环境不同，她们的价值观出现了很大的分歧：俊平阿姨认为孩子大于一切，妈妈认为俊平阿姨一定会理解她。于是就这样，俊平阿姨对妈妈失望，妈妈何尝不是对俊平阿姨更失望。

但在我看来有一种能一直陪着你走下去的特殊的友情，那就是相濡以沫的爱情，不过这又另当别论了。总而言之，在我心里朋友永远占据着一席之地，我只希望成年以后也能像现在一样还有几个真心朋友，因为这样的人生才算精彩！

2020年8月2日

努力活着

今天看了个电影《活着》，并不是葛优演的那个《活着》，而是部韩国的丧尸片。电影讲述的是一个黄毛小子和一个黑发丫头在韩国丧尸病毒爆发以后的生存故事。这部电影不像平常的丧尸电影，而是添加了很多创意在里面。

故事一开始，韩国丧尸病毒就爆发了，黄毛小子所在的小区就有特别多被感染的人。黄毛小子是那种天天订外卖不囤粮食的人，所以在家待了几天以后，物资就稀缺得不行了。再加上听到父母和妹妹的死讯，他就想上吊自杀了。结果对面楼里还有一个幸存者黑发丫头，她拿激光笔照射进男主的房间救了黄毛小子一命。

后来他们两个不停地想办法联络并且互相帮助，因为他们两个都有一个共同的目标，就是活下去。

如果说《釜山行》教会我的是人性的话，那么《活着》教会我的就是信念。故事结尾，他们两个终于被救了。只要有活着的信念，就有希望。有希望，不就够了吗？

2020年8月3日

录制《追光》

在前面的日记里，我不止一次地提到过，我非常热爱嘻哈音乐。每次听完一首歌或者写完一句词，都非常有感受。在加拿大的时候，我也天天写词积累，想到一句很好的词就会记在小本本上。慢慢地，我的曲库中攒下很多歌。

可是很憋屈的是，我一直不知道怎么混音。混音是用专业的工具，把节奏和我的声音混合在一起，并且对声音和节奏进行处理，让它们听起来更专业，最终还能导成文件。

前两天，在一个朋友的推荐下，我花了69块钱买了一个混音软件，叫AU。据说这个需要很长时间的学习，于是前两天我就一直在网络上找教程学习如何混音，并进行一些简单的处理。今天，我终于尝试录了一首歌。

这是一首悲伤情歌。我记得刚开始喜欢说唱是在2018年年底，那个时候我正在追一个女生，可是一直没有追到。经过了两年的沉淀，我终于把这件事放下了，于是就写了一首叫《追光》的歌。

最终，虽然歌曲没有真正音乐软件上的专业，听起来也比较业余，但至少要比直接拿语音备忘录录得好。我把这首歌发给了很多朋友，他们都非常喜欢，我也非常有成就感。

以后我还要经常录歌，并且经常探索这个软件！

2020年8月4日

北京队败北

今天是CBA季后赛半决赛的第一场，广东队对阵北京队。虽然不是出生在北京也没有北京户口，但从小在北京长大，我对北京的感情还是很深的，所以这次我当然支持北京队。

今天北京队的优势就在于广东队的易建联（曾获美国职业篮球联赛最有价值球员）没有上场，所以在内线方面广东队占不了特别大的优势。再加上北京队的外线是顶级配备，拥有从美国来的林书豪，所以我认为北京队这次的赢面大一些。

前三节也证实了我的观点，北京队一直都在压着广东队打，甚至到第三节领先了十几分。所以北京队整个队都放松警惕了，并且把林书豪换下去了，结果一下被人打了一个15∶0。广东队好像突然暴发了一样，直接把比分追得很紧，在第四节最后几秒的时候，北京队领先三分。当我以为一切就要结束的时候，广东队的一个外援直接顶着防守，在外线三分，打板命中。这一球直接把北京队给打蒙了，我也蒙了。

加时赛中，林书豪六犯离场，方硕也没有投进绝杀球，北京队就这么遗憾地输掉了比赛。

2020年8月5日

说唱歌手

我心目中的说唱歌手排名：

1. Jony J：不解释啥了，就是他让我爱上的说唱。他的词和他的 flow 都是我的最爱，也是我的奋斗目标。

2. PO8：可能很多人不认识他，可以去听《诗人说梦》《慢慢升空》《Chillin'》《惊堂木》；很年轻，在洛杉矶留学，和豆芽风格有相似之处。豆芽的说唱词是比较具有批判现实主义色彩，随便一首歌就能给你上政治课的感觉。这和他思维方式有关，比较能去思考一些现实存在的问题。他把这些写进歌里，很励志、很一针见血地批判。PO8 比较年轻，歌词写实一些，很清新。总的来说，豆芽的词多些思考，PO8 的词比较写实。总结一句，他的歌就和李白的诗一样，很浪漫。Jony J 的词就像杜甫一样，较深沉，两人都是优秀的街头诗人。

3. 王以太 / 李佳隆：闪火是我一年前就喜欢的，当时听到他的《目不转睛》，惊叹说唱居然还能这样！后来他的作品带给我一个又一个惊喜，几乎每一首都在我的歌单里，如《时间是金》《阿司匹林》《童言无忌》等等。李佳隆是我最近才被圈粉，因为被拉着去看了他的一场演出。他演唱的每一首歌都是我喜欢的，比如《回忆垃圾桶》《我们》《半山》《月儿圆》《星球坠落》，还有新歌《还没离开》。总之他们两个不仅是旋律鬼才，各有各的风格，而且纯说唱也不差。

4. 艾热 / 派克特 / 贝贝 /GAI：艾热，能唱旋律还能说唱，全能而且是金曲制造机，中国说唱需要他。派克特的 flow 就不多说了，中国数一数二的，并且思想和性格很感性，是我喜欢的。贝贝，在 freestyle battle（即兴饶舌比赛）方面是我最佩服的 rapper，没有之一。对现在还在说贝贝只靠背词的人我也无语了，虽然作品里的 flow 也很强，但不是我喜欢的类型，而且旋律不强。GAI，说他唱山歌的我也无语，而且人家现在是很全能，不仅有中国风。在《我是唱作人》里我被他圈粉。

5. Higher Brothers/C-BLOCK：把这两个组合放一起是有点不得劲儿，只是这两个团队我都非常崇拜！ Higher Brothers 现在很多老外也知道他们，也算是把中文说唱推广到全世界了，所以对他们我是百分之百崇拜的！他们的作品都不用我去说了吧，想必各位歌单里都会有一两首他们的歌吧，制作和 flow 都是顶尖的。C-BLOCK 我觉得代表了中国 underground（地下说唱），出的歌不仅好听也很接地气，很江湖。尽管两个组合有beef（过节），但我都崇拜，不站队。

6. 杨和苏 / 艾福杰尼：其实我选心目中的rapper排行的时候是看我歌单里谁的歌比较多，于是看到了杨和苏。原先我认为杨和苏只有一个快嘴，写的词不是很好。但仔细看过他的词后，真心喜欢上了他。他和Jony J一样都是在写现实中的事，反映很多社会问题。艾福杰尼，我一直都很爱听他的歌！从最初的《酒精》，到后来的《After Journey》和《MP3》，我都很喜欢。

7. Ansr J/AThree/ 连麻 Swimming：这三个人都是我最近发现的宝藏！首先是Ansr J，我是在《说唱会馆 2020Cypher》发现的他。他的flow在他的段落中换了三种，每一种都特别秀，最后真的被他炸到了，而且我去翻他歌的时候还找到了一首巨好听的《口袋宝贝》。AThree写的词应该是中国数一数二的了吧，毕竟是新疆博乐的文科状元，平时没事就喜欢捧着本书，所以写的词自然很厉害！我其实最喜欢的就是写词厉害的rapper了。还有就是连麻，我发现他真的是一个很会玩儿的rapper，会琢磨各种新的创意。创新这个东西真的不可多得，他在《说唱听我的》里面所有段落都很有新意！

8. 龙胆紫 / 法老：虽然以前不喜欢听这种很粗暴的说唱，但后来才发现，抨击社会其实就是说唱的精神之一，所以北京的说唱其实是很艺术的，尤其是当初的in3。所以说，in3

从未死，再遇龙胆紫。法老的歌和风格我以前的确不是很喜欢，可是慢慢我被他圈粉了。他应该是中国最真实的说唱歌手之一了，而我就很看重真实！他的歌其实也很耐人寻味，比如《亲密爱人》《我想》；还有秀技术的也很强，比如《凛冬将至》。

9. 姜云升：他的歌基本上都比较伤感，在我很伤心的时候，他的《网易云》也一直陪着我。要不是因为他对战比赛超强，还写了一首超级厉害的diss（指贬低他人的词汇写成的歌曲），我还真以为他只会写悲伤情歌呢。不过真的对他的即兴饶舌比赛很崇拜。

2020年8月6日

光与阴影

凡事都有对立面，有光的地方，就必定有阴影。

以最好说的例子来说一下吧：互联网。互联网的重要性我不必多强调，只是在这个人人都不用露面的“公共场所”，人人都可以不在意后果的发表言论。

钟南山院士在此次疫情中对中国和别的国家的帮助尽人皆

知，可总有一些“杠精”爱鸡蛋里挑骨头，开始传谣。每个人都爱八卦，每个人都爱怀疑。鸡蛋里挑骨头也是多数网友的特点，我最痛恨的是本身没骨头还非得挑。

我曾经一度很愤怒，为什么有些善人在网络上会遭到攻击。做慈善的人被说是为了流量，受害者被说成装可怜，穿衣有一点暴露的女生被说成不自爱，长得好看的女生就是整容。我想知道为什么他们的三观如此扭曲，扭曲到可以把白的说成黑的，可以把人骂到抑郁骂到自杀，可以把不能证明是真是假的谣言传播得天花乱坠。慢慢的，我开始平静下来，想起武侠小说里的一句话：“你铲不尽天下恶。”因为有光的地方必定有阴影。

刚开始看到一个很不好听的评论时，我会去争论，甚至也去说一些难听的话回击。后来我发现，本来只是他做错了，当我用难听的话语回击时我也错了，因为我同样在传播负能量。

有次我发了条抖音，有一个长得很帅的男生可能是有点嫉妒我，评论了一条：“这都能火？”我本身很气，但转念想到了一个成语：以德报怨。于是我回了一句：“哥你长得好帅。”后来他再也没说过不好听的话，并且一直关注着我。

于是我发现，有阴影的地方，也必定会有阳光。

2020年8月7日

做次大厨

每天看到妈妈做饭很辛苦，我就想，其实我也特别想学做菜。因为我觉得会做饭的男生看起来非常细腻温柔，于是就申请做两天饭。

第一天中午，我做了一个西红柿炒鸡蛋和一个奥尔良鸡胸肉。

先说一下西红柿炒鸡蛋。这个菜有两个注意事项：首先一定要十字花刀切一下西红柿，然后拿开水烫一下，把皮剥开，西红柿丁切得越小越好；其次就是搅拌鸡蛋的时候，可以适当放一点油，这样有助于把鸡蛋炒得更蓬松。

然后就是奥尔良鸡胸肉。我先把鸡胸肉切成块儿，再调腌制的酱料，奥尔良粉再加一点水和黑胡椒粉就行。再把切好的鸡胸肉放进去进行腌制，腌制好后就起锅烧油开始煎。这一次我有一个经验不足的地方就是没有把鸡胸肉切得薄一点，所以煎的话容易不熟。

第二天我做了一个酱炒蛋和一个红烧牛肉。

酱炒蛋的做法和西红柿炒鸡蛋差不多，只是去掉了西红柿，放了一些酱料。唯一比较复杂的就是酱料，要放进去淀粉、生抽、辣椒粉、醋、清水、白糖。先炒鸡蛋，差不多的时候把酱料放进去就好了。

红烧牛肉是我做过的最复杂的一道菜。首先切牛肉就比较麻烦，因为牛肉相对来说比较硬一些。切完牛肉以后把它放到冷水里浸泡，然后冷水开大火先煮一下牛肉，把血沫捞出，再把牛肉捞出来放凉。这时候起锅烧油放入豆瓣酱、冰糖、八角、桂皮、洋葱、生姜、蒜，把它们炒出酱香味后就可以把牛肉放进去了，这时候调中火开始炒。炒到牛肉焦黄，放料酒、生抽和老抽，记住一定要放少一点，我这次就放多了。完了以后就可以开始炖了，炖大概40分钟就可以大火收汁儿，然后开吃了。

2020年8月8日

“跑男”常在

2014年10月10日，那时我还在读四年级，刚从国外回到新英才，又重新回到了六班，那个我度过了整个童年的六班。对六班的回忆有太多，有些回忆就像沙子盖的楼房一样，经过岁月的冲刷，不知所踪。

昨天是周五，看新一期的“跑男”——这是我每周五的惯例。“跑男”是一如既往的好看且搞笑，看得我不停地笑。看到最后，正当我准备关掉电脑时，屏幕上突然出现了一个《奔跑吧：特别时刻》。我很好奇，所以就继续看了下去。

屏幕上开始播以前“跑男”的画面，从第一季到上一季，一帧帧画面闪过，我看到了最喜欢的邓超、陈赫，看到了以前的王宝强、王祖蓝、包贝尔、鹿晗、迪丽热巴等老成员。时过境迁，物是人非，当时的老成员现在只剩下三个。然后导演说的一句话让所有人瞬间泪崩：“从2014年10月10日开始，从跑男第一期到现在，已经播了100期了。”我整个人有一点点愣住，已经……100期了吗？

六年了，“跑男”陪着我度过了童年，步入了我的青春，从那一帧帧画面中仿佛看到了以前的自己。我希望“跑男”可以一直陪我走到大学，步入社会、结婚，甚至一直陪伴着我未来的孩子吧！

2020年8月9日

迎来绽放

这世上有很多花，它们在不同的时间、不同的环境中绽放。

有的花绽放的时间短，却在那一瞬间绚烂无比，令人赏心悦目；有的花绽放的时候场面很平凡，但花香四溢，令人们心情大好。

小时候我很爱唱歌，我认为唱歌可以以动听的旋律宣泄出自己的心情。我也特别羡慕那种能在舞台上唱歌的歌星。但爱唱歌不代表唱得好，小学时每次我一唱歌，总会有人笑话我“五音不全”。于是我再也没敢在别人面前唱过歌，甚至连自己都认为在唱歌这一领域肯定“绽放”不了。于是我开始放弃歌唱，但热爱唱歌的我早已在心底埋下了一颗“可以绽放的种子”。

后来上了初中，新来了一个音乐老师，他的教学风格和以往的音乐老师大相径庭。之前的音乐老师只是教一些乐理，教我们识谱，偶尔带我们唱一次歌，唱的还是那种我们不感兴趣的歌。但这个音乐老师先是让我们自己选歌，然后每人唱一个段落。自从小时候被别人嘲笑过后，我就不敢在别人面前唱歌了，所以这次我也不敢唱。老师问我为什么不敢唱，我说因为五音不全。老师笑了一下，带我去了一个很密闭的空间，让我唱了一段。唱完以后他说：“你哪里五音不全了？唱得很好啊，只要再加一点技巧和磨炼，肯定能唱好。”还没等我说话，他又道：“下个月有一个歌唱比赛，我帮你报名了啊。”我虽然表现得很着急很无奈，但其实多年前埋下的那颗“唱歌”种子，正在悄然发芽。

于是我开始练习，一有空就练。练习时，我跑过调、破过音、掉过拍，也被别人嘲笑过。但这一次，我选择直面那些讥讽，直面我的问题，积极去改正。一个月后，在别人的质疑声中，我登上了舞台，表演了一首《星球坠落》。整个表演对我来说就像一场梦，台下的观众随着我一起晃动，台上的灯光在变换颜色，麦克风如同奖杯一样被我捧在手中。也许我的音色没有别人的动听，我的调没有别人的准，我的表演没有别人的华丽，但在那一刻，我绽放了。如同一朵梅花，在经历了寒冬后盛开，虽然不是最美的亦不是最好闻的，但在我的眼里它就是最靓丽的风景。

每个人的生命中都会出现严冬和绽放。有时，经历过严冬后并不会绽放或者绽放时并不绚丽，但只要相信自己，就总会绽放的。

2020年8月10日

微妙情愫

去年7月我和齐姑娘第一次见面，虽然之前已经认识一年了，但从未见过面。去年发生了很多事情，所以我和齐姑娘就一直聊天儿，甚至在我中考的那段时间她也一直和我语音。

今天，我要见她了。上次见面还是在加拿大，这次就在晋中了。她经常说，与人相处之道就是久处不厌，闲谈不烦，从不敷衍，绝不怠慢。我觉得我们两个人相处就是这个样子。

我们依旧是在星巴克见的面，说实话，她很美，一种独特的美，独一无二，声音也很好听。聊了一会儿我们就去万达逛了逛，虽然我们经常聊天儿，可话题好像永远聊不完，我很喜欢这种感觉。

然后，她带我去了一个位于犄角旮旯但味道很好的麻辣烫摊位，一起吃了顿好久没吃过的美食，所以心情变得很好！

其实，我也不知道自己对她是什么样的感情，或许有一点点喜欢吧，或许不是一点点。但很明白如果现在相处，会因为环境和时间的不同很快就结束，所以我很希望把感情留到以后。

2020年8月11日

即将完结

本来想把这篇日记留到两天以后，但两天后我将去青岛看CBA总决赛的第二场，所以后两天日记有的写。

从今天起，就要开启一个倒计时啦！算上这篇日记，我已经写了335篇日记。今天是2020年8月11日，而我的第一篇日记写于2019年9月13号。准确来说，还有33篇日记要写，也就是说我写日记就只剩下大概一个月的时间了。

想想还挺感慨的，我其实也想过要把日记坚持下去，但想到马上就要去北京上学，每天也不让使用手机，学习压力也很大，可能就顾不上写日记了。不过，我想每当遇到一个值得被我写下的故事或者感受，我依旧会在备忘录的这一栏写上日期，然后把它写下来。

我发现人就是这样的，我第一次去美国做交换生，本来很不想去，但要离开的时候却又很不舍；在加拿大时我很想家，回来的时候却又很想念加拿大。所以，这本日记，我也会好好珍惜！

2020年8月12日

青岛波折

早上五点半起床，一个人踏上了前往青岛的征程。从打印机票、安全检查再到登机，整个流程我已经熟悉到不能再熟悉了。上飞机后，我立马就睡着了。

到达青岛后，下起了雨，就和我第一次去成都一样。

我很不喜欢这种天气，这种天气不仅很不舒服，而且还让我昏昏欲睡。

下了飞机后我打车去酒店，车费120块，真是非常坑。一想我下次去飞机场，又要花120块，我的心就在滴血。

到了酒店我更失望，前台大厅和火车站旁边的那种小酒店一样，墙上挂着几个其他国家的时钟，感觉非常的山寨。到达房间后，我就闻到了一股非常难闻的气味。也许是因为这个酒店大部分都是用木头做的吧，可能是木头腐烂的味道，反正非常难闻，看起来也挺脏的。不过想想我就在这里待两天，也就释然了。

小夏姐姐给了我两个选择，一个选择是这个酒店，另一个选择是一个小帆船酒店，后者据说是一个海景房酒店。但她当时说这个酒店离我看比赛的地方比较近，我想为了省钱就选这个酒店吧，结果下午才知道，到达看比赛的地方也需要40分钟左右。所以我还挺后悔的，早知道就选那个海景房酒店了。

下午找核酸检测点的经历更曲折。那里有好几个体育馆，我走了半天也没有找到对的地方，到后面还找了很多大错特错的地方。我都开始急得跑起来了，最终才发现是在那么一个小棚子里面做核酸检测。我穿着拖鞋，回到酒店后发现脚都被磨破了。下午想用酒店的Wi-Fi在电脑上背单词，结果这个Wi-Fi好像还用不了。想给前台打个电话反映一下状况，结果电话是坏的。

今天一整天的经历，仿佛就在告诉我：梁宸睿，未来一定要好好读书，好好赚钱，最起码每次出差的时候不用住这种酒店，可以有足够的经济实力让自己活得更舒服，活得更顺意。这也是我现在好好读书的理由。

2020年8月13日

辽宁队神话

去年9月15日，篮球世界杯总决赛如约而至。我正好搞到了票，所以就进去看了一下。当时是阿根廷打西班牙，西班牙具有一边倒的优势。也不能说不精彩吧，毕竟当时我远距离望到了科比。

一年以后，CBA总决赛因为疫情拖延了好久，前几个月才开始，所以标语才是全力以“复”。这次，我又拿到了CBA总决赛第二场的票。这次CBA总决赛是三局两胜制。因为第一场广东队赢了，所以他们要是再赢一场，广东队就是总冠军了。但是我支持的是辽宁队，也不知道为什么，我不是特别喜欢广东队。广东队是真的强，全都是高配，因此，很多人都不看好辽宁队。再加上上次郭艾伦在世界杯的失利，很多人都在骂他。今天一看到郭艾伦，就感觉他身上有一股劲儿，为了自己也为了辽宁队。

6点左右我就往体育中心去了，经过排队以及一系列的检票、安检，终于进场了。因为人很少，还要隔着位置坐，所以我们坐到了比较靠前的位置。

很快比赛开始了。第一节，比赛很胶着。虽然辽宁队这边全面开花，郭艾伦、梅奥都得了分，但是对面的威姆斯太强，一个人一下子就得了10分。就这么一直胶着着，第一节结束了。

第二节的前半节也平平无奇，但是到了后半节，辽宁队状态明显下来了，而广东队则开始疯狂得分。

第三节更夸张，一下子分差被拉到了20分。20分真的太多了，辽宁队的粉丝那一区域显得非常寂静，每个人的眼神中都透着失望。唯一还在拼搏的似乎只有辽宁队了，我当时看得也有点消极。

到了第四节，神话开始了。郭艾伦，凭借一己之力连续抢断了两球，把比分拉回了10分，然后整个队气势完完全全就起来了，一下子整个队就开始疯狂得分。这时候比赛沸腾了，辽宁队粉丝那一区域都沸腾了，和第三节气氛完全不一样了。

最后两分钟，我们都很紧张，很害怕被广东队绝杀，所幸没有。当辽宁队赢得比赛的时候，整个比赛戛然而止，大地都沸腾了，我也跟着跳了起来。

如果说这个暑假有最好的经历，那一定是这次比赛！我见证了一场神话。

2020年8月14日

说唱成潮

前段时间播出了一档说唱音乐类节目，是芒果TV出品的《说唱听我的》，马上哔哩哔哩也要出品一档说唱音乐类节目——《说唱新世代》。但是无论再怎么出，我都不会忘记三年前爱奇艺首次播出的嘻哈音乐节目《中国有嘻哈》，也就是现在的《中国新说唱》。

当时这档节目在中国掀起了一阵嘻哈风，很多年轻人都看了这档节目，可谓是大获全胜。继《中国有嘻哈》之后，这档节目改名《中国新说唱》，又播了两季，每次都能引起不小的热度，并且让中国的年轻人更加了解了中国的嘻哈文化。

今天，《中国新说唱》第三季播出。这一届的选手有很多“回锅肉”，很多参加过第一季的选手也回来参加了。不管导师阵容如何，我觉得选手阵容还是《中国新说唱》的强。

看完这一期节目，我其实也没啥特别的感受，就是感到庆幸，因为现在越来越多的人开始喜欢这个文化；同时也有点难受，很多人明明不懂这个文化却要在那里指指点点。这期节目里有一个非常精彩的片段，就是一个人用说唱攻击了另外一个人，但另外一个人却不回击。他说了一个非常好的概念，也是嘻哈文化的初心——Peace and Love（和平与爱）。现场有好多人的恩怨都化解了，所以我非常喜欢这一期节目，无论如何我还是最期待《中国新说唱》。

2020年8月15日

广东队夺冠

精彩同时也遗憾，精彩的是这一场胶着的比赛，带给我精彩的视觉盛宴；遗憾的是我支持的辽宁队只差一点就获得总冠军了，可最终与总冠军失之交臂。

比赛开始前，一个新媒体机构采访了我，我仿佛是“采访磁铁石”。人家还送了我一个布袋子，不过我又忘记问人家是什么自媒体了，以至于后来也没有找到视频。这次非常幸运，一个离球场更近的位置被我抢到了，而且还是最后一个位置，不然的话我又要坐到二楼去了。

一楼基本上都是辽宁队的铁粉，所以我也收获了两个用来加油的棒子，一张纸上写着“我爱辽宁”，还有一颗润喉糖。

今天的比赛在某点上说甚至还略胜昨天的比赛，因为真的是一场视觉盛宴啊。每个球队都尽全力去打了，而且我看到了很多暴扣，很多高难度三分球和精彩的运球。

令人难过的是，易建联受伤了。虽然我不支持广东队，但我非常喜欢易建联，不得不承认他是非常低调、有实力的中国篮球现役第一人，而且可能马上就要退役了。

我觉得辽宁队的教练和整个比赛的裁判有点问题。教练没让打得好的球员上，而裁判乱吹哨子，导致辽宁队的球迷非常不满，有的还在喊“我们是来看 CBA 的，不是来看裁判的”。

不管怎么样，祝贺广东队夺冠，希望辽宁队明年还能再进决赛。总之这次的青岛之行真的是太精彩了，绝对是我记忆中充满色彩的一笔。

2020 年 8 月 16 日

同辈相聚

在姥姥家，我处在这么一个位置：和我同辈的都比我大很多，比我小一辈的却没比我小很多。所以小时候我经常被同辈的哥哥姐姐们捧着，也经常和我的小辈们开心地玩耍，因此有了很多美好的时光。

时光荏苒，留学国外一年后，今天我们又相聚了，不禁有些唏嘘。我的哥哥姐姐们都已经有了新的生活，由内而外都有很大的变化！

原州姐姐还是一如既往的美，她有内涵，有气质！有句话真说对了，我确实希望未来能找个像她一般的女朋友。

原伉姐姐依旧美到惊艳！让我开心的是原伉姐姐找到了男朋友，看得出来她和男友在一起非常开心，我也看得出那位哥哥对姐姐很好。希望姐姐一直开心幸福。

雅雅姐姐真心变胖了，虽然胖胖的很可爱，但我还是很怀念以前的她。那时微胖的她说过："在哥哥的儿子出生之前，我最喜欢的就是二铁了！"没想到现在她也已经有了自己的孩子。

郭浩哥哥变化最大，他竟然已经38岁了！岁月或许也磨平了他的棱角，他说话老开玩笑，尽管有时听得不太舒服，可我相信他是善意的。

一切都在变，唯一保持不变的就是我们亲人之间的爱！

2020年8月17日

独孤求败

今天回忆了一下金庸先生的作品，想起了一个除了杨过之外我最喜欢的角色，就是没有正式出过场的大神级角色"独孤求败"。

从名字就可以听出他似乎是一个很傲的人，其实他并不只是傲气，而是真的想求一败，因为在当时没人能打过他。

从故事中可以看到，独孤求败的人生分为五个阶段：宝剑、软剑、重剑、木剑、无剑。

首先就是宝剑阶段，当时他还很年轻，挑战各门派的人，用的是无比锋利的一把剑。虽然很锋利，但是与一般的剑整体上无差别。那时他也并不是天下无敌，在挑战各门派的过程中，剑法慢慢厉害了起来。

独孤求败人生的第二个阶段用的是紫薇软剑。这个阶段的他涉世已深，明白了做人不能太过锋芒毕露，刚则易折。所以他将宝剑换成了软剑，这时候他的武功已经慢慢走向了大师行列。

他的第三个阶段是重剑阶段。因为不小心杀掉了一个好人，独孤求败把紫薇软剑扔到了深谷中，换成了由陨铁打造的似剑非剑的重剑。重剑虽然一点也不锋利，但是刚猛无比，一旦将重剑练到很快，遇到普通的剑简直无敌。所以，这时候的独孤求败已经是真正意义上的无敌于天下了。

后来他发现，哪怕他不用重剑，用一把木剑，也能无敌于天下。于是，他就将重剑换成了木剑。也正是因为他当时太过无敌，所以隐居深谷，与雕为友。

在深谷中，他又进阶了，达到了无剑阶段：一花一草皆可为剑。这时候，他已然是剑魔独孤求败。

虽然没有正式出过场，但是我第二喜欢的角色绝对是他。

2020年8月18日

温暖回忆

大姨家是我童年回忆中最温馨的一个地方！在那里，我感受到的只有快乐和温暖。也因此，小时候我每次离开大姨家总是会哭会闹，赖着不走。

记得每当放假回到老家，进入电业局宿舍那个路口，到头转弯，就能看到几栋楼。楼前有一个我小时候称之为“游乐场”的地方，摆了几样健身器械。上到三楼，就是大姨家了。

每次回到大姨家，大姨总是早早做好了饭。这次也不例外，姨夫提前知道我们要回来，早就买好五花肉。香喷喷的五花肉饼和葱花饼让人看着就流口水！吃饭时，一家人围在一起，大人们在聊天儿，我在那里大吃大喝。

吃饱喝足，我就到了大姨那屋，打开电视，开始看儿童节目，妈妈和大姨在外面聊天。看久了，就到客厅活动一下。大姨家客厅的沙发也是我的“游乐场”。我小时候总是爬来爬去的，非常开心！

以前到了晚上，我就和妈妈、大姨一起住。后来慢慢长大了，床装不下我了，我就到雅雅姐姐那屋。雅雅姐姐对我很好，总是笑着看我，对我很关爱。

总之，在我的记忆中，大姨家总是和美食、温暖、幸福连在一起！以至于小时候我特别期待回到大姨家，并且幻想有一天把大姨家那座宽敞舒适的大房子搬到北京，和我住的地方挨在一起。

慢慢的，我长大了，回大姨家的机会也少了。读书求学，辗转了好多地方，可我依旧怀念小时候的大姨家！

今天和妈妈又一次来到大姨家。大姨和姨夫现在住在榆次，比老家住的房子小了很多，但不变的是香喷喷的五花肉饼、小笼包，大姨的温暖和关怀以及一家人在一起的其乐融融……

告别大姨，离开大姨家，突然有许多感慨：原来我留恋的不是大姨家的房子，而是在大姨家的幸福和快乐，更是在大姨家感受到的温暖和关怀！

2020 年 8 月 19 日

四个朋友

我从 Villanova（维拉诺瓦）转回北京以后，我们加拿大四个小伙伴陆陆续续都离开了。史可鉴从 Villanova 去了渥太华的一个寄宿学校；Emma 从 12 年级毕业，去念大学了；Kevin 看所有人都走了，也琢磨着回北京上一所国际学校。

可以说，我们四个人真正各奔东西了。我看过很多有关青春的小说，在高中或者大学毕业后，宿舍的几个人都要含泪告别。因为他们马上就要开启新的交际圈，开始新生活。

我和他们三个又何尝不是这样呢！只是因为疫情，我们连最后一次聚的机会都没有，连一起干杯一起哭的机会都没有。其实，我们才认识不到一年，在很多人看来，我们只是普通的朋友。我不知道他们三个是怎么想的，但我是拿他们当真心朋友了。人这一辈子能遇到几个知己？很幸运我在加拿大遇到了他们。他们各有各的特点，但每个人都令我一见到就会有一种开心的感觉，所谓朋友不就是这样吗？

我写了340多篇日记了，不知道有多少篇日记是写他们的。天下没有不散的筵席，但是关于我们四个的故事并不会停止，只是这一阶段的故事停止了。他们总在问我来加拿大最大的收获是什么：是抖音的粉丝吗？不是；是进入校队吗？不是！是遇到了他们，在我涨粉时默默替我开心，在我打球时默默为我加油。愿我们真的分别在半山腰，相遇在山顶！

2020年8月20日

即将开学

还有九天就要开学了！真的不可思议，有点不敢相信又有点惊慌失措。感觉自己有点像从外国来的新学生，虽然依旧是以前熟悉的地方，但多少还是会有一点点陌生。

刘主任跟我说，好多学生和老师都走了，以前的英语老师、物理老师、化学老师、数学老师走了好几个，学生也因为老师换得太多所以走了几个。不过来了很多新老师和新同学，据说更加优秀。只不过，这么一来，不仅地方换了，人也换了一批，用“物是人非”来形容临川最恰当不过。

新学期，我有很大的决心也有很大的信心，我甚至希望可以通过自己的努力再次回到十一年级。没错，这就是我给自己定的目标。我要像当初在八年级一样，学得比同班同学更好。

我对新学期虽然有些许未知的恐惧，但总体上我还是期待的，因为还有一批老同学在等着我归来。那些我在加拿大朝思暮想的同学马上就能见到了。

新学期，在学习、减肥、音乐、短视频和一个秘密目标这五方面加油啦！

2020年8月21日

故乡好友

虽然我在榆社出生，也算是个地地道道的榆社人，但我发现可能是因为语言不通和常年不在榆社的原因，我在榆社一直都没有什么人脉。

我一直引以为豪的一件事情是，我的人脉遍布全国，而且将来一定会不断增加，同时我一直对我的朋友的质量很引以为豪。可是出生以来，我在榆社的朋友用一只手就能数过来。

最好的就是任景蘖了。记得第一次见他的时候他特别高冷，我好多朋友都是这样，一开始很高冷，其实内心非常热情。我忘了是怎么和任景蘖变熟的了，只记得后来每次回榆社都要去找他，还要时不时在他家住上一两天。

任景蘖很优秀，学习挺好，武术也很好，和我也很聊得来。如果我的朋友很多的话，其实可以分成一个金字塔，金字塔最底端的是人最多的，是那种很少联系的朋友。越往上朋友的投缘程度越高，同时人也会变少。任景蘖可以说是属于第二层的了。

现在，我又要在他家住五天左右，还是非常开心的。

2020年8月22日

血性恸哭

今天看了一场让我哭了三次的电影《八佰》。这是一部抗日题材的电影，最近在朋友圈刷屏了。我之前就想，抗日片不就是那个套路吗，能有什么新意？看了这部电影我才真的觉得太厉害了。

这部电影讲述的是抗日战争中，东北、华东等地区全部失守，上海也马上要沦陷，上海最后的士兵都驻守在最后一道防线四行仓库中。后来，一堆从边远地方来的士兵被强行带进了仓库。当时他们都很害怕也很胆小，好几次试图逃走，而且连枪都不敢开。

日本军队第一天没有打进仓库里，逐渐引起了国际社会的注意。他们每天都觉得仓库马上也要沦陷，可是这些军人一次又一次地创造了奇迹。

最感人的三幕也是让我哭的三幕。

第一幕是第二天日本人打算用手榴弹都破不开的人形坦克冲进仓库。这时候，一群军人身背炸药包跳到人形坦克上逐一击破它们。他们跳的时候都会大喊一声："山东济南，某某某，娘，孩儿不孝！"然后就跳下去了。仓库后租界中的长官看到后衷心感叹："若国人皆如此，倭寇何敢？"

第二幕是当这些军人拿到国旗时，他们决定到屋顶上升起这面旗帜，不过这堪称是对日军的绝对侮辱。他们升起了国旗之后，日军派遣战斗机准备让旗帜倒塌，可是每次当旗帜快要倒的时候，总会有战士用生命扶住旗杆。

第三幕即最后一幕，很现实的一幕，四行仓库最终在第五天凌晨还是失守了，一个个战士皆倒下，我的血性被激发出来了。

身为炎黄子孙，作为中华民族顶天立地的好男儿，在国家有难之际，应当为祖国效力。

若国人皆如此，倭寇何敢？

2020年8月23日

科比"生日"

今天是科比42岁的生日，祝他生日快乐。

我清楚地记得，那是美国时间2020年1月26日，周末，我躺在床上翻到一个新闻——科比逝世。我当时在想，现在散发假新闻的媒体竟然连这种低级的假新闻都发。

直到越来越多的媒体开始报道，直到腾讯新闻也开始报道，我彻底慌了。纵观我的整个篮球生涯，最喜欢的球员是库里，最尊重的球员是姚明，但我第一个认识的NBA球星其实是科比，是他让我喜欢上篮球。

我心目中的科比是那个永远年轻、永远追逐梦想、永远不会放弃的黑曼巴。即使他退役了，我也感觉他会一直陪伴我们、也陪伴NBA很久很久。所以我看到新闻后，震惊的同时最大的感觉就是不敢相信，不是不相信而是不敢相信。

今天是科比的生日，如果他还在，我在心里默默祝他生日快乐的时候是很开心的，但此刻我的心情却很沉重。

老大，生日快乐！

2020年8月24日

回到童年

今天真的太快乐了，这种快乐已经好久没有享受过了！

吃完晚饭后，我和任景蘩去了文峰塔。现在的文峰塔前都是游乐场的各种娱乐项目。虽然我对旋转木马等项目没什么兴趣，但是对那种套圈得奖品的项目还是很感兴趣的。

于是我和任景蘩开始玩儿了起来。首先是套圈，20 块钱 15 个圈。前面有很多玩具，后面甚至有陶瓷、雕像等贵重东西，套中什么就给什么。但是这种圈很有弹性，每次差点要套上去就弹出来了，我们玩儿了两次就绝望了。

紧接着我们发现了一个中奖概率更大的项目——扔沙包。20 块钱一个沙包，砸一个柜子上的玩具，砸到哪个就拿走哪个。我和任景蘩先玩儿了一次，他砸中了一个玩具枪，我砸中了一个芭比娃娃。我立马又给了 20 块钱准备砸一个溜溜球，结果竟然没砸中。我当时立马火了，又花了 20 又没有砸中。我当时想，如果下次再不中就不砸了，但如果中了就不会亏。于是我气沉丹田，一出手就扔到了奥特曼上，是一个挺大的奥特曼。我特别激动，像小孩子一样在地上转了好几圈！

今天真的特别快乐，仿佛回到童年。

2020 年 8 月 25 日

走遍故乡

这五天一直在榆社，其实我有很多话攒着没有说。

在我的印象里，榆社一直就是一个比较破烂的县城。

从小到大，我在榆社的时间不多，即使在榆社也不经常出去，总待在大姨家。

这几天我一直和任景纛骑车去榆社的各种地方转悠，发现榆社其实还是非常好的。

首先是吃饭，我喜欢吃的榆社都有。我最喜欢吃的并不是那种大鱼大肉和山珍海味，而是一大清早起来去一家路边的小店吃早餐。馄饨、老豆腐、小笼包、油条、馅饼、方便面都是我特别爱吃的。榆社的天气也非常好。这几天我在榆社经常七点就自然醒了，吃完早饭感觉这一整天都会非常充实。

其次是玩儿的地方，这些天我一直去一个叫石勒公园的地方。那里有六个篮球场，每天下午我都和景纛去那里打篮球。虽然我和榆社本地的人沟通不方便，但篮球本身就是一个很好的沟通媒介，尤其是我篮球打得很好，还说着普通话，很多人问我是哪里人，然后自然就认识了很多朋友。甚至还有人给我递烟，当然我没接。

这次我骑上小黄车，在榆社兜兜转转了四天，终于摸清了榆社的路线，下次回去我自己出去也不至于迷路了。

榆社虽然是一个很小的县城，但毕竟是我的老家，承载了我很多回忆，而且这里的生活也很悠闲。我以后会经常回榆社的。

2020年8月26日

明日返京

明天就要启程回北京了，今天是在榆社的最后一天，不知为何竟有些感慨。

感慨我半年前还在加拿大多伦多上学，过着国外的生活，半年后又回到了我在加拿大朝思暮想的临川。

回临川的感觉很是微妙，既不是开心也不是难过，是有些不知所措。

这次回临川既不在原来的地方，也不在原来的班级，老师也换了一批，可以说是一个相对陌生的环境。但这次的目标非常明确：学习、减肥、音乐、穿搭。我希望可以考出好成绩，给老师、父母一个交代，也给自己一个交代，甚至可以回到十一年级；我希望半年后我生日那天，我可以瘦30斤，换掉我的头像；我希望可以正式在录音棚录我的歌并发布到音乐平台，一步一步完成我的说唱梦想；等我成功减肥后希望我可以在微博、得物等平台上正式发表我的穿搭照片和穿搭心得，早日接上衣服广告，然后自己能赚到一些钱。

梦想很多，一一实现却不能靠梦想，要靠自己有规律、努力的生活状态。加油吧。

2020年8月27日

宿管老师

在临川陪伴我们时间最久的不是语文、数学、英语老师，而是一位元老级别的人物——宿管关老师。

我第一次到临川时，大概是五年级，关老师就已经在临川好久了。

那时候我特别调皮，生活习惯也不是特别好，连被子和衣服都不会叠，经常调皮地让关老师帮我叠被子。关老师总是一遍一遍不厌其烦地帮我叠被子。

还记得上了初中以后特别容易饿，每次一回宿舍，就会偷偷跑到关老师的宿舍找她要吃的，她就会偷偷塞给我很多加餐。

还有我生病、调皮、开玩笑时候的回忆，都挺朦胧但特别美好。

今天我到了学校，见到了一年没见的关老师，非常开心。同时听到了一个非常惨痛的坏消息：关老师要回东北了，以后可能就不回来了。

当时我特别伤心，我和Alan抱住关老师，很不希望她走，就像对当时的吉老师一样。但是没有办法，这些就只能当作回忆了。

2020年8月28日

开学有感

今天下午看到了好久没见的同学，来到了新的学校，有很多新的感触。

首先是新学校外观的变化。客观地说，新学校确实比吉利大学的学校好多了，地段、环境、设施、卫生都很好，尤其是宿舍还有坐便式马桶。

我见到谭博文、付裕、王润均的时候格外激动，差点就没抱着他们哭了。学校的老师换了很多，据说都是名师。

晚自习刘主任跟我们讲了很多，顿时让我对自己的未来充满了信心。

宿舍里住四个人，不过现在暂时只有我和王裕博。刘主任的管理方式让我很喜欢，同学们也都很不错，我当选了我们小组的组长，只是我们组的成员有些差。

明天就收手机了，之后我会用电脑在晚自习的时候写完日记发给你们。

总之，开学感觉还蛮不错的。

2020年8月29日

累的开始

今天是上学的第一天！马上就要收手机了，今天的感觉只有一个字：累。

可能是去哪里的第一周都会特别累，过得很漫长。无论是第一次去临川，还是后来去加拿大。

昨天主任跟我们说今天还能再放松一天，可以看看电影什么的，结果一整天都在自习。我和班里学习最好的赵洋坐一起，由他来教我物理。说实话，我很敬佩赵洋，因为他可以一直看物理书，就跟看电影一样着迷。

我当然不愿意显得自己很不行，所以就在那里埋着头苦读，可能这就是好学生对我的影响吧。

好啦，不说啦！要收手机了，明天再聊！

2020年8月30日

好友归来

今天真心惊喜！本来以为南昊延10月才能回来，结果今天早自习的时候刘主任在后门突然叫了我一下。我一看，南昊延回来了！当时惊得我直接起飞把他抱住了。我当然很开心，虽然我们不在一个教室，但我们在一个宿舍。

今天我们还考试了，先考了化学。说实话，我做得都懵了，以为只有我一个人不会，结果他们都不会，连学习最好的人都不会。之后就是IG英语，因为我已经考过了而且考得非常好，所以就做了雅思。不知道为什么，我感觉以前能吸收百分之五十左右，这次竟然可以吸收百分之八十左右！我很激动，我对下次冲击7分很有信心。

今天明显要比昨天过得快一些，这是好事，因为我正在慢慢适应新的环境和时间。昨晚很早就睡着了，所以今天很清醒，明天还有两门考试：数学和物理。

期待明天。

2020年8月31日

英语拔高

我一直都在刻意提高自己的英语水平，去备考雅思或者托福，可每次学的时候效果似乎都不是很好。本来这次去加拿大我认为自己的英语并没有提高，就算提高也只是口语和听力。可昨天考雅思阅读的时候，发现我竟然会很多以前看不懂的阅读。我自己感觉良好，认为可以考到7分，说不定一不小心还能考到7.5分。

今天老师把答案发给我，我自己批了一下，一共40道题，我答对了35道！原本以为这是7.5的分数，于是我欣喜若狂地去找龙老师，龙老师很激动地跟我说："这是8分！"我当时都惊了，我竟然考了8分！这让我对下次考雅思很有信心，觉得自己可以保7.5分争取8分，要是考了8分那我的英语压根就不用担心了。

期待9月。

2020年9月1日

体验课程

9月1日，开学第一天，正式上学，我把所有的课都体验了一遍。值得庆幸的是，我的经济知识并没有全忘掉，我的物理、化学都很有希望，我对雅思也更自信。

今天晚自习都在看《开学第一课》，钟南山院士的演讲我到现在还记忆犹新，我真心感受到了国家的强大。

其实，明天更算是开学第一天，因为今天只是大概看了看所有的课，老师也只是做了做介绍，所以很期待明天。

不早了，我回宿舍了，期待明天。

2020年9月2日

想说的话

这几天其实我有很多话想写在日记上，无奈时间不多，等到写的时候好像什么都想不起来了。所以今天就把我所有想说的话都混在这篇日记里，可能会毫无章法，但都是我想说的。

来到这里以后，状态前所未有得好，我仿佛又找到了七年级学期末那个感觉。以前我总爱惹祸，现在已经把我的高冷人设立得稳稳的，所以没有惹过祸，可以把心思都放在学习上。

还有就是学习，我真的太喜欢赵洋了。他学习好，又上进，而且价值观也很正，该玩儿的时候也玩儿得很好。但是我不喜欢被人超越太多，所以我在尽全力地去追他。我也感觉到他也很喜欢我，因为我的英语好，而且我最近也天天学习。

再说英语，我又找到了一个去加拿大的好处，现在英语水平真心提高了很多，下次的雅思考试争取直接冲到 7.5 分。

最后，就是我的体重，我就不多说了。我刚回来的时候是 220 斤，现在 214 斤，每天晚上都不吃饭，中午也吃得不多。别人都在吃零食，就我不敢吃。

加油吧！

2020 年 9 月 3 日

陌生感受

今天周四，明天周五，这一周马上就要结束了。这周的前三天状态都非常好，冲劲儿非常足，任何科目都没有落下。我的笔记也异常好，我觉得笔记和日记一样，都是可以日积月累、日渐精进的。

只是今天出现了一点点事情，让我非常苦恼也非常不开心。只不过我已经长大了，已经可以自己试着调节一下情绪。不过可喜的是，我并没有让它影响到学习，学的东西不变，只是心情不好。

回了几趟十一年级，发现还是在十一年级的我开心快乐，不过我也分得清主次。在十年级对我来说是学习上最好的选择，我只是单纯地在日记本上宣泄一下我的不开心。

虽然已经好几天了，但是一切都很陌生。新的环境让我感到很陌生、新的老师和同学让我感到很陌生，最重要的就是这个班级让我感到很陌生。

今天就这样吧，说不定明天就好了。

2020年9月4日

终见新房

今天我终于见到了一直被梁校长吹得很好的新房子，在从前的吉利大学（现在并入北京大学）旁边。由于学校更名，这个地段房价飙升，所以这波买房不亏。

去新家的路上，我又见到了魂牵梦绕的吉利大学，可惜吉利大学的牌匾已被取下换成了“北京大学”。看着那些以前天天见到的熟悉的环境和地点，感觉些许悲伤。

车开了很长时间，终于到了新房，外面一看确实很不错。进到里面，一个很长的桌子映入眼帘，看起来特别洋气。所有的一切都很洋气，我体验了小时候非常喜欢的电梯，果然是我这个懒人必备。

总之，一切我都很满意。

2020年9月5日

阳光室友

我们班来了一个新同学，和我一个宿舍的，他叫Max，是一个胖胖的阳光男孩。他和王裕博以前在英国是同一个学校的，我很喜欢这个看起来憨憨的新同学。

他家是做房地产的，在北京二环内有套房子，非常有钱，但是他一点儿也没有那种富家子弟的贵气和高冷，反而非常接地气。他有自己的梦想，想要创造一个以后人人都热爱的电子游戏。我非常尊敬他，因为有梦想就值得被尊重。

我最敬佩他的一点是他最喜欢的科目竟然是我小时候极其讨厌的古文吟诵，当他听说我小时候上过陈琴老师的课时非常羡慕。他对古文吟诵是真的热爱，而且对古代历史也非常了解，昨晚我和他聊了很多，也学到了很多。

相信他将来一定能成就自己的事业，我也会和他交朋友。

2020年9月6日

写给未来

看了一眼日记数量，360篇，心里不免有些小激动，还差7篇日记就写完一年的了。我开始写日记的日期是9月13号，为什么还差7天呢，是因为时差多写了2篇日记，我想把日记做到圆满。

今天登陆了一下软件“美篇”，一个三年前我经常用的写日记软件。这个软件不仅能写，还能插入图片。当我看到以前写的日记时，不由得百感交集。我看到了一篇日记叫《写给未来的自己》，是写威灵顿学校的，看了一眼，里面的人早已三年未见，可是依旧记得。还记得当时六年级的我是多么青涩。

当时的文笔也很青涩，虽然当时我觉得自己文笔非常好。就像现在的我看我自己的文笔一样，或许在多年后再看现在的日记依旧会觉得自己的文笔很天真吧，未来的事情就交给未来的梁宸睿吧。

以后，关于写日记，我想写日记应该是一个自己想做的事情，是一件记录生活的事情。所以我以后不会天天写，因为并不是天天都会发生值得我写下的事情，但下次我一旦写就会写好。

这些日记就写给未来吧。

2020年9月7日

竞选演讲

竞选社团部部长演讲稿：

敬爱的老师们，亲爱的同学们，大家好！

我是十年级一班的梁宸睿。我知道大家最近都在忙于学习，每次我望向教室，都会看到很多同学在奋笔疾书。学习在我们这个年纪固然重要，但无论是对申请大学还是未来的工作、生活而言，学习并不是唯一的。我们要在学习的同时，培养自己的兴趣爱好。

有很多人可能觉得社团不是很重要，但我觉得它是一个好学校不可或缺的，就像勇士队必须有汤普森一样，虽然不是库里，但是不能缺。在这个语境下，学习就相当于库里，最重要，但是社团是用来辅助并且加强我们的学习生活的。再举个例子，十一年级也很需要梁宸睿，你看我现在回了十年级，十一年级就缺少了灵魂。

但是，社团对于我们来说不能仅仅是娱乐项目，它更是一个我们应该尊重的科目。我很不希望看到一个学生去一个社团休息，而是希望所有人都能真正收获一些对自己来说喜欢或者是有用的东西。记得小时候在另外一个学校，我就去了魔术社，学的东西虽然很少用到，但收获了很多快乐。

所以，让我们在社团活动中加油吧。

2020年9月8日

当选社团部部长

今天是学生会竞选，我发现一件事情，以前在小学部每天调皮捣蛋的小孩现在都已经长大了，有的长高了，有的变声了，感觉很奇妙，可能那些看着我长大的人也是这样的感觉。

整个学生会竞选很成功，很多新生也来尝试并且非常成功。有很多从其他校区来的同学也非常出色，受到了刘主任的表扬。

我今天的演讲十分成功。我发现我的台风越来越好，一点也不紧张并且还颇具“王者风范”，最终我成功地当选了社团部部长。

在社团部我要创造一系列“小梁变法”，将我们学校的社团带向辉煌。

2020年9月9日

幸与不幸

赵洋，一个在我们班处于顶峰的男生，考试没有得过B，全是A星和A。自从我回到这个班级，最想和他当好朋友。可能也是惺惺相惜吧，我觉得我们两个彼此很投缘。不管怎么说，我很喜欢他。

可是今天晚自习时，我却见他在自习室一个人默默地哭。我进去陪着他，他说先让他缓一会儿，于是我就默默地陪着他，并且写下这篇日记。只要是人，就会有七情六欲，都会有开心、难过的时候。

他说最近的破事实在太多了，而且一旦那种不幸的事情堆在一起，就会形成压垮你的最后一根稻草。

讲真的，我是一点儿也不想在十年级待，可十年级又是我最好的选择，我不可能再去十一年级了。我每天在用尽全力学习，并且学得非常好。但是，总有一些人不知道为什么会来招惹我。我虽然很少生气，但是真心很想揍人。可我不会那么干，因为那样无济于事。我很生气，这件事情并不是因为刘主任，是因为某些人的素质真的差，就算学习再好我也不会尊重。

我真的好想十一年级啊。

2020年9月10日

祝福教师

今天是教师节。以前在教师节的时候，我总会给所有教过我的老师发一句祝福，可惜今天没时间了。对我来说，老师真的非常重要，从小学到初中，从国内到国外。

今天的教师节并没有怎么认真过，只是在每次上课时简单跟老师说一句祝福，虽然简单但每次都是发自真心。还有我的母亲大人岳老师，我也要对她说句：“教师节快乐！”母亲不仅教了我语文，还教会了我很多做人的道理。

祝我所有的老师教师节快乐！

2020年9月11日

蒸蒸日上

今天是正式的开学典礼，我也已经开学两周了。这两周经历了很多事，失去了很多，但也收获了很多。虽然原先的临川不在了，但好在很多人还在，比如南昊延、王润均他们。

在学习方面，天天都蒸蒸日上。从语文到数学到英语到物理到化学到经济，全都有很大的进步，只是有时数学还是有些许听不懂。也或许是班级的氛围导致我很不舒服、很难受，不过学习永远是第一位的。

减肥方面，我觉得我现在周中肯定吃的少了，而且天天运动，就是周末吃得有点多，我得尽量控制。

我们天天都很忙，写完这个写那个，背完这个背那个，但是这让我找到了奋斗和学习的动力。真的很累，但矛盾的是这种感觉我又很享受。

从2018年到2020年，这三年我将会永远记住，因为这三年我的成长和经历最多，希望以后还能这样。

不管怎样，新的学期我面临着巨大的挑战，但是只有挑战并且克服这些困难，这才是成长，不是吗？

2020年9月12日

中加对比

对于加拿大，我的确有一些话想说……

2019年9月27日，我抵达了多伦多。下飞机后除了感觉很冷，似乎和美国没什么不同，而且比美国更荒凉。这种感觉在高速上时体现得淋漓尽致。到加拿大的第一顿早餐是一杯星巴克的咖啡和一个三明治，我感受到了加拿大超贵的物价；第一次到住家除了陌生还是陌生，我甚至还在房间里哭了两天；第一次上学，没有熟悉的同学，身边都是加拿大人，感觉到了孤独。

2020年6月30日，我回国了，回到了思念已久的祖国。当然很开心，可我却在晚上哭得就像我第一次到加拿大时那样。

在加拿大吃的最后一顿早餐是我自己在住家熟悉的厨房用熟悉的锅碗瓢盆做出来的熟悉的炒鸡蛋。虽然味道淡，但这种味道已经定格在了我脑海里。离开住家的时候我看到两位老人在门口笑着看我，他们或许并不知道，在车里的我百感交集。最后一次上学的时候，我和我的很多加拿大同学都拥抱了一番；真心地为校队的队员们祈祷，希望他们前程似锦。和史可鉴吃了我们两个在那个时期最后一顿晚餐，两盘鸡翅。第一天回到北京上学，一种“无边落木萧萧下”的凄凉感涌上心头，在宿舍的我又想起了我在尼亚加拉大瀑布和四个朋友住在一起的日子。

在北京，我天天忙于学习，比在加拿大收获得更多。可是在加拿大人际关系永远都是那么简单明了，没有钩心斗角；在北京，能吃到我梦寐以求的中餐，但永远也没有在加拿大时和一群中国留学生一起过年做年夜饭和周末好不容易才能吃到一口火锅的感觉了；在北京，或许也可以打球，但找不到我们一群人努力朝着同一个目标奋斗的感觉了。

北京很好，多伦多也很好，但是翻翻我的相册，发现基本上全是在加拿大的照片。我发现在国内就算我想拿起相机记录下我觉得有趣的事，我也找不到了。翻起日记，我发现在加拿大的日记永远那么快乐，而在北京却好像写不出来什么。

在北京的我学习更好，在加拿大的我更快乐，所以为了以后能更方便在中国和加拿大之间走动，我会好好努力！如此足矣。

2020年9月13日

完美结束

这是最后一篇日记，从2019年9月13日到2020年9月13日，整整一年。现如今看着手机屏幕，不知所言。

三百多篇日记，我想善始善终，亦想在手机上洋洋洒洒写一篇长文，可发现我已不再有在加拿大时的那般文笔了。此刻我一人在卧室，望着毫无生气的黑夜，听着空调嗡嗡作响，突然觉得自己或许真的长大了。

以前的我认为长大一词代表着自由，代表着可以做自己喜欢做的事，可我现在才发现原来长大乃是很多事都已懒得去做了。比如我小时候异常喜欢拼乐高，可现在却一点兴趣都没有；小时候，屁大点儿事都能让我乐上半天，可现在我已经看什么都觉得稀松平常。

长大既是一个褒义词，也是一个贬义词：当别人夸你长大时，他们大概率有两种意思，一种是觉得你长大了，有独立自主的生活和思考能力了；另一种就是觉得你没有小时候那么天真可爱了。

在写日记的过程中，我把我看到的、听到的、经历的全都写在了这个备忘录里。这个备忘录代表不了我的人生，却能代表我人生中一个很重要的阶段的轨迹。曾听闻一悖论，如果一架飞机渐行渐远，飞机上的零件一个一个都换成了新的，那这架飞机到底是不是原来那一架飞机了？正如我的成长过程，在我的成长中，我的身高变了，体重变了，思维模式和三观都变了，那么我究竟还是不是梁宸睿了呢？我认为，我还是梁宸睿，只是我不再是原先的那个梁宸睿了。

如果我将来成功考入我想去的大学，那么这本日记一定有很大的功劳，因为它教会了我很多；但如果我没有，我愿意再翻一翻我的日记，看看自己在成长的过程中缺失了什么并加以改正。

不管怎样，现在的我要“合上”这本日记了。哪怕再写，也不会在这本日记上写了，相当于是开启一个新的篇章吧。

今当写完，临日记涕零，不知所言。

跋

吾家有儿初长成

重读小梁日记，感慨颇多，最深的感受就是“吾家有儿初长成”。365 篇日记（出版时有删减），从枯燥无味的平铺直叙，到行云流水，偶有珠玉、风趣雅致，我看到了他写作水平的提升；从离开母亲偷偷哭泣，到坦然面对即将再度两国分离的大学生涯，我看到了他心性的成熟；从一路走来的坚韧和坚持，我看到了他的“蝶变”。

我认为，聪明的头脑和强壮的身体从来都不是成功的保障，唯有坚持，长久的坚持、永不放弃的坚持，才是成功的关键。小到一本坚持了一年的日记，大到震古烁今的伟业，无不如此。

在小梁日记即将出版之际，希望小梁一定要把“坚持”二字深深刻在心里、印在脑中。在未来的学习和生活中，不能碰到一点挫折就畏缩不前，一遇到困难就打退堂鼓，要有咬定青山不放松的韧劲，披荆斩棘，砥砺前行。

作为一位在教育战线打拼了二十六年的人，我深知前进的道路不会一帆风顺，但唯其艰难，才更显勇毅；唯有笃行，方弥足珍贵。希望小梁以及所有看到这本日记的孩子，牢记以下几点：

一是要立志，坚定理想信念。新时代中国青年处在中华民族发展的最好时期，既面临着难得的建功立业的人生际遇，也肩负着“天将降大任于斯人”的时代使命。所以必须立大志、立长志，秉持为民情怀，以民族复兴为己任，将国家繁荣富强作为个人的人生目标。

二是要学习，提高自身本领。应充分利用宝贵时间，把握各种机会，通过学习提高自身能力。应通过大量阅读，开阔国际视野，储备专业知识，积极投身社会实践，淬炼真才实学。

三是要变通，加强应变能力。坚持不是“一根筋”，不能只懂“蒙头干”，要善于经一事长一智，由此及彼、举一反三，练就随机应变的处世能力。

山再高，往上攀，总能登顶；路再长，走下去，定能到达。小梁，未来无论遇到什么样的艰难险阻、挫折困难，想想这365篇日记，拿出坚持天天写日记的精神，拿出“踏平坎坷成大道，越是艰难越向前”的意志，乘风破浪，行稳致远。相信日拱一卒无有尽，功不唐捐终入海，你终将迎来属于自己的人生盛景。

梁　勇

于北京新学道临川学校